La guerre des dieux 4

–

Le Roi Félon

Du même auteur :

L'Héritier

La guerre des dieux :
1 – Le Maître des Ombres
2 – L'Enlèvement
3- Les Royaumes Oubliés
4- Le Roi Félon
5- Le Talisman des Âmes (à paraître)

Kiwa

https://www.facebook.com/Magali-Raynaud-221397698212053/

Raynaud Magali

Le Roi félon

Le Code de la propriété intellectuelle interdit les copies ou reproductions destinées à une utilisation collective. Toute représentation ou reproduction intégrale ou partielle faite par quelque procédé que se soit, sans le consentement de l'auteur ou de ses ayant cause, est illicite et constitue une contrefaçon, aux termes des articles L.335-2 et suivants du Code de la propriété intellectuelle.

Carte du monde

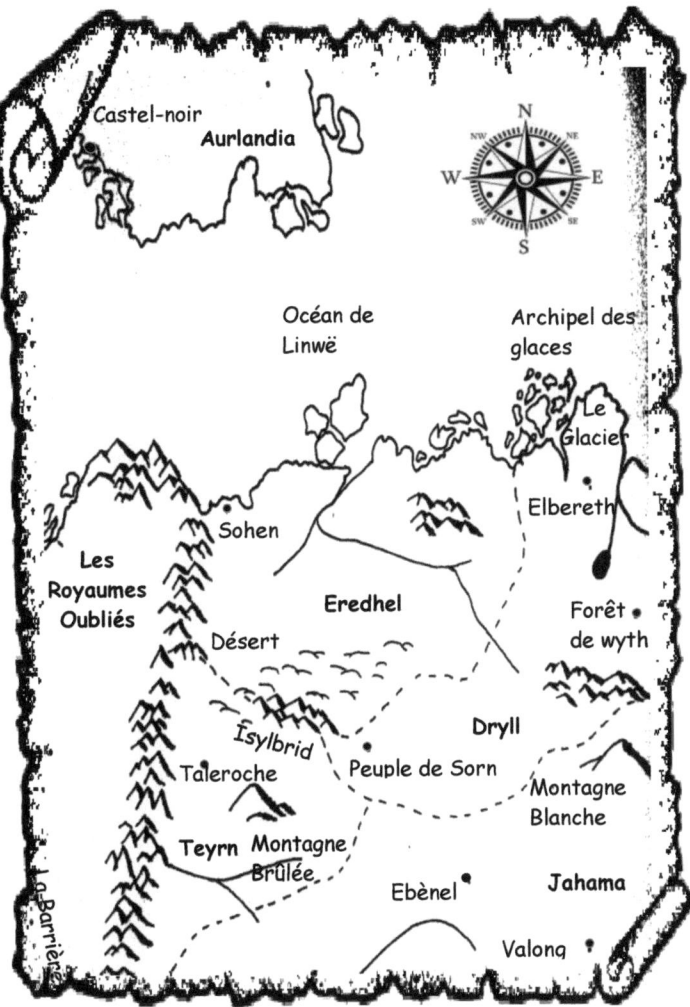

1

Sanya contemplait la carte du monde étalée devant elle en fronçant les sourcils. Des pions en bois représentant ses propres bataillons ainsi que ceux d'Eroll étaient disposés un peu partout, principalement au nord d'Eredhel. Les stratèges les déplaçaient en fonction des mouvements des troupes ennemis et en fonction de leur propre stratégie. La reine étudiait chaque position avec beaucoup d'attention, réfléchissant aux avantages et aux inconvénients des tactiques.

Depuis la mort de Céodred, soit plus d'un an plus tôt, Eroll ne lui laissait aucun répit et ses troupes ne cessaient de venir à ses frontières pour percer ses défenses. Beaucoup de ses avants postes avaient été attaqués, mais pour le moment, Eredhel gardait la main. Si plusieurs petites batailles avaient éclaté un peu partout au nord de son territoire, la reine gardait l'avantage et ne souffrait d'aucune défaite. Elle craignait cependant que l'empereur ne s'attaque à des convois d'armes ou de nourritures, la privant ainsi de ses ressources et qu'il essaye de lui couper les vivres, mais plus que tout, elle craignait qu'il ne s'attaque aux villages et à ses habitants. On lui avait rapporté que plusieurs villages avaient déjà été pillés et Sanya, malgré tous ses efforts, avait du mal à tous les protéger. Elle craignait pour la sécurité de son peuple.

- Non.

La voix d'Aela la tira de ses pensées et la jeune femme mit un moment à se rappeler de quoi ils parlaient. Fixant la carte, elle se replongea dans la discussion.

- Nous ne pouvons pas lancer nos hommes aux combats ici, expliqua la guerrière. Ce sont eux qui ont l'avantage du terrain, ne l'oublions pas.
- Que proposez-vous ? répliqua un stratège. Le fort ne tiendra pas indéfiniment. Nous avons pas mal d'homme là-bas, nous ne pouvons pas nous permettre de les perdre.
- Je n'envisageais pas de les abandonner. Mais votre attaque est trop prévisible, trop dangereuse. Il faut forcer l'ennemi à se retrancher ici. (Elle pointa du doigt un point sur la carte.) En coinçant l'ennemi dans ce défilé et en plaçant des archers sur les hauteurs, nous pourrions les tuer les uns après les autres.

Sanya hocha la tête. Aela avait raison, s'ils parvenaient à coincer l'ennemi dans ce défilé, c'était gagné pour eux. Encore fallait-il trouver un moyen de les attirer là-bas.

- Il existe une bonne vieille technique, lança l'un de ses hommes. Faisons-leur croire que nous ne sommes pas nombreux, nous attaquons, puis nous fuyons là-bas.
- Non, répliqua Aela. D'où venez-vous, depuis combien de temps n'avez-vous été sur le champ de bataille ? Ils se rendront aussitôt compte de la supercherie. Non, il faut que ce soit eux qui y aillent.
- Une suggestion ? demanda Sanya.
- Peut-être bien. C'est Reva qui m'a donné cette idée. Il faut appliquer la méthode des chasseurs. On les encercle, on les force à se replier. Le défilé apparaîtra comme leur seule issue possible. Ils s'y engouffreront en croyant qu'on les suivra et qu'ils pourront nous avoir à la sortie. Sauf qu'un deuxième groupe les attendra, les piégeant à l'intérieur.
- Et comment les forcer à se replier ? Ils ne sont pas stupides, en voyant le défilé, ils comprendront.

Avec un sourire, la jeune femme désigna plusieurs points sur la carte.

- Peut-être, mais ils n'auront pas d'autre choix que d'y entrer. Placez des hommes, ici, là et là. Nous attaquerons de nuit. Des hommes feront couler de l'huile près du camp, en formant un arc de cercle, comme ceci. Au signal, nous allumerons le feu. Les aurlandiens seront pris comme du gibier, ils devront battre en retraite jusqu'au défilé, ou périr par les flammes. Nos hommes veilleront à ceux que les petits téméraires reculent aussi. Et enfin, du haut des falaises, nos archers pourront s'en donner à cœur joie. Et le reste de nos hommes attendra les aurlandiens à la sortie du défilé. Nul besoin d'être nombreux, il faut juste que les aurlandiens le croient. Ils ne franchiront pas la barrière de feu. C'est une technique qu'utilise les chasseurs pour coincer des bêtes particulièrement dangereuses.

Les stratèges s'observèrent les uns les autres, réfléchissant à ce plan. Ils hochaient la tête en parlant, et l'attente agaça légèrement Aela. Sanya poussa un soupir, elle aussi ennuyée qu'il faille réfléchir des jours pour un plan aussi astucieux.

- Ça me convient à merveille. De plus, les aurlandiens ne sont pas si nombreux que ça, là-bas.
- Alors la question est réglée ! s'exclama un homme. Nous allons sauver cet avant-poste et éliminer une menace.
- Il en reste d'autres, répliqua un autre stratège.
- Chaque chose en son temps, rappela Sanya. Nous avons fait le tour de nos possibilités et agit en conséquence. Patience, ce qu'on ne peut pas faire aujourd'hui, nous le pourrons peut-être demain. Et je ne veux pas me montrer pessimiste, mais lors d'une guerre, nous ne pouvons pas gagner toutes les batailles. Eroll est un fin stratège, il faut s'attendre à subir des défaites. Cela ne nous empêchera pas de gagner la guerre.
- Mais que faisons-nous s'il attaque les convois ? Et les villages ?
- Pour le moment il laisse nos convois tranquilles. Nous allons prendre des mesures de sécurité, mais nous ne pouvons rien faire de plus. Quant aux villages les plus proches des champs de bataille, ils seront sous protection, pour les autres, j'ai le triste regret de dire que nous ne pouvons pas être partout à la fois. Là encore, nous prendrons des mesures de sécurité pour avertir d'une attaque.
- Oui Majesté. Je pense que c'est tout ce que nous pouvons faire aujourd'hui, en attendant les prochains rapports.
- Dans ce cas, vous pouvez disposer messieurs, vous avez beaucoup à faire.

Ses hommes s'inclinèrent devant elle avant de quitter la salle. Seule Aela resta auprès de sa reine. Sanya ne regrettait décidément pas son choix d'avoir offert le poste de stratège et de conseillère de guerre à la jeune femme. Si pour les décisions politiques elle n'était pas très douée, question militaire, elle était une des meilleures.

- Je pense que nous avons la main, lança Aela. Pour le moment, nous maîtrisons bien la situation.
- Mais pour combien de temps ? Eroll ne va pas s'arrêter à ces raids. Il prépare quelque chose, à n'en pas douter.

- Peut-être n'est-ce qu'une diversion. Il faudra garder nos frontières à l'œil. J'ai déjà envoyé bon nombre de mes guerriers patrouiller, s'il y a quelque chose d'anormal, ils le découvriront.

- Merci Aela. Darek a fait de même. Connor est en ce moment même en reconnaissance, s'il y a du nouveau, nous le saurons rapidement. Je lui fais confiance, s'il y a un indice quelconque, il trouvera.

- Alors c'est pour ça que tu es inquiète depuis quelques jours ?

Sanya ne put s'empêcher de sourire alors qu'elle quittait la salle pour remonter à ses appartements. Elle pensait garder ses émotions mieux que ça et Aela venait de lui prouver le contraire.

- Plusieurs de nos éclaireurs ont déjà eu des problèmes, souviens-toi. D'ailleurs, nous avons eu des soucis avec ces raids. Je crains chaque jour qu'il n'arrive quelque chose à Connor. Il est tout ce que j'ai, je ne pourrais pas vivre s'il lui arrivait malheur.

La guerrière posa une main réconfortante sur le bras de son amie.

- Nous parlons de Connor, pas de n'importe qui. Si lui se fait prendre par quelques aurlandiens, alors nous pouvons tous déjà rendre les armes. Il est plus doué que n'importe qui, alors ne t'inquiète pas. Il ne lui arrivera rien.

- Il m'a dit exactement la même chose, avant de partir.

- Alors fais-lui confiance. Ça te dit une balade dans les jardins ? J'ai beaucoup de choses à te raconter.

Les deux femmes remontèrent donc avec empressement pour se promener en toutes quiétudes dans les grandes allées du château. La neige recouvrait tout, le vent était froid, mais le paysage était magnifique. Les deux amies ne s'en laissaient pas, apaisées par le chant du vent, les flocons qui s'écrasaient sur leur manteau et la neige qui crissait sous leurs bottes. En fières nordiques, l'hiver n'était pas une saison qu'elles appréhendaient, au contraire.

Aela profita du calme pour raconter bons nombres de choses à la reine, principalement en rapport avec Reva. La guerrière s'étonna elle-même de sa loquacité, mais cela ne l'arrêta pas et voyant que Sanya s'intéressait à ce qui se passait entre elle et l'homme des clans, elle lui raconta la façon dont il la séduisait avec beaucoup de jovialité. Ravie de cette belle complicité que les unissait, Sanya ne fut pas avare en conseils. Elles parlèrent longuement, amusées de ce qu'elles pouvaient bien s'apprendre mutuellement, avant que la guerrière ne prenne congé pour un rendez-vous avec son prétendant.

- Arrête de t'inquiéter et rentre te mettre au chaud.

Sanya hocha la tête, mais quand son amie eut disparu, elle resserra les pans de son manteau en se dirigeant vers les remparts. Elle s'y accouda et contempla longuement les plaines et les forêts qui bordaient Sohen. Tout semblait paisible, elle avait du mal à imaginer que la guerre avait lieu sur son propre territoire.

La jeune femme songea alors aux paroles d'Aela. L'empereur faisait peut-être effectivement diversion, dans ce cas, le danger surgirait ailleurs et trop accaparée par ces raids, la jeune femme aurait du mal à contrer les attaques. Que pouvait-il bien préparer ? Avait-il découvert une arme qui pouvait changer la donne ? L'attaquerait-il de l'intérieur ? C'était trop de questions et pas assez de réponses. Elle se retrouva alors plongée dans le passé, ayant déjà vécu un événement aussi inquiétant et ça s'était terminé par sa capture. Elle avait ensuite passé deux mois entre les mains de ses bourreaux, lui laissant des cicatrices physiques et morales, probablement jusqu'à la fin de sa vie. Des cauchemars qui hantaient encore ses nuits. Une part de sa raison était restée entre les murs de sa cellule crasseuse.

Refusant de penser à ça pour le moment, Sanya contempla l'horizon. Connor était là-bas, quelque part. Il trouverait bien quelque chose d'intéressant, elle ne doutait pas de lui. De plus, Kalena veillait sur son amant, il ne risquait rien. La jeune louve avait grandi depuis qu'ils étaient revenus des Royaumes Oubliés, elle avait atteint sa taille adulte et serait des plus féroces s'il fallait défendre Connor.

Serrant un peu plus son manteau, la reine attendit de voir revenir le Maître des Ombres. Cela l'énervait elle-même de s'inquiéter autant, hélas, elle ne pouvait rien y faire. Levant les yeux vers le ciel, elle eut un sourire carnassier.

- Ça vous plaît de me voir ainsi. Profitez-en, mes amis, profitez-en.

La morsure du froid commença à être douloureuse, pourtant la jeune femme se força à rester là, à attendre. C'était stupide, elle le savait, mais elle trouvait le froid presque vivifiant. Il lui donnait l'impression de l'endurcir.

Deux bras l'emprisonnèrent alors et elle sursauta avant de pousser un soupir de soulagement. Se laissant aller, elle s'appuya contre la poitrine de Connor. Ce dernier lui embrassa les cheveux en la serrant plus fort pour la réchauffer.

- Je ne tiens pas trop à ce que ma femme se change en statue de

glace, souffla-t-il.
- Je vais bien. Je t'attendais.
- Pourquoi ne m'attendais-tu pas au chaud, à l'intérieur ?
- Tu sais pourquoi.
Connor soupira en posant son front contre son cou.
- Je ne vois pas ce que tu trouves de réconfortant dans le froid. Moi je donnerais cher pour que l'été revienne. Le climat de Jahama me manque beaucoup.
- Quand je suis inquiète, ça m'aide à aller mieux.
- Tu es bizarre.
Sanya rigola.
- Je sais. Alors, as-tu du nouveau ?
- Pas grand-chose, je le crains. Sanya, je suis frigorifié, j'ai attendu plus d'une heure immobile dans la neige. Mes doigts et mes pieds me font un mal de chien, je crois que je vais les perdre. Si ça ne te dérange pas, je préférerais te raconter tout ça dans un bain bien chaud.

La jeune femme hocha la tête et main dans la main, ils remontèrent jusqu'à leur quartier. Sanya prépara un bain chaud pour son amant tandis qu'il se déshabillait et quand ce fut prêt, il se glissa dedans, d'abord en faisant une grimace de douleur, puis en poussant un long soupir de soulagement. S'agenouillant à côté du bac, Sanya prit les doigts de son compagnon dans ses mains et les frotta pour les réchauffer. Tremblotant, il s'immergea jusqu'au cou.

- J'ai pisté les hommes, ils sont toujours à la même position. Ils ont beaucoup de perte, il sera facile de les éliminer. Ils ont l'intention d'attaquer un convoi sous peu. Ils sont faibles et désorganisés, ils seront faciles à avoir. En revanche, je n'ai rien appris sur leurs manigances. Kalena et moi, nous avons réussi à capturer l'un de ces hommes, mais il n'a pas voulu parler.
- Où est-il ?
- Il s'est tué. Désolé, je n'ai rien pu faire. J'espère que Darek aura eu plus de chance de son côté. Et toi ?
- Nous avons réussi à repousser plusieurs assauts et à libérer l'un de nos avant-postes. Grâce à Aela, nous allons même éliminer une autre menace. Nous avons eu de nouveaux rapports, mais rien de bien nouveaux. Dryll aussi est touché par ces raids et le roi Aldaron n'a pas plus d'explications que moi.
- Eroll doit nous tester, préparer une avance progressive.
- Possible. Avec Aela, nous pensons à une diversion.

- Oui, c'est probable. Ou alors, il attend quelque chose. La façon dont ses hommes restent ici, on dirait qu'ils se préparent, qu'ils attendent.

- Attendre quoi ?

- Je ne sais pas, mais je pense que nous devrions nous méfier de ce qui peut bien se passer à Dryll, Teyrn, Jahama ou Eredhel. Eroll est peut-être en train de manigancer quelque chose ici même, nous devons être prudents.

Attrapant un pain de savon, la jeune femme commença à nettoyer son compagnon. Il se laissa volontiers faire, plongeant un regard intense dans le sien et il ne put s'empêcher de l'embrasser quand elle avança son visage plus près. Sentir ses mains sur lui le rendait fou de joie.

- Tu restes ce soir ? souffla alors Sanya.

- Pour manger, oui.

- Mais pour dormir ?

- Je dois m'entraîner avec Darek, cette nuit. Je ne sais pas à quelle heure je rentrerai, ni même s'il a prévu de me laisser dormir. Et je dois repartir tôt. Mais je peux venir te coucher, si tu veux, ajouta-t-il avec un clin d'œil.

- Pourquoi pas.

Elle l'embrassa doucement.

- Si Darek te monopolise tout le temps, je vais devoir trouver un autre homme pour réchauffer mes draps.

- Personne ne les réchauffe mieux que moi ! plaisanta-t-il.

Sanya lui arrosa le visage.

- Lave-toi, au lieu de parler. J'aimerais aller manger.

- Viens avec moi, supplia-t-il en désignant l'eau.

La jeune femme soupira d'amusement, puis se déshabilla pour se glisser dans les bras de son amant. L'eau était si chaude qu'elle soupira de bien être malgré sa peau rougissante. Tandis que Connor lui lavait les cheveux, elle se frotta avec le savon.

Après s'être habillés et coiffés, ils descendirent dans la salle à manger où les attendaient déjà Damian et Carina, ainsi que les autres conseillers de la reine.

Connor songea que les repas étaient beaucoup plus agréables et conviviaux depuis que la reine avait fait du tri dans ses conseillers. Leurs femmes et leurs enfants étaient des gens calmes et si les plus âgés des fils regardaient Sanya avec envie, aucun d'eux ne lui faisait d'avances déplacées. Seuls les enfants se souvenant encore de l'époque où les gens de bonne naissance uniquement pouvaient manger là, montraient encore du dédain face aux nouveaux membres de ce comité, les jugeant indignes de siégeaient là. Un comportement typique, qui finirait par passer, vu que plus personnes ici présentes n'encourageaient ce comportement. De toute façon, personne n'aurait osé faire la moindre remarque à Connor. Depuis qu'il avait intégré la confrérie, il voyait de la crainte et de l'admiration chez ceux qui le contemplaient. Il ne lui suffisait que d'un seul coup d'œil pour réduire au silence ceux qui insistaient. Connor était parfois surpris de voir avec quelle rapidité la confrérie l'avait transformé, il n'était plus tout à fait le même homme, et ça lui convenait très bien.

Breris, Tamara, Aela, Reva, Faran et Il'ika étaient également là et avoir des amis avec qui manger rendait le repas plus agréable. Tamara se remettait lentement de son deuil et l'amitié que lui portait le général Breris semblait faire plus d'effet que tous les soins imaginables. Il s'était porté garant d'elle, la protégeant et lui apportant tout le soutient dont elle avait besoin. Il passait beaucoup de temps avec elle, essayant de lui redonner goût à la vie et de lui faire oublier son terrible chagrin. Tamara n'était d'ailleurs pas indifférente à ses intentions.

Pour Reva et Aela, où qu'ils soient, ils rayonnaient de joie, ce qui faisait sourire Connor. Quant à Faran, il avait repris son rôle de conseiller avec tant de sérieux qu'on aurait pu croire qu'il avait fait ça toute sa vie. Damian était d'ailleurs ravi de l'avoir à ses côtés et Carina et lui ne cessaient de lui parler. Il'ika ne le quittait jamais, essayant de jouer à sa façon le rôle d'une épouse. Les sentiments réciproques des deux jeunes gens ne faisaient aucun doute et cela peinait Connor de savoir que son frère ne pourrait jamais goûter à tous les plaisirs de l'amour.

La convivialité de ce repas fut néanmoins de courte durée, interrompu par l'arrivée soudaine d'un jeune lieutenant qui tenait dans ses mains un parchemin plié et cacheté.

-Navré de vous déranger de la sorte, Majesté, mais j'ai un message important à vous remettre.

- Vous pouvez approcher lieutenant.

L'homme se retrouva rapidement à sa hauteur, lui tendant le parchemin.

- C'est arrivé à l'instant par messager. Il vient de Teyrn. Mon colonel m'a chargé de vous le remettre dans les plus brefs délais.

Nous avons offert un repas et du repos au messager, en attendant vos consignes.

Sanya brisa le cachet et déplia le parchemin. Ses yeux parcoururent les lignes, son front se plissant au fur et à mesure de la lecture. Tous les regardaient avec appréhension, attendant patiemment la fin de sa lecture. Quand elle eut fini, la jeune femme poussa un soupir, ne sachant visiblement quoi penser.

- Le roi Kalim souhaite venir me rencontrer. Il a eu vent des conflits entre Eredhel et l'empire et voudrait passer des accords avec nous.

Un concert de murmures éclata, chacun se demandant ce que pouvait bien vouloir le roi, lui qui d'ordinaire ne se préoccupait pas beaucoup des autres.

Connor sentit Sanya tendue à ses côtés. Posant discrètement une main sur sa cuisse, il lui demanda plus d'informations.

- Quand arriverait Kalim ?

La jeune femme réfléchit.

- Très bientôt, je pense. Il attend ma réponse pour se mettre en route. En comptant le temps que le messager mettra pour arriver et le temps qu'il mettra pour venir, je dirai dans deux mois probablement.

- Comptez-vous le recevoir ? demanda Damian. Il est de notoriété publique que Kalim ne s'intéresse qu'à ce qui peut lui être utile. Il ne fait sûrement pas ça par solidarité.

- Peu importe ses motivations, je ne peux me permettre d'avoir un ennemi en plus. Un allié en revanche, ne serait vraiment pas de refus.

- Moi je pense que c'est ce qu'attend Eroll, laissa tomber Connor.

Tous les regards se braquèrent sur lui.

- Ses hommes attendent quelque chose. Et je crois qu'il s'agit du roi Kalim. De son soutien.

- Vous croyez qu'Eroll et Kalim ont passé un accord ? demanda l'un des conseillers nommé Osmund. Que Kalim ne vient ici que pour s'en prendre à la reine Sanya ?

- Ce ne sont que des suppositions, mais je me méfie grandement de lui. Je ne suis pas sûr que ses intentions soient bonnes. Il faudra être très méfiant, le garder à l'œil. (Il se tourna vers Sanya.) Darek est de mon avis.

- Dans ce cas, je verrai avec lui les mesures de sécurité que l'on pourra prendre. Je ne veux pas d'incidents diplomatiques avec

Kalim, mais je ne me laisserai pas avoir. Si c'est effectivement la guerre qu'il veut, s'il est de mèche avec Eroll, croyez-moi qu'il s'en mordra les doigts. Mais s'il veut la paix, je mettrai évidemment toutes les chances de mon côté pour vaincre Eroll. Nous n'avons pas besoin de nous battre en plus contre Teyrn.

- Sois sûre que la confrérie fera de ta protection une priorité, affirma Connor.

Sanya ne put s'empêcher de sourire. Elle savait que quoi que dirait Darek, Connor ne la laisserait pas seule avec Kalim.

- Connor, la confrérie n'a-t-elle pas envoyé l'un des vôtres à Teyrn ? Cela fait déjà plus d'un an, se rappela Damian.

-Si, en effet et il est toujours sur place. Malheureusement ses nouvelles se font rares, mais il ne laisse pas penser que le royaume est à craindre, pour le moment.

- Il n'est toujours pas revenu pourtant.

- Non. Teyrn ne doit pas être laissé sans surveillance. Il tient peut-être une piste qui nous éclaira. Soyez assuré que je vous ferai parvenir son prochain rapport.

Damian parut satisfait. Tamara, qui n'avait rien dit jusqu'à présent, intervint finalement :

- Je suis du même avis que Connor. Je connais Eroll, il est astucieux, il faut bien le reconnaître et il privilégie toujours la ruse que la force brute. Je ne serais vraiment pas surprise qu'il ait manigancé quelque chose avec Kalim.

- De toutes façons Majesté, j'ai des hommes postés un peu partout en direction de la frontière de Teyrn, rappela Aela. Si vous acceptez qu'il vienne, je le verrai arriver et surtout, je verrai avec qui il arrive. Soyez sans crainte, si je m'aperçois que ses intentions sont mauvaises, je ne le laisserai pas approcher.

- Que comptez-vous faire s'il arrive avec l'armée ? répliqua Breris.

- Mes hommes sont loin, mais nous savons faire parvenir nos rapports en un temps record, expliqua Aela avec un sourire énigmatique. Je vous garantis que nous serons au courant des agissements de Kalim suffisamment à l'avance pour bien nous organiser.

- Bien, dans ce cas, la question est réglée, conclus Sanya. Je vais accepter sa demande et l'accueillir. Nous verrons bien ce quel est son objectif.

Les autres hochèrent la tête. La reine se tourna vers le lieutenant,

qui mains dans le dos, n'avait pas bougé, attendant les ordres.
- Je vais rédiger un message, je vous le ferai parvenir dans les plus brefs délais. Que le messager de Kalim se prépare à repartir rapidement, en attendant, veillez à ce qu'il ne manque de rien.
- Ce sera fait, ma reine.

2

Aela était contente de rentrer chez elle. Comme elle devait rester dans le coin, à attendre les rapports de ces messagers concernant l'arrivée de Kalim, Sanya l'avait dispensé d'être présente au château tous les jours, lui permettant ainsi de passer du temps avec son clan et Reva. La jeune femme lui en était très reconnaissante, rien que pour ça. Elle avait d'abord refusée, car Connor repartait régulièrement s'entraîner avec Darek et elle ne voulait pas laisser son amie seule, mais cette dernière avait réussi à la faire changer d'avis.

Depuis son retour des Royaumes Oubliés, les deux jeunes gens n'avaient pas eu beaucoup de temps à eux, car la présence d'Aela était toujours sollicitée lors des conseils de guerre avec les stratèges. La guerrière était ravie de sa nouvelle importance et tous avaient dû admettre qu'elle était brillante dans ce domaine, ce qui n'était pas pour lui déplaire. Son clan pouvait jouer un rôle important et elle était heureuse de le mettre au service de Sanya, sa reine et son amie. Elle la considérait comme une sœur et pour elle, elle était prête à renoncer à sa vie privée pour lui permettre de gagner. Sanya avait besoin de soutien en ce moment, la jeune femme ne se serait jamais permise de l'abandonner même si l'envie de rester avec Reva était grande.

Le jeune homme avait donc choisi de la suivre lors de ses déplacements, ne la quittant pratiquement jamais. S'il ne pouvait pas faire grand-chose pour l'aider, au moins sa présence était apaisante et la cours qu'il lui faisait était tout à fait délicieuse. Aela ne regrettait décidément pas de le mettre à l'épreuve.

Ils chevauchaient tous deux en direction de Bourgfier, impatients d'arriver. Aela avait hâte d'être chez elle pour se reposer et se détendre un peu. Peut-être même défierait-elle un de ses vieux amis pour se changer les idées. Ne plus réfléchir sans arrêts à des stratégies pour les quelques jours à venir lui ferait du bien. Au château, il lui arrivait parfois de mal dormir, submergée par à l'inquiétude, l'angoisse et la réflexion. Aela devait bien admettre qu'elle n'avait jamais eu autant de poids sur les épaules et malgré le stoïcisme qu'elle affichait, au fond elle était comme Sanya, elle s'inquiétait sérieusement des choses qui venaient. Plus d'une fois elle avait demandé à Reva s'il voulait bien se balader avec elle pour chasser ses noires pensées, ce que ce dernier acceptait toujours malgré la fatigue, profitant de ses moments d'intimité pour tenter de lui voler quelques baisers...

La neige les ralentissant considérablement, ils mirent plus de temps que prévu. Frigorifié, Reva soufflait sur ses doigts gelés. Il n'avait jamais connu de froid aussi mordant et malgré ses vêtements et ses gants de fourrures, il grelottait sans pouvoir s'arrêter.

- Bouge tes doigts, ne les laisse pas immobiles, lança Aela. Rétablis la circulation sanguine, ça te réchauffera tu verras. Retire tes gants et souffle dedans.

L'homme des clans obéit, retirant maladroitement ses gants. Il avait le bout des doigts bleus et raides. Il souffla dans ses moufles avant de les remettre, bougeant ses doigts en grimaçant.

- Ça va mieux ? demanda la jeune femme après quelques minutes.

- Oui. Mes pieds sont glacés...

- Bouge-les. Nous sommes bientôt arrivés. Tu n'as qu'à marcher, ça te réchauffera.

Reva obéit et marcha aux côtés de sa monture, la tenant par la bride. Les routes étaient plus ou moins dégagées par le passage des gens et des charrettes, c'était au moins ça.

Alors qu'ils arrivaient, ils furent accueillis chaleureusement par le clan des Guerriers qui les escortèrent jusqu'au village. Tous vêtus de cape en fourrures, ils ressemblaient beaucoup aux anciens nordiques qui peuplaient jadis ces terres.

- Aela, nous sommes sacrément contents de te revoir ! s'écria l'un des hommes.

- Quelque chose ne va pas ?

- Au contraire, tout va bien pour le moment, c'est juste que nous devons bien avouer que ton mauvais caractère nous manquait.

Ses camarades s'esclaffèrent et la boutade arracha un sourire à la jeune femme.

- Reva, nous sommes contents de te revoir aussi, jeune ami. Cela faisait un petit moment que nous ne vous avions pas vu tous les deux. Le forgeron sera ravi de récupérer son apprenti ! plaisanta un autre homme.

Reva eut un large sourire. Quand Aela l'avait présenté à son clan la première fois, il s'était tout de suite fait à leurs coutumes, à leur mode de vie et tous l'avaient très vite accepté, le considérant déjà comme un membre du clan. Le jeune homme pouvait prétendre connaître tout le monde et tous semblaient beaucoup l'apprécier. Les enfants venaient toujours le voir pour qu'il vienne leur apprendre quelques petites choses sur son propre clan et les adultes adoraient entendre ses histoires et lui enseigner toutes sortes de choses. Reva avait d'ailleurs soif d'apprendre.

Reva avait rapidement manifesté son envie d'en apprendre plus sur le forgeage et l'armement. Étant lui aussi un guerrier, il avait cette passion commune à Aela des armes et la jeune femme avait passé de longs moments avec lui pour lui montrer tout ce que son clan utilisait. Enfin, n'ayant pas de fils pour prendre sa relève, le forgeron avait accepté de lui enseigner ce qu'il savait. Le jeune homme n'avait pas perdu de temps et chaque fois qu'Aela rentrait chez elle, il filait rejoindre le vieux forgeron.

On prit alors leurs chevaux pour les emmener aux écuries et tous se pressaient déjà autour d'eux, les adultes comme les enfants. Les rues avaient été déneigées et le froid n'empêchait nullement les enfants de gambader partout en se lançant des boules de neige. Certains s'amusaient même à faire chuter des monticules de neige des toits, se poussant au dernier moment en riant aux éclats. Et les moins rapides s'esclaffaient lorsqu'ils étaient recouverts de neige de la tête aux pieds.

- Aela ! s'écria une fillette en fendant la foule pour se jeter dans les bars de la jeune femme. Tu as promis de m'apprendre à me battre à ton retour !

- Bien sûr, Jordis. Dès que j'ai fini avec tous ces hommes ennuyeux, je vais t'apprendre ce que tu veux savoir.

- Alors, je peux me battre avec Reva en attendant ?

Gelé et grelottant, le jeune homme hésita.

- Ça te réchauffera plus qu'un feu, lui assura Aela.

- Je te fais confiance.

Le jeune homme eut un sourire en prenant à son tour la fillette dans ses bras.

- Viens, on va attendre que notre chef ait fini. (Il se tourna alors vers les autres membres du clan.) Ne la harcelez pas trop, elle a affûté sa lame avant de venir, on ne sait jamais ce qu'elle peut faire.

Aela feinta un regard noir qui provoqua l'hilarité des guerriers, mais Reva ne s'y trompa pas : elle lui était reconnaissante d'avoir fait comprendre à tous qu'elle ne désirait pas s'attarder en discussion.

Tandis que son ami se laissait entraîner par la petite fille, le chef entra dans la grande maison qu'elle aimait appeler son palais. Ce n'était qu'une bâtisse en bois, avec un très grand hall et un fauteuil recouvert de fourrure faisant office de trône, mais il avait toujours fait la fierté de la jeune femme. Enlevant la neige de ses vêtements, la chef prit place dessus et attendit que tout ceux de son clan se soient regroupés dans le hall. Un feu brûlait dans l'âtre et une chaleur agréable envahit Aela qui se détendit. Retirant ses gants, elle les coinça dans sa ceinture et ouvrit son manteau avant d'enlever la neige de ses cheveux auburn.

Quand tous les membres les plus importants du clan furent réunis, soit une cinquantaine d'hommes et de femmes, elle ne perdit pas de temps en paroles inutiles et se lança dans le vif du sujet. Ne les ayant pas vu depuis une semaine, elle leur apprit tous ce qui s'était passé. Quand elle eut fini, ce fut au tour des siens de parler, lui faisant leurs rapports habituels.

Vinrent ensuite les nouvelles du clan et Aela fut heureuse d'apprendre que plusieurs de ses amis étaient devenus père ou mère et que certains avaient même décidé de se marier. Ils continuèrent ainsi sur des sujets du quotidiens, commerce, entraînement, avant d'enchaîner sur les petits incidents ayant eu lieu.

Quand ils eurent fait le tour, la jeune femme garda auprès d'elle ses meilleurs guerriers afin de planifier avec eux les prochaines attaques possibles. Elle leur parla en détails des tactiques élaborées, cherchant à savoir s'ils avaient des propositions à apporter. Elle ne sut combien de temps ils restèrent là à débattre, mais quand chacun retourna vaquer à ses occupations, Aela fut heureuse d'avoir un peu de temps pour elle. Fermant les yeux, elle se reposa un instant. Puis elle se leva, voulant voir où Reva en était. Enfin, elle avait surtout envie de le voir, sa présence lui remontait le moral, il l'égayait chaque fois qu'il était avec elle, à lui parler, l'amuser, la courtiser et elle ne pensait plus à ses soucis ni à ses responsabilités. Bien sûr, elle ne lui aurait jamais dit en face, cela allait de soi. Il devait croire qu'il n'avait pas toutes ses chances avec elle, même si c'était déjà perdu d'avance. L'un comme l'autre connaissait la force de leurs sentiments réciproques, même s'ils feignaient de ne pas le savoir.

Une fois dehors, Aela ne mit pas longtemps à trouver son ami. Il se battait avec Jordis, riant de joie, s'amusant à lui piquer les côtes avec un bâton. Concentrée et déterminée, la gamine attaquait avec frénésie, essayant de toutes ses forces de vaincre le grand guerrier. S'appuyant au mur d'une maison, Aela les contempla avec un sourire. Reva veillait à lui laisser ses chances, tout en faisant mine de faire son maximum. Si la fillette n'était pas dupe, cela ne l'empêchait pas de rayonner de joie chaque fois qu'elle le touchait.

Le combat l'avait sûrement réchauffé car son compagnon ne grelottait plus.

- Il semblerait que le prochain mariage soit le tien, lança une voix non loin d'elle.

Aela se tourna pour découvrir une femme d'âge mûr à l'allure de guerrière, grande, les cheveux nattés. La jeune femme serra dans ses bras sa vieille nourrice.

Son père étant mort avant qu'elle naisse, Aela n'avait connu que sa mère, mais celle-ci était souvent débordée, sans cesse appeler à ses obligations de chef, si bien qu'elle avait confié la garde de sa fille à une amie d'enfance, Eola. Aela s'était très vite habituée à cette femme, la considérant comme une seconde mère.

Avec les années, Eola l'avait entraînée aux maniements des armes et la jeune femme s'était rapidement démarquée, battant tout ceux de son âge sans difficulté. Quand elle avait même réussi à vaincre son maître d'arme, il était apparu qu'elle était la digne fille de sa mère et surtout, la future chef du clan.

Ce qu'elle était devenue à la mort de sa mère.

Et depuis ce jour, elle n'avait pas cessé de gagner le respect de tous les membres de son clan. On racontait de nombreuses histoires à son sujet, contant ses prouesses et sa bravoure. Aux yeux de tous, Aela apparaissait comme la plus grande guerrière de son temps, le plus grand chef, une femme sans égale. Et elle en était emplie de fierté.

- Qu'est-ce qui te fait dire ça ? demanda enfin Aela.
- Beaucoup de choses. Je te connais depuis bien longtemps Aela, je t'ai vu naître, je t'ai vu grandir, je t'ai vu t'élever et triompher de

tous les défis. Je t'ai vu devenir chef et gouverner avec le talent des plus grands.

- Et ?
- Je sais quand quelque chose te préoccupe, je sais quand tu es en colère, quand tu es heureuse... Et pour la première fois, je vois dans ton regard un sentiment que je n'avais jamais vu avec une telle intensité.
- Lequel ?
- L'amour. Tu as cette lueur dans les yeux que tu n'avais pas avant. Depuis que tu as ramené ce jeune homme, tu es différente.
- C'est à dire ?
- Tu sembles tellement plus heureuse, comme si tu trouvais enfin ce qui te manquait depuis toujours.

Aela ne répondit pas. C'était bien le cas, elle avait trouvé ce qu'elle n'avait pas jusqu'à présent. Un amour sincère d'un homme formidable.

- Il est probable que je me marie bientôt, en effet.
- Je n'ai nul besoin de te demander ça, car je connais la réponse, mais j'y tiens. Tu l'aimes vraiment, n'est-ce pas ?
- Plus que tout. Plus que la vie elle-même. Il est tout pour moi. Mais ne lui dis pas ! Je ne pourrais plus lui résister.

La vieille femme sourit.

- Il est parfois plaisant d'abandonner.
- C'est le seul combat que je suis heureuse de perdre. Mais je veux attendre encore un peu. Je veux qu'il ne puisse plus tenir, qu'il se consume d'amour pour moi. Ce jour-là, je rendrai les armes, je le laisserai m'avoir pour femme et ce jour-là, je serais la plus heureuse.

Son amie éclata de rire :
- Tu as bien changé depuis ce voyage dans les Royaumes Oubliés ! Et tu n'es que plus respectable. Puisses-tu vivre longtemps et gouverner sagement toute ta vie, puisses-tu engendrer des enfants aussi nobles que toi, qui reprendront ton flambeau, Aela la Guerrière.

L'éclat de rire de Jordis les tira de leur discussion. Elle venait de mettre Reva à terre et se tenait victorieuse sur sa poitrine.

- J'ai gagné, j'ai gagné ! Je serai la plus grande guerrière de tous les temps ! s'exclama la gamine.

Reva éclata de rire, imité par Aela. Darius, le forgeron, mit cependant fin à cette partie de rigolade en débarquant sur la place du village. Grand et robuste, son regard sévère inspirait souvent de la crainte aux enfants. Il devait sortir de la forge, car il n'avait pas de manteau et ses manches étaient remontés sur ses bras enduis de suie.

- Allez coquine, laisse-le donc. J'aimerais reprendre mon apprenti, j'ai des choses à lui montrer.

Reva se redressa en époussetant ses vêtements pour rejoindre le vieil homme. En passant devant Aela, il murmura tout bas :

- Veux-tu venir ?
- Ma foi, pourquoi pas.

Elle suivit donc son ami jusqu'à la forge. Reva trépignait d'impatience bien qu'il cherchait à le cacher, et cela faisait sourire Aela. Darius ne perdit pas un instant et son apprenti commença aussitôt à forger. Avec la guerre, ils ne manquaient pas de travail, ils avaient beaucoup à faire. Le forgeron lui apprit de nouvelles techniques que Reva assimila avec une rapidité surprenante pour un homme n'ayant pas eu l'habitude de manier le métal. Aela le regarda marteler la lame avec son marteau avant de la plonger dans l'eau froide. Elle adorait le voir faire, son air sérieux, l'étincelle de joie dans son regard, les muscles saillants de ses avant-bras...

Se reprenant, la jeune femme sourit. Reva adorait visiblement ce qu'il faisait, il était heureux de manier le fer et d'en faire une arme. Et quand il lui avait montré la première épée qu'il avait forgée lui-même, il rayonnait d'une fierté presque enfantine qui faisait plaisir à voir, comme s'il s'était agi d'une œuvre d'art. Aela avait inspecté l'arme, lançant quelques coups dans le vide pour la tester, avant de hocher la tête, satisfaite. Quelques temps plus tard, Reva était venu la trouver pour qu'elle inspecte une nouvelle épée. Il avait travaillé longtemps dessus et il voulait son avis. La lame était parfaite, puissante mais légère et se maniait avec aisance. Le pommeau, protégé par une lanière de cuir, tenait bien en main. La jeune femme avait été surprise de la qualité de cette arme. C'était le prolongement de son bras. De plus, elle avait été décorée avec soin. Aela n'avait pas pu s'empêcher de jeter un regard surpris à Reva.

- Je l'ai faite pour toi. Cette épée ne servira que toi.

La jeune femme, les larmes aux yeux devant une si belle intention, avait eu du mal à trouver les mots.

Aujourd'hui encore, alors qu'elle observait son ami, elle ne put s'empêcher de caresser le pommeau de l'arme.

Elle resta encore un moment avant d'aller se balader un peu dans son village. Il y avait tellement longtemps qu'elle n'avait pas eu l'occasion de se promener dans ces rues si familières et profiter d'un peu de tranquillité. Elle prit des nouvelles des habitants, discuta avec des amis, puis alla rejoindre les jeunes gens qui s'entraînaient au combat. La neige et le froid ne devaient pas les arrêter, aussi s'entraînaient-ils malgré les pires conditions climatiques. Elle les observa, les évaluant du regard. En tant que chef, c'était son rôle de former de jeunes et valeureux guerriers. Elle s'occupait de l'élite, comme il était coutume.

Voyant que leur chef les observait avec une très grande attention, les jeunes garçons comme les jeunes filles redoublèrent d'ardeur, s'adaptant à la neige glissante pour mieux combattre, tous tellement désireux d'être choisis par leur chef. Aela savait qu'elle avait la réputation d'être la plus grande et la plus terrible guerrière et elle ne faisait rien pour alléger cette réputation. Tous étaient fascinés par elle, à ce qu'on disait et ils rêvaient de la voir un jour se livrer à un véritable combat pour montrer l'étendue de sa force. D'humeur joyeuse, elle offrit quelques conseils à ses futurs guerriers, qui rayonnèrent tous de joie. Elle alla même jusqu'à se battre avec quelques-uns d'entre eux. Bien sûr, personne ne la battit et les plaques de verres glas et la poudreuse ne la gênaient nullement, au contraire, elle s'en servait pour piéger ses adversaires. C'était aussi ce qui faisait la force de ces guerriers. Même en pleine hiver, dans les pires conditions imaginables, ils savaient se battre et utiliser ce qui les entouraient. Rien ne les surprenait. Au contraire, ils devenaient encore plus redoutables. Aela avait d'ailleurs prévenu Sanya que son clan était encore plus efficace en hiver, car tandis que l'ennemi souffrait cruellement du froid et de la neige, eux l'apprivoisaient sans aucune difficulté.

Quand Reva eut terminé son travail du jour, Darius l'autorisa à quitter la forge plus tôt que d'habitude et il s'empressa de rejoindre sa dame. S'éloignant du village pour avoir plus d'intimité, ils se baladèrent sans un mot pour trouver un coin tranquille au bord d'une rivière gelée où s'asseoir et discuter.

- Ta famille ne te manque pas ? murmura soudain Aela.

Quand Reva était songeur, elle craignait sans cesse qu'il ne veuille rentrer chez lui.

- Un peu, parfois. J'aime beaucoup vivre ici, mais mon monde me manque de temps en temps. Je m'inquiète pour mon clan.

- Tu voudrais rentrer ?

La question lui avait échappé. Elle lui brûlait la bouche depuis longtemps. Reva eut un sourire tendre en posant sa main sur la sienne.

- Non. Ici ou ailleurs, tout ce que je veux, c'est être avec toi. Peut-être rentrerais-je un jour, mais uniquement si tu veux bien me suivre.

- Pourquoi pas, quand j'en aurais fini ici.

Reva se pencha alors sur elle et son regard était si intense qu'elle n'arriva pas à se détourner. Elle le laissa s'approcher, fermant les yeux, sentant son souffle chaud sur son visage et attendit avec impatience le contact de ses lèvres sur les siennes. Elle fut alors replongée à leur première nuit ensemble et elle faillit céder et se jeter à son cou pour lui dire qu'elle acceptait de l'épouser.

Reva glissa un bras autour de sa taille avant de le retirer subitement. Aela ouvrit les yeux, surprise et découvrit que son compagnon venait de tourner la tête, la main sur son poignard.

- Quelqu'un approche.

Ils se redressèrent, prêts à se battre, mais à leur grand soulagement, ce fut l'un des hommes d'Aela qui arrivait en courant.

- Aela ! Nous venons de recevoir un message d'un de nos éclaireurs, qui surveillait l'arrivée de Kalim. Le roi arrive, il sera là dans deux semaines, environ.

La jeune femme afficha un air sombre.

- Qui est avec lui ?

- Une escorte seulement. Nous n'avons détecté aucune armée.

- Je vais prévenir la reine de ce pas.

L'homme hocha la tête et repartit en direction du village, Aela et Reva sur les talons. Cela ne pouvait pas plus mal tomber ! Quand elle fut rentrée, la chef s'empressa de trouver la femme chargée de gérer le clan en son absence.

- Je vous ferai parvenir mes ordres si besoin est. Restez sur le pied de guerre. Kalim est un roi félon, ne l'oublions pas. Je serai absente un moment, je me dois de protéger la reine et je ne supporterais pas de me tenir loin du danger.

Quand tout fut prêt, Reva et elle scellèrent leurs chevaux pour partir immédiatement informer la reine. Si Aela était déçue de ne pas avoir quelques jours de tranquillité avec Reva, elle devait bien admettre que le danger et l'action l'excitaient.

Kalim avait tout intérêt à se tenir tranquille.

3

En apprenant la nouvelle, Sanya avait longuement inspiré.
- Je ne l'attendais pas de ci-tôt. Merci Aela. Je dois aller trouver Darek à présent.

La reine aurait pu attendre le retour de Darek et Connor, hélas elle ne savait pas quand ils comptaient rentrer. Elle avait besoin de parler avec eux, de planifier des mesures de sécurité pour l'arrivé de Kalim et elle ne voulait pas attendre. Elle devait donc les trouver elle-même. Plusieurs de ses gardes voulurent l'accompagner, mais la jeune femme ne voulût rien entendre. Avec les Maîtres des Ombres, elle préférait y aller seule. Elle enfila son manteau en fourrure avant de rejoindre les écuries où elle scella son cheval. Elle ne savait pas où trouver Darek et Connor, car le jeune homme ne savait jamais à l'avance où il allait être. En revanche, il y avait quelqu'un qui pouvait le savoir.

Quand les portes furent ouvertes, Sanya galopa jusqu'à Sohen, emmitouflée dans son manteau. Elle grelottait en sentant le froid lui mordre le visage. Pour se changer les idées, elle songea aux regards mécontents de ses soldats à l'idée de la laisser partir seule. Ils n'aimaient pas savoir leur reine si vulnérable, bien que cette dernière fût loin de l'être. Elle n'avait pas besoin d'escorte.

En arrivant en ville, elle fut heureuse de sentir que les bâtiments coupaient le vent et alors qu'elle mettait son cheval au pas, elle retira ses moufles pour souffler et réchauffer ses doigts. Elle confia ensuite sa monture à un garçon d'écurie et se mêla à la foule pour rejoindre la personne qu'elle cherchait. Elle était vêtue simplement, les cheveux noués pour ne pas trop attirer l'attention et elle réussit à se faufiler dans les rues sans éveiller les soupçons. La tête rentrée dans le col de son manteau, sa capuche rabattue sur son visage, personne ne la reconnue et elle en fut soulagée.

Elle parvint enfin à destination et frappa plusieurs coups à la porte. Elle dut attendre plusieurs minutes avant que Kelly ne vienne lui ouvrir. La reine s'en voulut devant son air fatigué, la jeune mère ne devait pas passer des nuits paisibles, en ce moment et elle était fatiguée.

- Kelly je suis navrée de te déranger.
- Tu ne me déranges jamais. Entre, il fait froid dehors.

La Maîtresse des Ombres la fit entrer dans sa maison, lui désignant un fauteuil où s'asseoir. Un feu crépitait dans l'âtre, apportant une chaleur apaisante. Elle s'assit près de son amie.

- Tout se passe bien ? Tu as l'air fatiguée.
- Oh, c'est que Ralof a de l'énergie à revendre, en particulier au moment où je voudrais dormir. Entre lui et Darek qui devient fatiguant quand il est inquiet, j'aurais plusieurs heures de sommeil à rattraper, plaisanta Kelly.
- Ralof est couché ?
- Oui, c'est l'heure de la sieste. Il n'y a que là où je suis réellement tranquille. Alors, que t'arrive-t-il ?
- Le roi Kalim sera là dans deux semaines environ. Je dois voir Darek, pour savoir ce qu'il compte faire à son sujet. Connor ne savait pas où ils iraient aujourd'hui, j'ai pensé que toi tu le saurais.
- Ils sont restés en ville. Passe par le repère, peut-être y sont-ils. Sinon, je suis désolée, mais il va falloir que tu chemines en ville et croiser les doigts pour tomber sur eux. As-tu une escorte ?
- Non, je suis venue seule.
- Ah... je t'aurais bien proposé de te dévoiler au grand publique. L'attroupement n'aurait pas manqué d'attirer Connor, tu peux me croire. Je t'aurais bien accompagné, mais je ne peux pas. Tu ne devrais pas rester seule en ville. Va au repère, ils finiront bien par y passer, je peux te l'assurer.

Sanya sourit.

- Je ne vais pas te déranger plus longtemps. J'espère pouvoir repasser bientôt pour voir Ralof.
- Il grandit tellement vite. Et il ne s'arrête jamais de bouger ! Passe quand tu veux, il sera content de te voir.
- Merci pour tes informations. Connor ne va pas vouloir me

quitter tant que Kalim sera là, ton mari va pouvoir s'occuper de toi.

- Il s'occupe déjà bien de moi, ne te fais pas de souci. Quant à toi, je pense que tu ne peux pas rêver meilleur garde du corps que Connor. Je l'ai vu s'entraîner, la dernière fois. Il est plus puissant que je ne l'aurais imaginé. C'est incroyable ! Cet homme est impressionnant.

- Je le sens aussi. Il a beaucoup changé depuis son arrivée dans la confrérie. Je le sens plus sûr de lui, je sens cette puissante, ce pouvoir en lui. Quand je le regarde, il m'arrive de penser que je me tiens devant l'un des hommes le plus importants de ce royaume. Il se comporte comme un véritable Maître des Ombres et je dois bien avouer qu'il me fascine. (Sanya sourit.) Il me rend encore plus folle amoureuse. Je me sens en sécurité près de lui, j'ai l'impression que rien ne peut m'atteindre.

- C'est le cas Sanya. Connor va vite devenir le plus fort d'entre nous, il est déjà puissant, mais quand il s'agit de toi... Il me donne l'impression de ne souffrir d'aucune limite. Tu as rencontré un homme merveilleux, crois-moi, il saura te protéger de Kalim, ou de n'importe qui. Je suis honorée d'être sa formatrice.

La reine hocha la tête. Elle comprenait Kelly, elle-même se sentait honorée d'avoir été choisie par Connor.

Se levant, elle enfila de nouveau son manteau pour sortir dehors et laisser la jeune mère tranquille. Elle chemina un moment, se dirigeant vers le repère des Maîtres des Ombres, observant les alentours à la recherche de Darek ou Connor. Elle savait qu'elle ne les verrait pas, ils étaient bien trop forts pour elle, aussi laissa-t-elle ses sens magiques vagabonder. Si sa magie n'était pas puissante, au moins pouvait-elle espérer les localiser si elle passait près d'eux.

Elle décida de faire un tour en ville malgré les protestations de Kelly. Elle n'était pas une femme sans défense, ses deux dagues étaient cachées dans ses bottes et quiconque lui chercherait des ennuis se frotterait à ses lames. Elle gagna les rues principales et le bourdonnement de la population ne manqua pas de l'atteindre. Elle avait un peu de mal à se réadapter à sa vie et elle se sentait un peu mal à l'aise face à tout ce monde. Après avoir passé des mois à sillonner les Royaumes Oubliés, elle avait perdu l'habitude de côtoyer des gens et elle devait bien admettre que toute cette agitation ne lui avait qu'à moitié manqué.

La reine marcha ainsi un moment, attentif aux personnes qui l'entouraient, espérant que Connor et Darek la verraient, sinon, elle devrait les attendre à leur repère. Et cette idée ne l'enchantait pas beaucoup, elle n'avait pas prévu de torche et ne possédait pas la vue aiguisée des deux hommes.

Finalement, elle eut si froid qu'elle entra dans une taverne pour se réchauffer. On ne la reconnaîtrait pas de et tant pis si ce n'était pas prudent ; elle avait l'impression de perdre ses doigts. Frigorifiée, elle réussit à trouver une table au fond de la salle bondée de monde et s'y installa en soufflant sur ses mains. Oubliant principes et bonnes manières, elle commanda une chope de bière. Personne ne semblait l'avoir remarquée et encore moins reconnue, trop occupé à boire, rire et à parler fort. Les bardes s'accaparaient toute l'attention.

Quand elle fut servie, Sanya but plusieurs rasades qui lui réchauffèrent immédiatement la gorge. Soupirant de bien être, elle était heureuse de sentir la chaleur se rependre dans tout son corps. Elle cessa enfin de trembler. Elle finissait presque son verre que quelqu'un s'assit à table. Plongée dans ses pensées, la reine sursauta et sa main vola machinalement jusqu'à sa dague. Une main l'intercepta aussitôt.

Sanya paniqua une fraction de secondes avant de reconnaître les deux hommes qui se tenaient face à elle.

- Espèce d'idiot ! s'écria-t-elle en décochant un coup de poing au niveau des côtes de Connor.

Ce dernier éclata de rire en l'esquivant, puis il tira une chaise pour s'asseoir près d'elle.

- Le mot convient, en effet, affirma Darek.

Quand les battements de son cœur se calmèrent, Sanya but un peu de bière avant de demander :

- Est-ce un hasard ou vous m'avez suivi ?

- Les deux, répondit Connor. J'étais en mission quand je t'ai vu dans les rues. J'ai fait signe à Darek de venir et nous t'avons suivi jusqu'ici. D'ailleurs que fais-tu toute seule ?

Si la voix de son amant paraissait dure, la jeune femme ne s'y trompa pas : il était plus inquiet qu'énervé. Depuis qu'elle s'était faite capturer, Connor redoutait de la voir se balader seule. Il ne pouvait malheureusement pas l'en empêcher et Sanya s'en voulait quelque peu de la peur qu'elle lui faisait subir

- Je vous cherchais. Je dois vous parler. Mais dans un endroit plus convenable.

Darek hocha la tête.

- Rentrons alors.

La plupart des gens les contemplaient avec une certaine fascination, où se mêlait un peu de crainte. Les gens ne s'habituaient pas à croiser des Maîtres des Ombres, pour eux, c'étaient des êtres à part. Pas vraiment humain. Les deux hommes furent soulagés de descendre dans les sous-sols de la ville pour échapper à tous ces regards.

Connor passa un bras autour des épaules de Sanya pour la guider dans ces tunnels où ne filtrait aucune lumière. La jeune femme se laissa faire, mais prit cependant les mains glacées de son amant dans les siennes pour les réchauffer. Elle les embrassa ensuite et peu lui importait que Darek les voit ou non. Il lui semblait entendre ses pas, plus loin et quand Connor la serra plus fort contre lui, elle sut que son formateur les avait devancés. Elle passa son bras autour de la taille de son amant, posant sa tête contre son épaule. Qu'il était bon d'être près de lui ! Trop occupé l'un comme l'autre, il ne passait plus beaucoup de temps ensemble.

- Comment va Kalena ? demanda enfin la jeune femme.
- Bien. Elle est restée dans la forêt aujourd'hui, je ne voulais pas l'amener en ville. Il faudra que je te l'emmène, elle a hâte de te voir.

Sanya sourit dans le noir.

- Je pense que tu en auras l'occasion très bientôt. Tes entraînements avancent ?
- Oui. Mais je dois bien avouer que les enseignements de Kelly me manquent. Avec Ralof, elle a beaucoup d'occupations et ne vient pas souvent.
- Je suis passé la voir, elle est fatiguée en ce moment. Mais elle a hâte que Darek la remplace à la maison, pour qu'elle puisse reprendre ton entraînement.

Ils parlèrent encore jusqu'à arriver dans une salle déserte, au trônaient uniquement une table et des chaises, un peu comme dans la salle de réunion du château. Ils prirent place en silence et Darek plongea un regard intense dans celui de la reine.

- Alors, que ce passe-t-il ? demanda-t-il sans détour.
- Aela vient de m'apprendre que Kalim arrivera d'ici deux semaines. D'après ses éclaireurs, il n'est accompagné que de son escorte, pas d'armée.

Darek se gratta nerveusement la barbe.

- Je ne tiens pas Kalim en haute estime, je me méfie de lui. Majesté, je crois qu'il serait bon que l'un de mes hommes veille sur vous. Plusieurs sécurités valent mieux qu'une et aucun soldat, aucun garde ne peut rivaliser avec un Maître des Ombres. (Il se tourna ensuite vers Connor.) De toute façon, quoi que je décide, tu refuseras de la quitter.

- Exact.

- Dans ce cas, tu seras chargé de sa protection. Veille à ce qu'il ne lui arrive rien.

- Je ne la lâcherai pas d'un pouce. Si Kalim lui veut du mal, c'est à moi qu'il aura affaire.

- Je te fais entièrement confiance. Sanya, vous êtes entre de bonnes mains. Mais soyez très prudente avec le roi Félon. J'ai envoyé un homme à Teyrn, comme vous le savez, ses rapports ne sont pas mauvais, mais je me méfie quand même. Kalim est capable de tout. Mes hommes et moi allons surveiller ce qu'il fait, en plus de surveiller Eroll. S'il se passe des choses étranges, vous le saurez.

- Merci Darek. De mon côté, je vous informerai de ce que veut le roi. Ses intentions ne sont peut-être pas mauvaises. La menace d'Eroll l'a sûrement forcé à reconnaître qu'une alliance est notre meilleure option à tous les deux. Et je ne cracherai pas sur un allié, même sur lui. Vaut mieux l'avoir en allié pendant un temps que comme ennemi, en plus d'Eroll.

- Je suis bien d'accord, il est plus que probable qu'il entende éliminer lui aussi la menace de l'empereur. Mais méfiez-vous, tous les deux. Ne faites rien d'irréfléchi.

- Ne vous en faites pas.

- Je ne vous retiendrai pas plus longtemps, vous avez pas mal de choses à faire.

Il se leva et s'inclina devant sa souveraine. Suivant Connor, Sanya s'en alla. Les deux jeunes gens regagnèrent le château sans se presser, évitant les rues bondées de monde. Finalement, l'entrevu avec Darek ayant été court, ils pouvaient se permettre de flâner un peu. Main dans la main, ils profitèrent du calme et de la tranquillité.

Alors qu'ils débouchaient sur les plaines, Connor en profita pour appeler Kalena. Il ne fallut pas longtemps à la jeune louve pour répondre à cet appel mental et elle déboula peu de temps plus tard, battant follement l'air de sa queue. En découvrant Sanya, elle se précipita sur elle, lui sautant presque dessus. La jeune femme éclata de rire quand elle faillit tomber.

- Doucement, ma belle.

Elle la câlina longuement, Connor se joignant à elle pour la faire rouler par terre. Puis ils lui lancèrent des boules de neige, que la louve gobait en plein vol, avant de finir par se les lancer sur eux-mêmes. Ils rirent comme des enfants, de la neige plein leurs vêtements et leurs cheveux. Cela faisait du bien.

Le froid glacial mit cependant fin à ce petit jeu et après avoir salué la louve, les deux jeunes gens s'empressèrent de rentrer au château.

Ils ne devaient pas oublier qu'ils avaient affaire.

4

Droit, Connor observait le groupe approcher d'un œil critique, les bras croisés dans le dos. Son visage était inexpressif et seule Sanya pouvait y déceler de l'inquiétude. Le jeune homme se tenait juste à côté d'elle, en bon garde du corps et il ne lâchait pas des yeux les nouveaux arrivants. Ils attendaient dans la cour du château, entourés de plusieurs soldats. Quelques généraux, dont Breris, étaient également présents, ainsi que les conseillers, Reva, Aela et Tamara. La jeune femme restait près du général Breris, n'étant pas à son aise.

Dans les plaines, la troupe du roi Kalim était parfaitement visible. Elle se déplaçait avec efficacité, tous les soldats encadrant le roi pour une parfaite sécurité. Elle ne tarderait pas à arriver. Sanya inspira longuement pour apaiser les battements de son cœur.

Les soldats s'écartèrent pour laisser entrer le roi et son escorte dans la cour et le martellement des sabots envahit l'atmosphère, faisant vibrer le sol. Ils étaient tous fiers sur leur destrier, les amenant à hauteur de la reine pour la contempler. Bombant le torse, le cuir de leur uniforme craqua. Même le page du roi dégageait une force particulière. Le roi se détacha de son escorte, le dos droit, observant d'un œil attentif ses hôtes. Kalim portait de riches vêtements et sa longue cape claquait au vent. Il avait également une longue épée dont le pommeau dépassait de ses épaules.

Il se laissa glisser de selle avec lenteur et tous ses hommes l'imitèrent pour venir l'encadrer. Aussitôt, les palefreniers s'empressèrent de récupérer les chevaux pour leur trouver une stalle.

Le roi s'approcha pour faire face à la reine. Ils restèrent un moment immobiles à se contempler, aucun ne faisant mine de s'incliner le premier. Connor était tendu, prêt à dégainer son arme au moindre geste suspect.

Finalement, un sourire éclata sur le visage de Kalim et il s'inclina bien bas devant la reine.

- Majesté, c'est un réel plaisir de vous rencontrer, lança-t-il en lui baisant la main.

- Le plaisir est pour moi, répondit Sanya en s'inclinant à son tour.

Si elle se voulait amicale, elle restait méfiante.

Kalim observa alors ceux qui entouraient la reine d'un œil attentif, sans rien laisser paraître de ses pensées. Il s'attarda un moment sur Connor, avant de reporter son attention sur la reine.

- Le voyage a-t-il été bon ? s'enquit-elle.

- Très bien. Nous avons rencontré quelques petits problèmes en route, des bandits, des prédateurs, mais rien de bien grave. En revanche, je dois bien avouer que la différence de climat entre Eredhel et Teyrn est bouleversante. Il fait vraiment froid ici.

- La saison est dure, en effet. Venez donc vous abriter à l'intérieur.

Les soldats et les généraux les laissèrent partir, tandis que les autres leur emboitaient le pas. Deux soldats suivirent leur roi, probablement ses gardes du corps.

- J'ai attribué des chambres pour vos hommes, lança Sanya alors qu'ils traversaient la caserne. Mes généraux vont les guider.

- Merci.

Quand tous les soldats eurent disparu, le reste du groupe monta jusqu'au sommet du château pour rejoindre le bâtiment résidentiel. Kalim et son page ne manquaient pas de questions sur ce qu'ils voyaient, sur l'architecture, la pierre, les tapisseries, les armes en exposition et Sanya répondait à toutes.

En découvrant les jardins, Kalim poussa un sifflement admiratif. Il insista pour y faire un tour.

- Peut-être serait-il mieux que vous déposiez vos affaires avant, suggéra Sanya. Je vous ai fait préparer des chambres. Ensuite, je vous ferai visiter mon château, si vous le voulez.

- Avec grand plaisir, ma Dame.

Il inclina la tête, un sourire aux lèvres. Connor comprit alors pourquoi personne n'avait jamais tenté de le renverser : il pouvait se montrer si charismatique, avec ce côté charmeur et enjôleur, qu'il était dur d'imaginer qu'il soit un félon. Au contraire, il pouvait dégager une telle sympathie que s'en était troublant.

D'ailleurs, le jeune homme se demanda bien quel âge il avait. Peut-être cinquante ans et les cicatrices qu'il avait au visage ne le rajeunissaient pas, pourtant aucun fil blanc n'était visible dans sa chevelure brune. Sa grande taille, ses épaules larges, ses bras musclés, sa grosse barbe et ses tresses décorées de petites perles rappelaient à Connor les grands guerriers des guerres claniques. Il avait déjà vu des peintures et la ressemblance avec ces barbares était frappante. Et la grosse peau d'ours qu'il avait sur les épaules ajoutait à ce côté clanique.

La reine Sanya montra les chambres à ses invités, les informant qu'elle leur ferait visiter le château une fois qu'ils seraient prêts. Puis elle les laissa tranquilles, redescendant pour s'installer dans son salon en les attendant. Une fois seuls, Aela ne cacha pas ses pensées.

- Il ne m'inspire pas confiance, avec son air enjôleur et ses tenus de guerriers.
- Moi non plus, l'appuya Connor.
- Il ne nous a jamais inspiré confiance, lança Damian.   -
Mais nous n'avons pas d'autres choix que de le recevoir avec toute notre hospitalité, répliqua Faran. Peut-être ne nous veut-il aucun mal. Nous ne pouvons pas nous permettre de nous mettre Teyrn sur le dos. Malgré sa mauvaise réputation, Kalim n'a peut-être tout simplement pas envie de subir le joug d'Eroll. Une alliance avec son royaume pourrait nous être bénéfique.

Il'ika, perchée sur l'épaule de son compagnon, appuya ses propos en hochant la tête. Sanya approuva également. L'Histoire avait déjà démontré que face à un ennemi commun, deux puissances en froid pouvaient s'allier.

Plus tard, Kalim vint les rejoindre, accompagné de son page et de ses deux gardes du corps.

- Dame Sanya, nous sommes prêts. Sans vouloir paraître trop brusque, je pense que des présentations seraient de mise. Je vous présent Erik, mon page.
- Voici mes conseillers, Damian, Faran, Asgair, Osmund, Vamir, Tamara et Bertil. Aela et Reva, mes conseillers de guerre et Connor, mon garde du corps.

Kalim tourna alors son regard vers le jeune homme, le détaillant de la tête au pied. Connor ne cilla pas et le roi sourit.

- Je suis ravi de tous vous rencontrer.
- Moi également.
- Si vous le voulez bien, nous pouvons y aller, lança Sanya.

La reine se leva avec grâce, prenant les devants, Connor sur ses talons. Kalim et ses hommes lui emboîtèrent le pas et Aela et Reva fermèrent la marche. Les autres conseillers ne jugèrent pas utile de les suivre et tandis qu'ils s'en allaient, Faran jeta un regard à son frère, lui conseillant la prudence. Appliquant déjà ce conseil, Il'ika avait disparu.

Sanya commença par faire visiter le château dans son ensemble, avant de sortir dans les jardins. Le roi souriait, ravi de ce qu'il découvrait.

- Votre famille ne vous a pas suivi ? demanda alors la reine.
- Malheureusement non. Ma femme est morte l'année dernière d'une fièvre particulièrement forte. Mon fils est resté pour veiller sur le royaume.
- Mes condoléances pour votre femme.
- Merci. J'espère qu'Eredhel n'a pas été frappé par l'épidémie qui a frappé Teyrn.
- Pour le moment, non.

En passant devant le temple de la déesse du vent, le roi rompit le silence.

- J'avais oublié que le royaume vénère tout particulièrement la déesse du vent. D'ailleurs je me demandais, pourquoi portez-vous le même nom qu'elle ?
- Ma mère a connu quelques soucis lors de son accouchement, les sages-femmes crurent qu'elle et moi allions mourir. Nous sommes passés très près de la mort. Mes parents ont eu peur que je sois faible et que je meure au premier hiver. Ils ont décidé de me donner le nom de la déesse du vent, en espérant que je pourrais en tirer sa force.
- On dirait que ça a marché.
- On dirait, en effet.

Bien que Connor eût déjà entendu cette histoire, il s'étonnait toujours de l'aisance avec laquelle elle prononçait ce mensonge. À chaque fois, il était tenté de la croire, même s'il savait que c'était faux. Mais si Kalim croyait ou non ses paroles, personne ne le sut.

- Alors Majesté, si nous parlions de ce qui vous amène ici ?
- Ma reine, croyez bien que mes motivations sont tout à fait honorables. Je connais la situation d'Eredhel et d'Aurlandia, je suis ici dans l'unique but d'apporter mon aide, de trouver un arrangement qui pourrait nous convenir à tous les deux. Je ne porte pas l'empire dans mon cœur et ne tiens pas à finir sous sa coupe. Eroll est fou, il

n'apportera que la destruction. Mais si je puis me permettre, nous en discuterons plus en détails, au calme, lorsque je serai reposé. Le voyage a été long et fatiguant.

- Je comprends. En attendant, ce soir, vous êtes le bienvenu à ma table.

- C'est avec grand plaisir que je viendrai, ma reine.

Ils se baladèrent encore un moment en silence dans les jardins, profitant du calme et de la vue. Discrètement, Connor jeta un coup d'œil à Aela et Reva. Les deux jeunes gens ne semblaient pas plus confiants que lui. Reva regardait furtivement le page, cherchant déjà à le cerner, mais ce dernier ne laissait rien paraître de ses pensées, se contentant de sourire et d'écouter. De son côté, Aela ne lâchait pas Kalim des yeux. Le regard qu'elle lui jetait en disait long sur ce qu'elle pensait.

Quand le froid se fit plus pressant, Kalim demanda s'il pouvait rentrer et se reposer un peu. Si Sanya ne le montra pas, elle sembla ravie de cette opportunité et elle le laissa faire bien volontiers.

- Demandez, si vous avez besoin de quoi que ce soit, lança-t-elle avant qu'il ne remonte dans sa chambre.

Une fois qu'il eut disparu, la jeune femme poussa un soupir de soulagement.

- Restez attentifs, glissa-t-elle à ses amis. Soyez naturels et accueillants, mais soyez vigilants à ce qu'il fait.

- Je vais le tenir à l'œil, affirma aussitôt Aela.

- Merci. Vous pouvez disposer, je vous ferai appeler à l'heure du repas.

Les deux jeunes gens s'inclinèrent avant de partir. Sanya remonta dans ses quartiers, entraînant Connor avec elle. Elle entra dans son bureau où elle se laissa choir sur sa chaise.

- Je ne sais pas trop quoi penser de tout ça, soupira-t-elle.

Se plaçant derrière elle, Connor entreprit de lui masser les épaules pour la détendre.

- Je ne sais pas non plus, mais je m'occuperais de découvrir s'il a d'autres motifs qu'une alliance contre l'empire. Nous le chasserons à grand coup de pied s'il n'est pas sincère.

- Cette idée me réjouis d'avance, s'amusa-t-elle. Enfin, nous verrons bien ce qu'il veut. Après tout, si effectivement il veut s'allier à moi, son armée serait un atout de taille. En attendant, je vais continuer mes recherches sur le Quilyo, veux-tu te joindre à moi ?

- Bien sûr.

Connor savait lire à présent et il le devait à Kelly. Il était heureux de pouvoir apporter son aide à sa compagne. Aussi s'empressa-t-il de chercher avec elle. Ils fouillèrent parmi les livres et les parchemins, étudiant les moindres détails à la recherche d'un indice quelconque. Ils y passèrent beaucoup de temps, étudiant jusqu'à en avoir mal aux yeux. Ils ne trouvèrent malheureusement rien.

Connor se laissa aller en arrière sur sa chaise.

- Toujours rien, grogna-t-il. La reine Liana était-elle mariée ?
- Oui. Pourquoi cette question ?
- Elle lui a peut-être donné ses recherches, qui sait. Les dieux n'ont peut-être rien trouvé en venant ici.

Sanya vint s'asseoir sur ses genoux et il passa ses bras autour de sa taille.

- Elle n'était pas assez proche de lui pour lui confier de tels renseignements.
- Mais il est mort avant elle.
- Oui.
- Alors peut-être a-t-elle caché ses renseignements dans sa tombe. Comme elle ne s'entendait pas avec lui, personne n'aurait songé à chercher là.
- Peut-être en effet, mais son but était que moi je les trouve.
- Nous y jetterons un coup d'œil pour vérifier.
- Oui, pourquoi pas.

Elle se pencha en arrière pour l'embrasser.

- Ça ne va pas être trop dur de devoir rester avec moi à longueur de journée ? le taquina-t-elle.

Connor soupira.

- Tu n'as pas idée.

Il l'embrassa, démentant aussitôt ses paroles. Qu'il était bon d'être avec elle, juste eux deux, sans personne pour les observer. La sentir contre lui était toujours source d'une une joie intense et il n'avait besoin que de ses baisers pour oublier le monde autour de lui. En revanche, le désir les submergeait toujours au point qu'ils en oubliaient leurs responsabilités.

- Connor, je crois que tu t'emportes, souffla alors Sanya.

Le jeune homme se rendit compte qu'il avait une main sous la robe de sa compagne.

- On a bien un peu de temps...

Et il l'embrassa avec fougue.

5

Connor termina de se rhabiller avec les vêtements choisis par Sanya. Il n'aimait décidément pas se vêtir de la sorte, mais la reine ne lui avait pas donné le choix. Quand il eut terminé, il aida Sanya à lasser son corset.

- Crois-tu que Kalim pourrait dire quelque chose sur notre relation ? demanda soudain Connor.
- Il n'a rien à dire sur ce que je fais, je suis la reine ici, qu'il ne l'oublie pas. Mais je préfère tout de même qu'il n'en sache rien. Il est fourbe, il pourrait se servir de toi.

Les deux jeunes gens quittèrent leur chambre pour rejoindre la salle à manger et croisèrent en chemin Breris et Tamara. La jeune femme avait accepté de devenir conseillère de la reine, afin de mieux l'aider et de venger la mort de son époux, mais elle n'était pas prête à se présenter seule devant le roi, elle préférait avoir un homme à ses côtés, afin de paraître moins vulnérable. Elle avait naturellement demandé à Breris de l'accompagner. Ce dernier avait accepté avec joie.

Ils rejoignirent la salle à manger où les attendaient déjà le roi Kalim et tous les conseillers de Sanya. À l'entrée de la reine, tous se levèrent pour l'accueillirent. Ils ne se rassirent que lorsqu'elle s'installa à sa place. Le roi Kalim se trouvait à sa droite et Connor à sa gauche.

- Vous êtes en beauté ce soir, lança le roi en contemplant la robe de Sanya.
- Je vous remercie.

Si le compliment la mettait mal à l'aise, elle n'en montra rien. Les servants apportèrent le repas et remplir les verres d'hydromel. Il y avait toutes sortes de légumes, de fruits, de viandes, de féculents et Kalim sembla satisfait de ce qu'il voyait. Il se remplit une belle assiette et quand Sanya entama son repas, il s'empressa de manger.

Ils dégustèrent en silence durant quelques minutes avant que Kalim ne rompe le calme.

- Alors Majesté, quelles sont les nouvelles d'Eredhel ?
- Je pense que ce que vous avez entendu est à peu près tout ce qu'il y a de nouveau.

Elle ne donnerait pas le plaisir d'apprendre au roi ce qu'il ignorait. Et ce dernier ne révèlerait visiblement ce qu'il savait car il se contenta de dire :

- Tant mieux dans ce cas.
- Et vous, à Teyrn ?
- Eh bien, rien de bien nouveau non plus. Une épidémie s'est déclarée, comme je vous l'ai dit, faisant beaucoup de ravage. Elle commence à disparaître, mais il y a encore beaucoup de cas. Rassurez-vous Majesté, je n'ai pris avec moi que des hommes saints.
- Et je vous en remercie.

Il but plusieurs rasades de son hydromel, essuya sa barbe de la manche, avant de tourner son regard vers Connor.

- Connor, je peux vous appeler Connor ? J'avais une question à vous poser.
- Je vous écoute, répondit le jeune homme, un brin soupçonneux.
- Vous êtes un Maître des Ombres, n'est-ce pas ?

Le jeune homme fut soulagé de ne rien avoir dans la bouche, car il se serait probablement étouffé. Tous avaient les yeux braqués sur lui, attendant avec impatience la réponse du jeune homme, inquiets à l'idée de ce qui allait se passer.

Connor plongea un regard intense dans celui du roi. Rien ne trahissait ses émotions.

- Qu'est-ce qui vous fait dire ça ?

Kalim sourit.

- J'ai déjà rencontré ces fameux Maîtres des Ombres. Ils sont très connus dans votre royaume, si je ne m'abuse. J'ai reconnu chez vous ce calme, cette assurance, ce regard. Et puis la tenue que vous portiez.
- J'ignorai que ceux de Teyrn connaissaient si bien les Maîtres des Ombres.

- Oh, il n'y a que moi, je pense. Comme je vous l'ai dit, j'en ai déjà rencontré. Cela fait longtemps que vous êtes dans la confrérie ?
- Oui.
- Vous savez, votre confrérie me fascine. Il me semble qu'ici, à Eredhel, on en entend souvent parler. Vous êtes craints et vénérés à la fois. On raconte beaucoup de choses sur vous. Malheureusement chez moi, peu ont entendu parler de vous. J'aimerais tellement en savoir davantage.
- Quel genre de choses désirez-vous savoir ?
- Votre profession, par exemple.
- Je suis garde du corps de la reine Sanya.
- Vous ne faites pas que ça, si ?

Connor haussa les épaules en se laissant aller dans son fauteuil. Kalim sourit de plus belle.

- Est-il vrai que vous pouvez vraiment anticiper les attaques ennemies ?
- Si j'étais vous, je ne préférais pas connaître cette réponse. Car cela voudrait dire que moi ou l'un de mes confrères vous aurez vaincu.

Kalim rit devant cette audace, sans toutefois paraître vexé.

- On m'avait dit que les Maître des Ombres ne craignent rien ni personne et n'ont pas froid aux yeux. Je le confirme en vous voyant. Vous ne semblez pas vous soucier du fait... que je sois roi.

Connor se pencha sur la table, un sourire énigmatique aux lèvres.

- Le fait est que je ne crains personne, car personne ne pourra rien me faire et que vous n'êtes pas le roi d'Eredhel. Ceci dit sans méchanceté, bien entendu.
- Bien entendu.

Kalim semblait fasciné. Autour d'eux, les autres écoutaient l'échange verbal avec inquiétude. Sanya se massait les tempes.

- Et est-il vrai que vous voyez dans le noir ?
- Tout le monde voit dans le noir.
- Pas aussi bien que vous, à ce qui paraît.
- Navré, mais les rumeurs ne resteront que des rumeurs. Il faudra vous contenter de ce que vous pourrez bien entendre autour de vous.
- Oui, mais on apprend beaucoup de chose, lorsqu'on sait tendre l'oreille. Les gens savent parfois bien plus qu'il n'y paraît.
- En effet.

Connor ne s'y trompa pas un seul instant. Tous deux essayaient d'intimider l'autre, de paraître plus fort. Kalim voulait jauger son adversaire. Mais il pouvait bien faire croire ce qu'il voulait, jamais il ne percerait les secrets de la confrérie.

- Peut-être pourriez me parler de vous, alors, enchaîna Kalim après avoir avaler ce qu'il avait en bouche.

- Pourquoi cet intérêt ? Je n'ai pas grande importance, à vos yeux.

- Vous n'êtes pas quelqu'un sans importance, je le vois en vous. Nous allons nous côtoyer souvent, j'aimerais autant vous connaître un peu mieux. Vous êtes un homme fascinant, Connor.

- Je n'ai pas grand-chose à dire.

- Êtes-vous d'Eredhel ?

- Non, de Jahama.

- Comment vous êtes-vous retrouvé ici ?

Connor but son hydromel pour se donner du temps. Il aimait de moins en moins cette conversation.

- J'ai été engagé par une caravane marchande, pour la protéger. Elle se rendait à Sohen. J'en ai profité pour rester un peu en ville et c'est là que la confrérie m'a recruté.

- Avez-vous déjà travailler pour la reine ? Vous semblez bien vous connaître.

- Oui, j'ai déjà travaillé pour elle.

- Et d'où vient la cicatrice que vous avez au visage ?

- Un vieil ennemi que j'ai juré de tuer.

Le cœur du jeune homme s'accéléra. Kalim se mêlait d'affaire qui ne le regardait pas. Il allait trop loin. Le roi sembla le remarquer, car il parut confus.

- Je suis navré, toutes ces questions doivent être embarrassantes. Je me laisse emporter. C'est votre vie, elle ne concerne que vous.

- En effet.

- Veuillez me pardonner.

Le jeune homme hocha la tête, sans lâcher le roi du regard. Kalim le laissa en paix le restant du repas, préférant s'adresser à Sanya. La conversation qu'il avait avec elle n'était pas menaçante ou inquiétante, au contraire, elle était tout à fait banale, mais le jeune homme ne cessait de surveiller le roi. Du coin de l'œil, il vit qu'Aela faisait de même. Elle était tendue et ne touchait à peine son assiette. Elle aussi avait dû comprendre la réelle valeur de l'échange entre Kalim et son ami.

Quand le repas fut fini, la reine se leva et tous l'imitèrent.

- Il se fait tard, je vais donc rejoindre mes quartiers.

- Merci pour ce délicieux repas, Majesté, lança le roi Kalim.

- Je vous en prie.

Ils quittèrent tous la table pour rejoindre leur chambre, et Connor s'empressa de récupérer son manteau, l'esprit encore trop occupé par ce qui venait de se passer.

- Je vais dehors prendre l'air, annonça-t-il à Sanya.

Elle hocha la tête sans chercher à le retenir. Il descendit dans les jardins en évitant tous ceux qu'il croisait et il se glissa dans un coin sombre pour s'appuyer sur les remparts et observer le reflet des lunes sur l'océan. Il resta un moment immobile à réfléchir.

- Je sais que tu es là, lança-t-il alors.

Faran soupira et s'accouda à ses côtés. Il était emmitouflé dans son manteau et son capuchon ne laissait pas paraître grand-chose de son visage.

- Sanya m'avait dit que c'était vain de te surprendre, mais je ne la croyais pas. À présent, je sais qu'elle disait la vérité.

Connor sourit à son frère.

- Que veux-tu ?

- Te parler. Je sais que tu es inquiet pour Kalim. Cette conversation ne t'a pas laissé de marbre.

- Il s'intéresse d'un peu trop près à la confrérie. Je n'aime pas ça. J'ai l'impression qu'il cherche à me menacer. Je n'aurais pas dû entrer dans son jeu.

- Il est également possible que tes préjugés t'aveuglent. Ainsi, tu vois le mal partout, même là où il n'y en a pas. Souviens-toi d'une chose : le danger oblige parfois les gens à changer. À faire preuve de raison pour survivre.

- Comme il peut pousser à faire des choses inconsidérés.

- Est-ce inconsidéré que de vouloir une alliance pour survivre, malgré les rancœurs ? Ne le juge pas trop rapidement. Cela conduit parfois à des situations épineuses.

Ils restèrent un moment silencieux jusqu'à ce qu'Il'ika vienne les rejoindre. Elle rassura Connor d'un geste affectueux avant de se blottir contre Faran pour lui souhaiter une bonne nuit. Fatiguée, elle ne tarda pas à remonter se coucher. Incapable de faire taire sa curiosité, Connor souffla :

- Comment vis-tu votre situation ?

Faran soupira.

- Eh bien, je suis heureux d'être avec elle, de savoir que notre amour est réciproque, mais... nous sommes tellement différents que c'est parfois pesant. Nous ne pouvons rien faire... enfin tu vois ce que je veux dire.

En voyant son frère rougir, Connor comprit aussitôt de quoi il voulait parler. Hélas, il ne pouvait absolument rien pour lui.

- Ne crois-tu pas que la magie des fées pourrait y faire quelque chose ? Ou la tienne ?

- Je n'en sais rien. J'en parlerai avec Sanya.

La reine avait commencé à enseigner la magie au jeune homme, ce que ce dernier semblait adorer. Si elle avait longuement insisté sur le côté théorique, elle commençait à présent à travailler le côté pratique, pour le plus grand plaisir de son apprenti. Mais avec la venue de Kalim, Sanya n'était pas sûre de trouver beaucoup de temps à lui consacrer, sans oublier qu'Eroll était toujours là.

Quand le froid leur arracha une grimace de douleur, ils s'empressèrent de rentrer. Après s'être souhaités une bonne nuit, ils regagnèrent chacun leur chambre et Connor se fit le plus discret possible en entrant dans la sienne. Il ne savait pas si Sanya dormait déjà, mais il ne voulait pas prendre le risque de la réveiller. Il retira ses habits en silence pour les poser sur le dossier d'une chaise et se glissa sous les draps en grelottant. Il se blottit contre le dos de la jeune femme et sa chaleur se communiqua aussitôt à lui. En revanche, le froid de ses doigts ne devait pas être agréable car elle sursauta quand il voulut l'enlacer.

- Désolé, souffla-t-il.

- Ce n'est rien.

Elle prit ses doigts dans les siens. Connor enfouit son visage dans ses cheveux.

- Je sais que c'était stupide de provoquer Kalim, mais...

- Je ne t'en veux pas. Ne te préoccupe pas de ça. Qu'il comprenne donc que tu es un homme à craindre.

- Tu me rassures. (Il déposa un baiser dans le cou de sa compagne.) On ferait mieux de dormir.

Ils ne mirent pas longtemps à sombrer dans le sommeil.

6

Sanya cherchait déjà à s'imaginer ce qui l'attendait alors qu'elle descendait les escaliers pour rejoindre sa salle de réunion, où l'attendaient le roi Kalim. L'appréhension la tenaillait, elle devait bien se l'avouer. Elle ne serait pas seule car son plus proche conseiller, Damian, était là pour l'assister, et elle disposait de deux gardes. Kalim aurait également son page et ses deux gardes du corps.

Elle pénétra dans la salle en pierre qui lui sembla bien grande. Kalim était déjà là, installé devant la table en bois, son page à sa droite, et il se leva pour accueillir la reine. Son page se leva également pour s'incliner en silence devant elle.

- Bien le bonjour, Majesté. Et messire Damian, bien sûr.
- Bien le bonjour à vous aussi.

Damian s'inclina à son tour sans un mot et tous s'assirent l'un en face de l'autre, ne se lâchant pas du regard. Kalim souriait, réajustant sa cape en peau d'ours sur ses épaules.

- Alors Majesté, si nous parlions de ce qui vous amène ici ? lança finalement Sanya.

L'attente était insupportable, elle voulait savoir ce que voulait Kalim, et vite. Le roi croisa les doigts devant lui, plongeant un regard intense dans celui de la reine.

- Je suis au courant de votre situation avec l'empire. La guerre est déclarée et je sais qu'elle ne s'arrêtera pas à vos frontières. Lorsqu'Eroll aura conquis Eredhel, il viendra s'en prendre à nous aussi.

- Je n'ai pas l'intention de lui céder Eredhel.

- Bien sûr, ce n'était pas ce que je voulais insinuer, mais on ne sait jamais ce qui peut arriver. Il vaut mieux prévenir que guérir.

- Que proposez-vous ?

Kalim chercha ses mots.

- Je vous apporte mon aide, mon armée se tiendra prête à intervenir en cas de besoin. Je n'apprécie pas Eroll et encore moins ses croyances. Nous serons vos alliés dans cette guerre.

- Eh bien, une telle alliance ne peut que nous réjouir.

- J'ai eu vent du fait qu'Eroll possède une grande armée, reprit Kalim. Pour contrer cette menace, je pense que nous devrions nous allier.

Il attendit un peu pour voir la réaction de Sanya.

- Nos royaumes ont combattu ensemble face à la dernière invasion de l'empire. Pardonnez-moi si je vous parais brusque, mais vous n'avez sûrement pas fait tout ce chemin juste pour m'annoncer vouloir m'aider. Qu'avez-vous en tête précisément ?

- Teyrn et Eredhel n'ont pas des relations faciles, je vous l'accorde. J'admets aussi volontiers que jusqu'à présent, je n'ai pas fait grand-chose pour détendre nos rapports. Mais les temps changent. Nous ne devons pas laisser Eroll tirer parti de nos relations. Nous devons combattre côte à côte pour repousser un ennemi commun, mais nous ne pouvons le faire que si une confiance mutuelle s'installe, que si nos rapports s'améliorent, vous comprenez ? Deux armées qui se battent ensemble ne doivent pas se regarder en chiens de faïence. Ce que je propose donc, c'est que nos deux royaumes se lient de façon plus étroite.

Sanya commença à voir où voulez en venir le roi.

- Expliquez-vous.

- J'ai pensé à plusieurs accords, que nous pourrions passer, pour favoriser cette nouvelle amitié et renforcer nos liens. Eredhel et Teyrn seraient ainsi plus soudés, plus forts, et l'empire ne pourrait rien contre nous. Avec cette alliance, nous pourrions le repousser.

- Pourquoi une telle alliance uniquement entre nous ?

- Si les autres royaumes acceptent, je serais prêt à passer des accords avec eux aussi, évidemment. Teyrn a longtemps inspiré de la crainte et du dégoût, j'en ai conscience. Je veux changer cette image, je veux être aussi proche des autres royaumes, qu'Eredhel l'est. Si je propose mon amitié à vous en premier, c'est parce qu'Eredhel est le premier royaume touché par la guerre. Et parce que je sais que vous êtes une souveraine pleine de raison. Vous m'avez accueilli ici. Les autres rois ne se seraient pas montrés hospitalier envers moi, je le crains. Ecoutez, je sais que cela peut paraître soudain, suspicieux même, et je vous comprends. Mais je ne tiens pas à voir Eroll régner sur ce continent. Je ferai ce qui s'impose pour le chasser. Je sais de quoi il est capable et je ne laisserai pas mon royaume subir sa folie.

Sanya réfléchit à ses mots. Bien sûr, une alliance avec Teyrn était une très bonne chose pour contrer les attaques de l'empire. Si Teyrn entrait en guerre à ses côtés, cela pourrait changer bien des choses. Mais Kalim était-il sincère ? On l'appelait le roi Félon, alors pouvait-elle réellement avoir confiance en lui ? Voulait-il vraiment l'aider à chasser Eroll, ou au contraire, était-il de mèche avec lui ? Elle se tourna vers Damian. Ce dernier, d'un hochement de tête, lui signifie que malgré les doutes, il était d'accord pour continuer sur cette lancée.

- Très bien, alors parlons donc de ces accords, que je puisse avoir matière à réfléchir. Car je sais que même pour le bien de votre royaume, vous ne pouvez pas envoyer votre armée chez nous défendre nos terres sans contrepartie, à moins que je ne déclare une dette envers vous.

- Et je ne veux pas de dette. Les dettes ne sont jamais bonnes pour les relations amicales. Alors oui, c'est effectivement pour cette raison que je propose des accords qui nous iraient à tous les deux. Ainsi, nos deux communautés en sortiront plus victorieuses que jamais. Dans ces conditions, seriez-vous prête à vous allier à Teyrn ?

- Je ne me prononce pas pour l'instant, j'attends de connaître les termes de cette alliance. N'y voyait aucun mal, mais j'ai subi mon lot de trahisons et je tiens à tout étudier avant de prendre une décision.

- Je ne peux qu'approuver. Pour avoir moi aussi subit des trahisons, je sais ce que ça fait, de ne plus avoir confiance en rien n'y personne. Prenez donc votre temps, ma reine.

Son page se pencha et sortit une liasse de papier qu'il gardait dans une besace à ses pieds. Il les étala devant la reine qui se concentra pour ne pas paraître surprise. Kalim avait tout prévu. Il fallait bien avouer qu'il était minutieux et ne laissait rien au hasard.

- Pour commencer, j'avais pensé à un libre échange commercial entre nos peuples, ainsi qu'un libre accès de nos royaumes aux citoyens désirant traverser les frontières.

Sanya se rembrunit.

- Sachez que je n'ai jamais empêché quiconque de rentrer dans mon royaume, en revanche, je ne tolérerais pas de recevoir tous vos pillards, vos bandits et autres criminels de ce genre.

- Naturellement, cela va de soi. Dans mon royaume comme dans n'importe quel autre, de tels vermines ne méritent pas l'hospitalité.

Il fit glisser une première feuille devant elle.

- J'ai réfléchi à ce premier décret, je vous ai mis mes suggestions sur cette fiche. Vous pourrez les regarder en détails avec vos conseillers et me donner votre avis plus tard. Libre à vous de le modifier, si vous voyez des choses à améliorer.

Sanya hocha la tête, examinant cette première feuille. Elle ne savait toujours pas quoi penser de la sincérité du roi, mais si elle jouait finement, peut-être ces accords pourraient lui donneraient de réels avantages.

- Ensuite, continua Kalim, j'avais pensé à laisser des ambassadeurs de Teyrn, ici, à Sohen, afin de garantir notre amitié. Vous n'auriez nul besoin de faire le trajet jusqu'à Taleroche pour faire affaire avec le royaume. Bien sûr, des ambassadeurs d'Eredhel seront les bienvenus chez moi.

L'idée en elle-même ne semblait pas mauvaise, mais Sanya restait sur ses gardes.

- Majesté, je suis persuadé qu'une telle alliance entre nous serait un réel avantage dans cette guerre. Nos deux armées ne pourraient en former qu'une seule, afin d'exterminer la menace. Aussi j'accepte de mettre mon armée à votre service, si vous acceptez bien sûr de les accueillir dans votre royaume et de leur fournir des vivres.

Sanya se massa les tempes.

- Il faudra que j'en parle à mes conseillers, j'ignore si nos ressources nous le permettront. Je vous tiendrai au courant.

- Évidemment, je ne voudrais être responsable d'une famine, mais je pense que ce serait la meilleure solution pour repousser Eroll. Je ferai naturellement venir des vivres de mon royaume pour nourrir mes hommes, mais les voyages sont parfois longs et dangereux, je demande juste à ce que vous aidiez mon armée si jamais ces convois rencontraient des soucis. Eredhel et Teyrn devraient être plus soudés, ainsi que les autres royaumes, s'ils acceptent.

- Avez-vous d'autres accords à me faire part ?

- J'avais pensé à inclure Eredhel dans notre économie. Mon royaume ne possède pas beaucoup de ressources. Je peux vous fournir une aide militaire, économique et financière et en contrepartie, vous me fournissez les ressources dont je manque.

Sanya se pencha vers lui.

- Qui vous dit que j'ai besoin d'une aide économique et financière ?

- C'est la guerre Majesté, si vous ne connaissez pas de crise en ce moment, cela viendra, croyez-moi. Je connais bien les dégâts de la guerre. Bientôt, Eredhel risque d'être ravagé par la famine et le chômage, le pillage et autres délinquances de ce genre. Et c'est là que mon aide vous sera très utile, vous pouvez me croire.

- C'est plus que je ne pourrais rembourser, grogna-t-elle en contemplant les contrats qu'elle avait sous les yeux. Et vous aurez la main sur les affaires économiques de ce royaume.

- Non. Je ne vous donnerai pas plus que ce que vous me donnez en échange, du moins pas sans votre accord. Et je n'interférais pas dans votre économie. C'est votre royaume, je vous laisse le soin de le gérer.

La reine hocha la tête, guère convaincue. Kalim passa ensuite une heure à lui présenter d'autres accords, principalement militaires, lui affirmant que cette union entre leurs deux pays était la meilleure chose. Ils seraient soudés face au danger et inébranlables. Vu sous cet angle, il était vrai que c'était convainquant, Sanya avait bien besoin du soutien de Teyrn, car l'empire étant immense, elle doutait que Dryll, Jahama et Eredhel suffisent à le repousser.

Pourtant, elle s'interrogeait toujours. Le roi Aldaron et Roald étaient de fidèles alliés, ils lui porteraient secours dès qu'elle le leur demanderait, jamais ils ne la laisseraient tomber, alors pourquoi Kalim ne se contentait-il pas d'une telle entente, au lieu de chercher quelque chose de plus compliquer ? Il était vrai que leurs rapports n'étaient pas bons, mais instaurer de tels décrets changerait-il vraiment quelque chose ?

Une réponse lui vint à l'esprit et elle espéra de tout cœur que ce soit faux.

Si Kalim profitait de la guerre pour tenter de reformer l'empire de Teyrn, alors les choses risquaient de vite dégénérer. Eredhel ne pourrait pas tenir face aux assauts d'Aurlandia et ceux de Teyrn. L'empereur suffisait, elle n'avait pas besoin d'un autre roi prêt à tout pour la faire tomber et récupérer son royaume.

S'il était venu pour ça, la reine se promit que ça ne se passerait pas comme il l'entendait. Jamais elle ne livrerait son royaume, même si elle devait y laisser des plumes.

En attendant, quoiqu'en dise Kalim, Teyrn ne se battrait

sûrement pas à ses côtés sans cette alliance, sinon il n'aurait pas déployé tous ces efforts pour tenter de la rallier à sa cause. Sanya devait bien étudier toutes les options, essayer de négocier des arrangements pour préserver son royaume et s'assurer le soutien de Teyrn.

- Vous avez le temps pour répondre, ou apporter des modifications, lança le roi Kalim avec un sourire.

La reine hocha la tête et prit la liasse de papier dans ses bras.

- Si vous avez terminé, je vais me retirer et étudier tout ça, répondit-elle.

Kalim et son page se levèrent pour la saluer et prendre congé… Damian attendit qu'ils soient hors de voix pour se tourner vers sa reine :

- Je sais ce que vous pensez. Qu'une telle alliance nous engagerait beaucoup trop avec l'empire, alors que nous ne sommes pas certains de sa réelle loyauté.

- Accepter tout ceci, nous pourrions devenir dépendant de lui.

- Certes. Mais vaut-il mieux ça ou l'esclave ?

- Il est difficile de répondre pour l'instant. Je ne veux pas porter de décision hâtive. Il nous faudra le temps de bien en réfléchir tous ensemble.

Damian et elle discutèrent encore un peu des ces arrangements, essayant de déterminer ce qu'un tel pacte pourrait ou non engendrer, imaginant toutes les possibilités et laquelle était la meilleure. Ou du moins la moins pire. Ils se mirent d'accord sur le fait de pousser la réflexion sur les accords de Kalim avec les autres conseillers, afin de satisfaire le roi, sans pour autant trop lui en accorder. C'était pour l'heure la meilleure solution qu'ils avaient. Puis, n'ayant plus grands choses à déblatérer, la reine prit congés, imité par son conseiller, et retourna dans ses quartiers.

- Tu peux sortir, souffla-t-elle, alors qu'elle avait passé le premier couloir.

Elle ne sut jamais d'où il vint, Connor semblait s'être matérialiser derrière elle. Elle avait beau s'y attendre, elle ne put s'empêcher de sursauter.

- Mais comment fais-tu ?

- Aucune idée. Alors, comment ça s'est passé ? C'était plutôt long.

- Ne m'en parle pas, je ne voyais pas le temps passer. Connor, tu voudrais bien aller me chercher Faran, Aela et Reva ? J'aimerai les mettre au courant de la situation et de ce dont nous avons parlé

Damian et moi.

- Dois-je m'inquiéter ?
- Non, pas pour le moment.
- Et tes autres conseillers ?
- Je les réunirai demain.

Le jeune homme ne s'attarda pas davantage et partit chercher leurs amis. Pendant ce temps, Sanya alla déposer le dossier de Kalim dans sa chambre, sur son bureau, avant de rejoindre son salon privé pour se prélasser un moment dans son fauteuil. Le rembourrage en fourrure était agréable. Elle ferma un instant les yeux pour se remettre les idées en place. Quand en aurait-elle fini avec toutes ces histoires ? Ça lui prenait la tête, que n'aurait-elle pas donné pour mener sa vie comme elle l'entendait avec Connor, sans se soucier de rien ! Ils pourraient aller où bon leur semble, faire ce qu'ils voulaient, il n'y aurait personne pour leur dire quoi faire, personne pour leur poser des problèmes. Ils pourraient voyager ensemble, juste eux deux, prendre le temps de s'aimer. Elle sourit à cette pensée.

Ses amis ne furent pas longs à venir, la tirant de ses rêvasseries. Ils s'inclinèrent devant elle avant de prendre place sur des fauteuils. Connor se plaça à ses côtés. Ils rongeaient visiblement leur frein, impatients de savoir ce qui c'était dit entre elle et le roi.

- Bon, Damian et moi venons de passer plus d'une heure à discuter avec le roi Kalim et il désire une alliance particulière avec Eredhel.
- Une alliance particulière ? s'étonna Faran.
- Oui.

Après avoir inspiré à fond, Sanya résuma à ses amis ce que le roi leur avait proposé. Elle lut d'abord de la surprise dans leur regard, puis de l'incompréhension et enfin de l'indignation.

- Pour qui se prend-il ? s'emporta Aela. On dirait une invasion passive ! On lui donne nos ressources, sachant que ce que veut Teyrn, c'est nos minerais de fer et nos cultures et lui place toute son armée chez nous. Puis il nous donne de l'argent, sûrement pour nous endetter par la suite. Et au bout du compte, un décret par ci-, un décret par-là, et il prendra le contrôle de l'économie du royaume pour finir par en prendre carrément la tête.

Elle était toujours la première à dire haut et fort ce que les autres pensaient tout bas, et la reine aimait son franc parler.

- Que croit-il, avec ses airs enjôleurs et ses courbettes, qu'il peut restaurer l'empire de Teyrn ? Du minerai pour ces armes, de la nourriture pour son armée et un libre accès à Eredhel... de quoi grossir son influence. Je n'aime pas ça.

Certains hochèrent la tête.

- Nous n'avons aucune preuve, répliqua Faran, et avant de condamner les accords qu'il nous propose, nous devrions les étudier, les modifier, de façon à s'assurer son soutien militaire sans pour autant lui laisser la moindre chance d'avoir un quelconque contrôle sur le royaume.

Sanya hocha la tête.

- Damian et moi en sommes venus à la même conclusion. Nous pensons que c'est la meilleure chose à faire pour le moment. Il faut essayer de modifier ces accords, peut-être en lui faisant miroiter qu'après la guerre, nous serions disposés à accepter plus. Mais pour le moment, il vaudrait mieux l'avoir de notre côté que contre nous. Refuser un traité avec lui, pourrait se révéler très dangereux.

- Et puis rien ne nous dit qu'il veut reformer l'empire, ajouta Faran. Nous sommes peut-être simplement aveuglés par nos préjugés. Ne le condamnons pas trop vite. Il a l'air de ne pas aimer Eroll, peut-être veut-il simplement être sûr de pouvoir triompher de lui et qu'Eredhel ne lui plante pas un couteau dans le dos à cause de préjugés. De plus, il a raison sur un point : nos deux royaumes sont trop longtemps restés en guerre pour qu'une alliance soit possible sans le moindre traité signé. Cela rendrait nos soldats trop suspicieux et trop prompt à se tirer dans les pattes. Ce serait mauvais pour la guerre et seul Eroll pourrait en tirer profit.

- En tout cas, je n'endetterai pas le royaume. Pas avec lui, je n'ai pas assez confiance, avoir une dette envers lui reviendrait à lui céder mon royaume bout par bout. Si je dois m'endetter, ce sera auprès d'alliés en qui j'ai vraiment confiance. Alors nous allons retravailler le traité, tous ensemble, afin de lui soumettre des accords qui lui conviendraient sans pour autant nous mettre dans la dépendance.

- Sois vigilante Sanya, continua Connor. Je reste persuadé que Kalim et Eroll sont peut-être de mèche.

- Si c'est le cas, Reva et moi nous le saurons, affirma Aela. Nous ne le lâcherons pas d'une semelle. Et mes hommes patrouillent sur les côtes, si un messager part, nous le saurons.

- Merci. Je vais éplucher le dossier qu'il m'a gentiment préparé. Demain, je le présenterai à tous mes conseillers et nous discuterons ensemble de ce que nous pouvons faire.

Faran et Aela approuvèrent. C'était sans doute la meilleure

solution et ils ne pouvaient rien faire d'autres pour le moment. Ils se levèrent en s'inclinant. Sanya n'avait pas besoin d'ordonner, ils savaient ce qui leur restait à faire. Aela se tourna néanmoins vers la reine avant de quitter la pièce :

- Reva et moi, nous descendons dans la cour d'entraînement. Je tiens à savoir ce que font les hommes de Kalim.
- Prenez donc des nouvelles de Breris, c'était lui qui devait se charger d'eux. Et Aela, évite de te faire remarquer.

La jeune femme éclata de rire.

- Ce n'est pas mon genre, voyons !

Sanya ne put s'empêcher de sourire et son amie vint poser une main apaisante sur son épaule.

- Ne t'en fais pas. Je me tiendrai.
- J'y veillerai.

Reva lui adressa un clin d'œil complice qui lui valut une tape de sa compagne. Quand ils furent partis, Sanya se tourna vers Connor.

- Je vais rester dans mon bureau, deux gardes veilleront sur moi, tu peux vaquer à tes occupations, si tu le souhaites.
- Tu préfères être seule ?
- Non, c'est juste que...
- Alors je reste avec toi.

Avec un sourire, il l'aida à se lever et tous deux se dirigèrent dans la chambre de la reine où un long travail les attendait.

Sanya ferma les yeux un instant pour les reposer, mais les rouvrir s'avéra plus difficile qu'elle ne s'y attendait. Elle n'osa pas se lever et se contempler dans la glace, elle devait avoir sale mine. Elle avait perdu le compte du temps passer à lire. Poussant un soupir, elle se força à continuer sa lecture.

- Arrête donc pour aujourd'hui et vient dormir, lança alors Connor.

Elle n'avait peut-être pas soupiré intérieurement, finalement. La reine tourna la tête. Connor était allongé sur le lit à jouer avec une babiole qu'il avait trouvé elle ne savait où. Quand il plongea un regard compatissant dans le sien, elle le trouva si beau et si désirable, torse nu dans ce grand lit, qu'elle finit par se lever pour le rejoindre. Il ouvrit les bras pour l'accueillir et elle se coucha contre lui, nichant sa tête contre son cou. Elle ne portait qu'une légère chemise de nuit et elle pouvait sentir la douce chaleur de son amant à travers le tissu. C'était agréable et apaisant.

- Vide-toi la tête et détend-toi. Je n'aime pas te voir aussi préoccupée, en train de courir partout à te tuer à la tâche.
- Il faut bien que j'épluche ce dossier si je veux apporter des modifications.
- Personne ne ta demander le faire en une soirée.
- Plus vite ça sera fait, plus vite je serais tranquille.

Connor lui frotta le dos.
- De quoi as-tu peur ?

Sanya redressa la tête pour le contempler. Comment faisait-il pour découvrir à chaque fois à quoi elle pensait ?
- Ce que tu soupçonnes à propos de Kalim m'inquiète.
- Ne t'inquiète pas de ça, c'est mon affaire et je ne te laisserai pas porter ce fardeau. Fais-ce que tu as à faire, prend ton temps pour agir habilement et tourner la situation à ton avantage, s'il y a du danger, je te préviendrai et je m'en occuperai.
- Mais si Eroll attaque ?
- Nous le saurons.
- Et si Kalim est son allié et en profite pour lancer aussi l'assaut ?
- Nous le saurons bien avant. Je veille, les Maîtres des Ombres aussi, ainsi que Aela. Alors sois tranquille.

Sanya sourit en l'embrassant doucement. Se redressant sur un coude, Connor fit passer sa chemise de nuit par-dessus sa tête, avant de lui masser les épaules pour enlever ses dernières inquiétudes. La jeune femme s'abandonna à ses mains expertes. Quand elle fut parfaitement détendue, elle se rallongea sur le dos, laissant son amant lui caresser les seins et le ventre. Elle le contempla longuement en touchant son beau visage, heureuse de l'avoir simplement auprès d'elle. Il était la seule attache solide qu'elle avait, le seul sur qui elle pouvait vraiment s'appuyer, sur qui elle pouvait compter. La situation qu'elle vivait était des plus horribles, mais Connor avait su lui redonner courage. Il était toujours là pour elle, prêt à la soutenir et à partager ses fardeaux et cette confiance qu'elle lui portait lui faisait du bien. Elle ne serait jamais seule dans son malheur, tant qu'il serait là, tout irait bien. Tellement reconnaissante de ce qu'il lui apportait sans le savoir, elle l'enlaça plus fort et bientôt, elle s'endormit dans ses bras. Son amant remonta la couverture sur eux, lui embrassa les cheveux avant de la rejoindre dans son sommeil.

7

Faran s'étira en sortant de la salle de réunion. Il venait de passer deux heures en compagnie de la reine et ses conseillers afin de discuter des accords que Kalim voulait passer avec le royaume. Il n'était pas dans sa meilleure forme en ce moment et la jeune fée le ressentait. Leur relation était aussi délicieuse que douloureuse. Et ces derniers temps, la douleur primait. Si l'herboriste avait beau se dire que seule la présence d'Il'ika à ses côtés et son amour pour lui était suffisant, il souffrait de plus en plus de ne pas pouvoir être un couple normal, de ne pas pouvoir vivre pleinement leur relation comme Connor et Sanya le faisaient. Il y avait une barrière entre la fée et lui et chaque jour, il craignait que cette barrière ne s'élargisse. Il faisait tout pour ne pas montrer ses craintes et sa douleur à sa compagne, mais celle-ci était trop douée pour lui. Malgré tous ses efforts, elle percevait sa détresse et souffrait autant que lui.

L'herboriste se promit d'arranger les choses. Il ne laisserait pas Il'ika porter son fardeau, il allait trouver une solution pour qu'ils puissent être heureux. Il était un magicien, la magie était une source intarissable avec une infinité de possibilité, il allait bien trouver quelque chose qui puisse les aider ! Mais il refusait que la fée souffre à cause de lui. Il allait arranger la situation seul.

D'ailleurs, les leçons de Sanya lui manquaient. Pratiquer la magie était exaltant, passionnant et il avait soif d'apprendre. Si Sanya était très limitée dans ses démonstrations, ses connaissances ne l'étaient pas et Faran savait qu'il ne trouverait pas meilleur professeur qu'elle. La jeune femme connaissait presque tout de la magie, jusque dans sa nature la plus profonde. Elle ne manquait jamais d'explication et elle savait lui apprendre ce que d'autres auraient eu du mal. Cela semblait si naturel venant d'elle, elle semblait en phase avec la magie et cela se ressentait dans son enseignement.

En revanche, Faran n'avait toujours pas la moindre idée quant à l'identité de son parent divin. Sanya avait pensé à Siham, déesse des plantes et du savoir, hélas il était impossible de le prouver. Il continuait donc de s'entraîner sans relâche, attendant avec impatience le jour où son véritable pouvoir, celui de sa mère, se manifesterait enfin. Mais avec l'arrivée de Kalim et les problèmes que cela entraînait, il doutait que Sanya trouve beaucoup de temps pour lui.

- Que dirais-tu d'une promenade dans la ville ? demanda alors l'herboriste à sa compagne.

La fée secoua la tête en sifflant.

- Va pour les jardins alors... Je sais que tu n'aimes pas te montrer au grand publique, mais personne ne te fera de mal, tu sais.

Ils remontèrent dans leur chambre récupérer le manteau de Faran avant de sortir dans les jardins. Le temps s'était couverts et il neigeait depuis le matin. Ils marchèrent un moment en silence à contempler le paysage.

- Dis-moi Il'ika, tu ne m'as jamais vraiment parlé de ton peuple. Tu sais que jamais ne trahirai tes secrets.

La fée eut un sourire énigmatique.

- Dis-moi au moins depuis quand ton peuple existe.

- *Depuis la nuit des temps. Nous existions bien avant que les humains apparaissent. Nous avons été d'abord vénérés par les Anciennes civilisations, puis craints et méprisé des nouveaux humains. Ils ne comprenaient rien à notre nature, à notre pouvoir, ils ne supportaient pas de voir plus glorieux qu'eux, alors ils nous ont donné la chasse. Nous n'avons pas eu d'autres choix que de nous enfuir et de ne cacher au fin fond de la forêt de Wyth. Nous avons alors fait planer de nombreuses légendes pour que personnes ne viennent nous trouver.*

- Et ce pouvoir, d'où vous vient-il ?

- *De la terre et du ciel, de la nature et des étoiles.*

- Comme les dieux ?

Il'ika ria.

- *Peut-être.*

- Tu ne me diras rien sur ton pouvoir, n'est-ce pas ? Il n'y a que

Sanya qui sait.

La fée hocha la tête.

- *Quand tu en sauras plus sur la magie, je te dirai.*

Faran leva les yeux au ciel. Il'ika ne parlerait jamais avant qu'elle ne l'ait décidé. Contemplant le paysage enneigé au-delà des remparts, ils se demandèrent alors combien de temps durerait l'hiver. Le jeune homme s'habituait à la température, mais il savait aussi qu'il y avait des hommes quelque part, qui devaient repousser inlassablement l'ennemi et la neige ne les aidait pas. L'herboriste se doutait qu'ils devaient souffrir, à attendre immobile dans ce froid mordant, leur armure ne les protégeant pas du vent et de la neige qui s'infiltrait partout. Ils devaient être gelés jusqu'aux os. Il eut une pensée compatissante pour eux et il se demanda alors quand la guerre atteindrait Sohen.

Pour le moment, les batailles avaient lieu loin d'ici, principalement vers les côtes, mais quand Eroll entamerait l'acte final, Faran savait que les batailles seraient dix fois plus dures, plus meurtrières. Pour le moment, ce n'étaient que des raids, mais bientôt, ce seraient des boucheries qui auraient lieu ici, peut-être même que Sohen serait prise d'assaut. Que se passerait-il alors ? Devrait-il aller au champ de bataille lui aussi, ou verrait-il des milliers d'hommes mourir sous ses yeux et une ville en flamme ?

Le jeune homme chassa ses pensées, cela n'aiderait en rien les soldats ou la reine. Il resserra les pans de son manteau autour de lui et invita Il'ika à s'abriter dans son col. Alors qu'il sortait d'une arche faite de plantes grimpantes, il tomba nez à nez avec le roi Kalim. Le souffle lui manqua.

L'autre, fier et droit, lui adressa un grand sourire.

- Bonjour.

- Majesté, souffla l'herboriste en s'inclinant.

Il'ika profita de sa courbette pour se cacher.

- Je ne pensais pas tomber sur vous. Voudriez-vous marcher un peu avec moi ?

Faran accepta. Il se sentait petit et chétif au côté de ce colosse. Kalim était vraiment impressionnant et il n'avait toujours pas coupé sa grosse barbe qui lui donnait un air de barbare.

Ils marchèrent un moment en silence jusqu'à ce que Kalim finisse par demander :

- Êtes-vous le frère de Connor ?

- Oui. Comment le savez-vous ?

- J'ai entendu quelqu'un le dire. Alors tout comme lui, vous vivez depuis longtemps ici ?
- Cela fait quelque temps, en effet. Nous avons fait le voyage ensemble.
- De Jahama, c'est cela ? Un long voyage. Eredhel a dû vous dépayser ! Cela doit vraiment changer de votre pays natal. Est-ce que ça ne vous manque pas un peu, parfois ?
- En hiver, si, ça me manque énormément.
- J'imagine. (Le roi rit soudain) Moi aussi, j'ai beaucoup de mal avec les hivers d'ici ! Je ne pensais pas qu'il était possible de faire aussi froid. Je me demande bien comme vos armées font pour supporter. Est-ce qu'il y a des techniques pour résister au froid ?

Faran fronça les sourcils. Quelque chose lui disait que cette question n'était pas anodine. Mieux valait taire la vérité.
- Aucune idée, mais s'il y en a une, j'aimerais la connaître, parce que bon sang ! Je ne m'y habitue pas à ce froid.

Kalim hocha approuva sans rien traduire de ses pensées.
- Comment êtes-vous arrivé au poste de conseiller ?
- La reine choisit ses hommes en fonction de leur potentiel, non en fonction de leur rang.

Faran espérait que son ton n'avait pas été trop tranchant.
- J'en suis convaincu. Conseiller n'est pas un rôle facile, je suis bien placé pour le savoir. Le poids des responsabilités, la pression et parfois la corruption avec les complots.

Le jeune homme ne lui fit pas le plaisir de confirmer. Kalim ne devait pas savoir l'incident qui avait eu lieu entre la reine et ses conseillers.
- Et sinon, en simple curiosité, qu'est-ce que ça fait, d'avoir un frère, dont la profession est aussi célèbre ?
- Rien de bien spécial, répondit Faran, surpris.
- Cela n'a-t-il pas altéré votre relation ?
- En aucun cas. Nous avons chacun notre rôle.
- Quelle chance, mon propre frère faisait partie des troupes d'élites de l'armée. Il avait un rôle important et ne cessait me le jeter au visage. Cela a miné notre relation.
- J'en suis désolée.

Faran n'était pas à l'aise. Il se demandait bien ce que cherchait le roi.
- Merci. Si vous deviez avoir des problèmes de fraternité, sachez que je serai content de vous aider. Je sais qu'il n'est pas facile de se

sentir inférieur, mais il existe toujours des solutions pour arranger les choses. Je n'ose imaginer comment aurait été ma relation avec mon frangin, s'il avait été un Maître des Ombres. Sont-ils si puissants que ça ?

Faran plongea son regard dans celui du roi.

- Mon frère est tenu par le secret. Je ne sais rien de ce qu'il fait vraiment.

- Qu'il doit être frustrant de ne rien connaitre de son frère.

Le jeune magicien ne répondit rien. Que pouvait bien comprendre le roi de sa relation avec son frère ? Mais surtout, que cherchait-il à obtenir en l'interrogeant ainsi sur ses sentiments ? Une faille à exploiter ?

- Il commence à faire froid, je vais rentrer, lança soudain le roi. Merci pour cette balade et cette conversation.

Faran fut heureux de le voir s'en aller. Il'ika sortit de sa cachette, l'air suspicieuse. Elle non plus n'aimait pas les questions du roi.

Ils rentrèrent à leur tour pour se mettre à l'abri du froid. Faran fit un détour par les cuisines pour grignoter un peu avant de rejoindre la bibliothèque. Il avait envie de calme et d'un bon livre à lire. Il en trouva un, intitulé *L'Histoire clanique, qui* promettait d'être passionnant. Il s'installa à une table près d'une fenêtre et commença sa lecture.

Il'ika ne se joignit pas à lui, contrairement à son habitude. Elle s'éclipsa sans un mot, et Faran lui trouva un air préoccupé. Aussitôt, il s'inquiéta, mais il savait aussi que la fée ne dirait rien tant qu'elle ne l'aurait pas décidé. Il attendit donc qu'elle revienne le voir même s'il rongeait son frein. Elle avait l'air étrange depuis quelque temps, elle le regardait comme si elle cherchait constamment comment lui plaire et Faran craignait qu'elle ne s'inquiète trop pour lui. Il ne voulait pas la voir partir, ni la voir malheureuse. Pas à cause de lui. La douleur de son cœur finirait par s'estomper, il ne voulait pas qu'Il'ika en souffre d'une quelconque manière. La fée n'éprouvait peut-être pas les mêmes besoins que lui, le besoin de l'embrasser, de la serrer fort dans ses bras et il ne voulait surtout pas qu'elle se sente mal à cause de ce qu'elle n'éprouvait pas. C'était à lui de changer, de s'habituer, pas à elle. Ce n'était pas à elle d'endurer la douleur qu'il ressentait à l'idée de ne jamais être comme les autres. Il tâcherait de lui faire comprendre.

Sachant qu'il ne pouvait rien faire pour le moment, il essaya de se plonger dans la lecture pour oublier, mais à chaque fois, l'image d'Il'ika s'imposait à lui. Ah ! que l'amour pouvait être cruel parfois. Sanya et Connor pouvaient trouver que leur relation serait difficile une fois Sanya redevenue une déesse, mais ce n'était rien pour Faran.

Il pensait être capable de vivre une telle relation avec Il'ika, il réalisait à présent que c'était bien plus difficile qu'il ne s'y attendait.

À bout mentalement, Faran décida qu'un bain lui ferait peut-être un peu de bien. Il avait besoin de se détendre, d'arrêter de plonger dans son malheur. Le cœur serré, l'herboriste retourna dans sa chambre, où il remplit son bac d'une eau fumante. Il se déshabilla avec des gestes rageurs, et sans prendre le temps de s'habituer à la température de l'eau, il s'y enfonça sans réfléchir. S'il se brûlait, il penserait à autre chose.

Il s'immergea entièrement, et tandis qu'il retenait son souffle, il s'interdit de penser, de réfléchir. Il ne ressortit la tête que lorsque ses poumons protestèrent de ce traitement. Posant les bras sur le bord du bac, il ferma les yeux et se laissa aller. Il était bon parfois d'avoir la tête vide. Il resta là pendant une petite éternité avant de sortir de l'eau et de s'enrouler dans une serviette. Il tomba alors sur le lit en soupirant.

Faran entendit alors des coups légers à la porte et il s'empressa d'enrouler sa serviette autour de sa taille pour aller ouvrir. Il'ika se tenait à hauteur de son visage, un sourire aux lèvres. Faran n'avait peut-être pas la carrure de son frère, mais il était suffisamment élancé pour être séduisant. Même si elle était une fée, elle n'était pas insensible à ça. Rouge, son compagnon s'écarta pour qu'elle rentre, refermant la porte derrière elle. La fée se dirigea vers le lit, faisant signe à l'herboriste de le suivre. Quand il fut assis, elle se posa sur sa main.

- *Faran, j'ai pris une décision.*
- Une décision ? Comment ça, de quoi parles-tu ?

Le jeune homme paniqua. Il'ika s'empressa de le calmer.

- *Détend-toi, je ne vais pas t'annoncer que je te quitte.*

Faran soupira, rassuré.

- Alors, quelle décision ? Personne ne t'a mise en face d'un choix.
- *Moi si. Faran, je sais que tu es malheureux depuis quelque temp, et je sais aussi que tu ne m'en parles pas, parce que tu ne veux pas que je sois malheureuse à mon tour. Tu ne veux pas m'accabler de tes fardeaux. Mais je sais ce qui te tracasse. Tu crains de ne jamais pouvoir vivre une relation normale avec moi, tu crains de ne jamais pouvoir me serrer dans tes bras, de m'embrasser et plein*

d'autres choses que des couples normaux peuvent faire, et pas nous. Aussi ai-je décidé de rentrer chez moi, pour trouver une solution à notre problème.

- Il n'y a aucun problème...

- *Tu mens très mal, mon amour. Je vais rentrer, parce que je sais que mon peuple sera en mesure de nous aider.*

- Comment ?

- *Tu verras.*

Faran avait les larmes aux yeux.

- Tu n'as pas à changer pour moi. Je suis stupide et cela passera avec le temps. Je refuse que tu te sacrifie pour moi, juste pour satisfaire mes désirs. Tu n'as pas à faire ça, je ne te le demanderai jamais. Je suis heureux ainsi.

- *Non, tu ne l'es pas et je le sens. Et je tiens à te rassurer, ces désirs sont parfaitement normaux, ce n'est pas un mal de les éprouver, au contraire. Et je ne me sacrifie pas. Pour la bonne et simple raison que tu as fait naître ses désirs en moi aussi.*

Elle lui sourit tendrement.

- *C'est pour ça que je pars. Pour que toi et moi, nous soyons heureux et comblés. Je t'aime Faran, et je veux vivre avec toi les expériences intenses des autres couples. Je ne serai pas longue. Bientôt, toi et moi serons réunis comme n'importe qui.*

- Tu promets que tu ne le fais pas par obligation ?

- *Je te le promet, mon amour. Je le fais autant pour toi que pour moi. Il n'y a aucune obligation, ce n'est pas un sacrifice.*

Faran baissa les yeux. Cela ne lui plaisait pas de laisser partir Il'ika par ces temps troublés, mais avait-il vraiment le choix ?

- Sois prudente.

Elle l'embrassa doucement sur les lèvres, promesse du bonheur qui les attendait si elle réussissait.

8

Connor descendait les escaliers pour rejoindre la cour d'entraînement tout en s'assurant machinalement que ses dagues se trouvaient bien accrochées dans son dos. Le général Breris était venu plus tôt l'informer que Kalim s'y entraînait et Sanya, ayant des choses à faire avec ses conseillers, l'avait autorisé à descendre le surveiller. Le jeune homme rechignait à la laisser seule, car il restait le page du roi qui traînait il ne savait où, mais il se rassura en se disant que Sanya n'était pas seule et qu'elle était parfaitement capable de se défendre.

Kalim était là depuis plusieurs semaines et le jeune homme n'avait encore rien trouvé qui lui aurait permis d'accuser le roi. La reine et lui se réunissaient souvent pour parler du traité, il essayait bien sûr de la convaincre, mais il n'avait encore proféré aucune menace. De plus, il semblait plus qu'enclin à accepter les demandes de la reine quant au traité. Finalement, paraissait lui tenir à cœur, pas pour annexer doucement le royaume, mais pour véritablement s'allier contre Eroll et éliminer la menace une bonne fois pour toute.

Il entendit alors des pas précipités et Aela déboula juste devant lui à pleine vitesse et lui rentra dedans. Connor éclata de rire en l'empêchant de tomber en arrière dans les escaliers.

- Eh bien, tu es pire qu'une enfant !
- Je te cherchais, répliqua-t-elle. Kalim est dans la cour d'entraînement, il défie nos soldats.
- Je suis au courant, je descendais le voir justement.
- Je viens avec toi. Je veux voir comment il se bat, étudier les techniques de ses adversaires est toujours bon.

- S'il ne se joue pas de toi.

Aela lui jeta un regard noir.

- Parfois, tu oublies qui je suis. Je suis la cheffe de mon clan, première guerrière, et c'est moi qui forme nos guerriers d'élites. Élite, tu entends ? Il arrive qu'on me dise que telle ou telle personne n'en vaut pas la peine et elle se révèle finalement la meilleure de mes apprentis. Je sais déceler le potentiel chez n'importe qui, Kalim ne m'aura pas dans mon domaine. S'il bluff, je le saurais, crois-moi. Je le percerai à jour.

- Je te fais confiance.

- Il y a intérêt. Je détesterais devoir raconter à Sanya ce que j'ai dû te faire pour avoir ton estime.

- Si seulement tu étais capable de me vaincre.

- Range ta vantardise, Maître des Ombres, ne me fais pas le plaisir de me sous-estimer. Me crois-tu sans défense face à ta confrérie ? (Elle eut un drôle de sourire.) Tu n'es pas le seul à garder des secrets.

Connor sourit pour masquer son interrogation. Aela se moquait-elle de lui ? Faisait-elle semblant ? Ou connaissait-elle vraiment le moyen de rivaliser avec les Maîtres des Ombres ? Son clan était si particulier et puissant qu'il était incapable de répondre. Peut-être ces grands guerriers avaient appris à lutter contre son pouvoir. Il se rendit alors compte qu'il n'avait jamais vu Aela contre un adversaire digne d'elle. Il n'avait jamais pu évaluer sa force, il devait bien admettre qu'il ne savait rien d'elle. Elle tuait ses ennemis avec une telle facilité qu'elle devait être bien plus puissante qu'elle ne le montrait. D'ailleurs, quand elle défiait quelqu'un, il était clair qu'elle ne donnait pas tout ce qu'elle avait. Elle conservait un effet de surprise, car personne n'était en mesure d'évaluer sa véritable force.

Connor sourit. Il était heureux de l'avoir dans son camp, car il songea qu'Aela devait être le pire ennemi que quelqu'un puisse se faire. Si elle agissait souvent avec fougue sur un coup de tête, elle était une fine stratège, perspicace et dangereuse, capable de garder son sang-froid malgré les apparences trompeuses, et bien malin celui qui pouvait prétendre connaître ses cartes avant qu'elle ne les abatte. Elle méritait vraiment sa place de chef de clan, et le jeune homme se demanda vaguement si quelqu'un pouvait la détrôner. Elle cachait une force insoupçonnée, l'image qu'on avait d'elle était souvent loin d'être la bonne, et Aela se servait de ce mensonge.

- Je sais que tu m'étudies, sache cependant que tu ne sauras rien.

- Je comprends et je respecte ça. Tu es quelqu'un de surprenante Aela, surprenante et fascinante.

- Il n'y a pas si longtemps que ça, j'aurai rougi devant un tel compliment.

Lui rougit en comprenant où elle voulait en venir. Ils discutèrent tout le long du trajet jusqu'à la grande cour d'entraînement. Ils n'eurent aucun mal à trouver le roi Kalim et ils rejoignirent un groupe d'archer pour l'observer.

Le roi se battait à l'épée avec l'un des généraux de Sanya et plusieurs soldats étaient rassemblés autour d'eux pour les contempler, dont les hommes de Kalim. Ce dernier semblait bien se débrouiller, maniant sa longue épée comme si elle ne pesait rien.

- Depuis combien de temps est-il là ? demanda Connor à l'un des archers.

- Peu de temps.

- Je n'aime pas son sourire, lança Aela. Il me donne l'impression... de nous étudier.

Ils sentirent alors le regard de Kalim les transpercer. Un sourire étira ses lèvres et il s'approcha d'eux d'une démarche féline.

- Je suis bien content de vous trouver là, leur lança-t-il en guise de salut.

Connor et Aela s'inclinèrent, presque à contre cœur. Le roi transpirait, sa large poitrine se soulevait et s'abaissait en tendant sa chemise. Les températures s'étaient adoucies depuis une semaine et cet homme ne craignait pas de sortir nus-bras pour s'entraîner. Il n'était que montagne de muscles. En contemplant ses mains puissantes et immenses, Connor songea alors à Sanya. La pauvre ne pourrait jamais se libérer de son étreinte s'il décidait de s'en prendre à elle, elle était trop menue comparée à lui.

- Je dois avouer que vous tombez bien, s'écria le roi, ravi. Comme il fait beau, je voulais en profiter pour me dégourdir un peu. (Il tourna un regard insistant vers Aela.) On m'a raconté que vous êtes célèbre guerrière, par ici.

- Je ne prête jamais attention aux commérages, la plupart sont faux.

- Allons ! Pas de ça. Accepteriez-vous de livrer un petit combat amical avec moi ? J'aimerais savoir si ces commérages, comme vous dites, sont fondés.

Aela lui rendit son regard avec pas moins d'insistance, évaluant probablement toutes les solutions qui se proposaient à elle. Peut-être cherchait-elle aussi à évaluer la sincérité du roi.

Elle hocha finalement la tête et trouva un espace dégagé pour livrer son combat. Kalim ne la lâchait pas du regard et elle ne semblait pas s'en préoccuper. Adossé au mur, Connor ne ratait pas un détail. D'autres soldats, discrètement, se placèrent pour mieux regarder. Il vit même avec amusement que des paris semblaient être prononcés.

Aela tira alors son épée et lança quelques coups dans le vide pour s'échauffer. Elle ne souriait pas comme elle avait coutume de le faire avant chaque combat, elle restait de marbre, les yeux dans ceux du roi.

- Je vous laisse le premier coup Majesté.
- Allons, un peu de courtoisie, les dames d'abord.

Aela haussa les épaules et sans plus de cérémonie, attaqua. Le fracas de l'acier résonna dans l'air et le silence se fit tout autour d'eux. Ils échangèrent plusieurs coups pour se tester mutuellement, bloquant et répliquant à un rythme tranquille. Puis la cadence s'accéléra, les épées virevoltaient en tous sens et l'on entendait que le fracas des lames entre elles. Kalim était très concentré, étudiant soigneusement la jeune femme. Ses mouvements étaient souples, empreints de puissances, pourtant Connor se doutait qu'elle ne donnait pas le meilleur d'elle-même, loin de là. Quant au roi, il devait adopter la même technique, car il était à peine essoufflé. Sa lourde épée à deux mains s'abattait violemment et Aela se décalait souplement pour l'éviter.

Le roi commença alors à s'acharner davantage, désireux de remporter le combat, mais la guerrière ne lui céda pas une once de terrain, contrôlant parfaitement la situation. Elle conservait une très bonne garde, rien n'arrivait à la déstabiliser et ses répliques étaient précises et puissantes, mettant le roi en difficulté.

Le rythme devint alors beaucoup plus soutenu, les coups ne cessaient de pleuvoir, les deux combattant haletaient et transpiraient, les yeux enflammés. Kalim était fort et Aela avait le bras douloureux chaque fois qu'elle paraît un coup, si bien qu'elle adopta une attitude d'esquive. Elle bougeait vite, sans perdre l'équilibre, s'approchant dangereusement du roi pour percer sa garde. Ce dernier sentait que la jeune femme prenait le dessus et alors qu'elle s'approchait un peu trop près, il lui entailla profondément le bras. Aela se recula d'un bond, furieuse. Elle ne s'attendit pas au coup qui suivit.

Kalim frappa le sol du pied et du sable giclât au visage de la jeune femme. Mais celle-ci renversa la situation. La tête encore baissée, elle repéra Kalim du coin de l'œil et avant qu'il ne puisse réagir, elle enchaîna une série d'attaque qu'il ne parât que de justesse. Connor lut la crainte dans son regard. Il n'avait jamais vu Aela bougeait si vite et si souplement, et quelques mouvements habiles, elle désarma Kalim, faisant revenir son épée contre sa gorge.

Haletante, elle lui jeta un regard froid. Le roi, comme pratiquement tous les soldats, contemplaient la jeune femme, bouche bée. Si elle était loin d'avoir fait la démonstration de sa véritable force, elle avait au moins établi la preuve de sa supériorité. Et quelques pièces échangèrent de mains…

- Beau combat.

Le roi se redressa et Aela hocha la tête en rangeant son épée. Kalim se tourna alors vers Connor.

- Il me reste encore assez de force. Maître des Ombres, me feriez-vous l'honneur de vous battre avec moi ? J'aimerais voir l'étendue de votre puissance.

Connor s'avança dans la zone de combat. En passant près d'Aela, cette dernière lui souffla rapidement à l'oreille :

- Ne dévoile pas ton jeu.

Il sut immédiatement ce qu'elle entendait par-là. Kalim pouvait bien se vanter, il ne savait rien du pouvoir des Maîtres des Ombres et Connor ne lui donnerait aucune information. Tirant ses deux dagues, il fit face au roi.

- Allez-y, je suis près, lança-t-il.

Et Kalim attaqua. Connor para souplement avant de répliquer. L'Onde pulsait en lui, il aurait pu vaincre aisément le roi, mais il ne devait pas lui laisser deviner qu'il pouvait voir les choses à l'avance. Aussi se mit-il dans la peau d'un homme normal et pour la première fois depuis des mois, il éloigna l'Onde de lui.

Malgré ses restrictions, il demeurait plus fort que le roi, même si ce dernier lui donnait du fil à retordre. Il frappait avec une telle puissance que Connor en était déstabilisé chaque fois qu'il paraît et il possédait des aptitudes de combat prodigieuses.

Connor voulut percer sa garde, mais le roi avait beaucoup d'expérience, ce qui rivalisait avec la rapidité de Connor. Prenant sur lui, Connor encaissa quelques autres coups, en infligeant tout autant à son adversaire. Ce dernier s'essoufflait et le jeune homme vit sa chance. Quand la puissante épée de Kalim s'abattit sur lui, il se déroba, glissa le long de son bras et avant qu'il ne puisse revenir en position de défense, il l'immobilisa.

Contre toute attente, Kalim eut un sourire ravi.

- Vous êtes un homme incroyable.

Il s'écarta, rangeant son épée dans son fourreau, entre ses omoplates. Connor et Aela vinrent lui faire face.

- Vous êtes de grands guerriers, cela ne fait aucun doute, lança-t-il. Vos réputations sont fondées, je le reconnais. Maintenant excusez-moi, mais je vais me retirer et me reposer. Je n'ai plus la vigueur de mes vingt ans, hélas.

Les deux jeunes gens et les soldats s'inclinèrent et le roi disparut. S'essuyant le front de la main, Connor se tourna vers Aela.

- Que penses-tu de lui ?

- Il est malin, soupira-t-elle. Très malin. Il sait que je l'étudie, aussi cherche-t-il à nous tromper depuis le début. Nos victoires ont été sans doute trop facile, alors ne le sous-estime pas. C'est ce qu'il attend. Il veut nous faire croire que la rapidité et l'endurance lui font défaut. Pourtant, malgré toutes ses précautions, il ne peut pas m'avoir. (Elle sourit.) Il n'est pas si lent qu'il veut nous le faire croire. Il nous envoie sur une fausse piste. Je pense que la force n'est pas son seul atout. Il compte aussi sur la ruse et l'habileté. Il a de bons réflexes, il connaît beaucoup de bottes et de tactiques. Méfie-toi bien Connor.

- Comment peux-tu déceler tout ça ?

- J'observe toutes sortes de combattant depuis des années, c'est mon métier.

- Je te fais confiance. Je vais remonter aussi, reprendre mon rôle de garde du corps. Garde un œil sur Kalim, s'il prépare quelque chose, je veux le savoir.

- Bien sûr. Et pour le traité, as-tu des nouvelles ?

- Sanya essaye de le changer, pour donner un avantage à Eredhel tout en s'assurant du soutient de Teyrn. Mais les phrases sont si habilement tournées qu'elle a du mal à savoir si elle peut accepter les accords tels quels.

- C'est le problème avec les bons orateurs, ils peuvent nous faire croire n'importe quoi, ils peuvent nous leurrer. Qu'elle soit prudente avec ce qu'elle accepte.

9

Sanya attendait assise sur son trône, Connor à ses côtés. Aela, Damian et Faran étaient également présents. Ils venaient d'assister aux séances de doléances habituelles et la jeune femme se montrait souvent clémente et intentionnée, elle écoutait tout ce qu'on avait à lui dire avec une grande patience, mais aujourd'hui, elle était soulagée que la séance se termine. Il ne lui restait qu'un homme à voir et elle pourrait monter se reposer.

Les accords que voulait passer Kalim étaient pour la plupart compliqués, elle devait lire jusque très tard le soir pour être sûre de bien les comprendre, et ensuite, elle se creusait la tête pendant des heures en cherchant un moyen de les modifier à son avantage sans vexer le roi. D'autant plus qu'Eroll ne lui laissait pas de répits non plus. Elle se réunissait très souvent avec ses généraux et ses stratèges pour discuter des actions militaires à faire, car les raids devenaient de plus en plus fréquents et surtout de plus en plus violents. Elle avait déjà perdu quelques-uns de ses avant-postes, elle craignait d'en perdre d'autres. Les troupes d'Eroll essayaient sans cesse de percer ses défenses et de s'enfoncer davantage sur son territoire, et elle devait faire preuve d'une très grande vigilance. La zone côtière était devenue très dangereuses, des batailles ne cessaient d'y éclater et elle devait trouver un moyen d'écarter la menace.

Hélas, il restait encore une personne. Elle fit signe à un des gardes d'ouvrir la porte et un homme entra dans la salle du trône, couvert de terre et de blessures, les cheveux en désordre, les mains ensanglantées. Il haletait encore de l'effort considérable qu'il avait dû faire. On aurait dit qu'il sortait d'une bataille. Sanya fut aussitôt sur le qui-vive. Même les plus démunis des paysans venaient à elle de façon présentable, cet homme devait se trouver dans une situation d'urgence pour venir ainsi.

- Majesté, pardonnez mon accoutrement, mais je devais vous prévenir le plus vite possible.

Il s'inclina bien bas.

- Redressez-vous. Détendez-vous et racontez-moi tout.

L'homme hocha la tête et reprit son souffle. Il était si rouge et essoufflé que Connor se demanda s'il n'avait pas couru de chez lui jusqu'ici.

- Je m'appelle Sven, je suis marchand, je fais partie d'une caravane chargée de faire une livraison au château. Nous étions en route pour vous livrer des céréales, de la viande, du poisson et autres choses, quand nous avons été attaqués.

Sanya pâlit.

- Continuez.

- Une cinquantaine d'hommes se sont jetés sur nous, nous ne les avions pas vu arriver et les dieux savent que nous avions de très bons éclaireurs. Il y avait des guerriers qui nous accompagnaient pour nous protéger, mais ce fut un véritable carnage. Les pillards ont mis à sac la caravane, ils ont tué tous ceux qui se trouvaient là avant de s'enfuir avec toutes les provisions volées. Je m'étais éclipsé pour des besoins naturels, quand j'ai entendu l'attaque. Que les dieux me pardonnent, mais je suis resté caché en attendant que l'ennemi s'en aille !

Des larmes brillaient dans ses yeux et il tomba à genoux.

- Pardonnez ma lâcheté, Majesté.

- Il n'y a rien à pardonner, le rassura la reine d'une voix douce. Personne ne peut vous blâmer, vous avez fait ce qu'il fallait. Vous n'auriez rien pu faire contre ces barbares. Vous vous êtes cachés et vous êtes venus m'avertir, voilà tout ce qui compte. Vous avez toute ma reconnaissance.

L'homme parut soulagé.

- Majesté, encore une chose. Ces pillards, ils portaient les couleurs de l'empire. C'étaient les hommes d'Eroll, à n'en pas douter. Par tous les dieux, ils deviennent de plus en plus téméraires ! J'évitais les côtes justement pour ne pas les rencontrer. Je me tenais loin des zones dangereuses. Il n'y a donc plus d'endroits sûrs ?

- Etiez-vous loin de Sohen ?

- Plus de deux semaines à cheval. J'ai fait le voyage sans me reposer.

Sanya se massa les tempes. Elle se tourna vers ses compagnons.

- Eroll envoie des petits groupes d'hommes plus loin dans les terres, afin qu'ils interceptent nos caravanes. Il entend nous couper les vivres. (Elle regarda de nouveau le marchand.) Je vais vous faire apporter un repas chaud et des boissons. Vous pourrez vous reposez un jour ou deux si vous le souhaitez. Ensuite, je vous saurais gré d'informer vos contacts marchands de la situation. Qu'ils restent vigilants, qu'ils s'entourent de mercenaires s'ils le souhaitent. Je ne peux être partout à la fois, mais je tâcherai de sécuriser les routes marchandes à l'intérieures des terres.

- Bien Majesté, je ferai passer le mot. Merci.

L'homme s'inclina avant de s'éclipser.

- Alors ça y est, Eroll va nous couper les vivres, soupira Faran.
- Il veut nous affaiblir, expliqua Aela. Il ne cherche pas à priver seulement Sohen, mais également toute l'armée que nous avons posté pour contrer son avancé. Si les soldats pouvaient mourir de faim, ce serait un avantage pour lui. De plus, en créant la famine, c'est le royaume tout entier qui est en danger. Sans nourriture, nous ne pourrons rien faire, nous nous affaiblirons, ce sera la porte ouverte aux crimes et qui sait comment le peuple réagira. Eroll n'aura plus qu'à nous achever.

- Et c'est là que Teyrn apparaît comme allié, soupira Connor. Kalim sait parfaitement ce dont nous aurons besoin. Et ne pouvons pas faire sans.

- Il n'est pas mon seul allier, répliqua Sanya, Aldaron et Roald se joindront à l'effort militaire. Je vais trouver une solution. Le pays ne sera pas sous une quelconque dépendance.

Elle se redressa en rajustant sa robe.

- Aela, peux-tu réunir le conseil de guerre ? Nous devons parler.
- Bien sûr. Mais seulement dans une paire d'heure. Tu as besoin de repos.
- Non, je peux tenir. Je ne dormirai pas, de toute façon.
- Comme tu veux...

Aela s'empressa de trouver tous les généraux. Sanya et Connor regagnèrent seuls la salle de réunion, prenant place en attendant l'arrivée des autres. La tête sur l'épaule de son compagnon, la jeune femme se reposa un instant.

Elle devait s'être assoupie, car elle sursauta lorsque la porte s'ouvrit sur Aela et les généraux. Quand ils furent tous présents et installés, elle ne perdit pas de temps en parlotte et entra dans le vif du sujet, leur annonçant les dernières entreprises de l'empereur. Ils passèrent une heure à discuter des mesures de sécurités qu'ils devaient prendre. Des éclaireurs seraient chargés de patrouiller sur les routes qu'empruntaient les caravanes, on modifierait d'ailleurs leur itinéraire pour plus de sécurité, quitte à allonger leur voyage. Les mercenaires auraient pour priorité d'accepter les contrats des caravanes et la reine ne tolérerait pas qu'ils restent assis dans une taverne à boire et à jouer aux cartes.

Les Maîtres des Ombres seraient également réquisitionnés, pour patrouiller et glaner des informations. Plus ils en sauraient sur les manœuvres de l'ennemi, mieux ce serait. Il fallait également s'assurer qu'il n'y avait pas magiciens proches de Sohen, et il n'y avait pas mieux que les Maîtres des Ombres pour réaliser cette tâche.

Quand ils n'eurent plus rien à rajouter, ils se levèrent de leur chaise et retournèrent chacun à leurs tâches. Prenant Sanya par le bras avant qu'elle ne décide de faire autre chose, Connor l'entraîna dans la salle de bain où il lui fit couler un bon bain chaud. À peine fut-elle dans l'eau chaude entre ses bras qu'elle s'assoupit. Son amant réussit à la laver sans la déranger, mais il la réveilla en la sortant de l'eau. Elle se rendormit aussitôt qu'il l'eut allongée dans son lit.

Ce matin-là, Sanya se réveilla avec l'envie de ne pas quitter son lit. Elle soupira, cachant ses yeux de son bras. Elle sentit alors Connor rouler sur le côté pour déposer un baiser sur sa joue, et elle tourna son visage vers lui pour le lui rendre.

- J'ai cru comprendre que Darek aurait peut-être besoin de toi pendant une dizaine de jours.
- En effet. Je crois surtout qu'il n'arrive pas à se faire à mon absence !

Sanya éclata de rire.

- Je n'osais pas le dire. (Elle se tourna vers son amant.) Tu dois être content.
- Pourquoi dis-tu ça ?

Elle caressa son visage en se glissant dans ses bras.

- Je vois bien que tu ne supportes pas beaucoup de rester ici, enfermé dans ce château à ne rien faire.
- J'ai à faire.
- Je te connais, mon amour, je sais que tu préférais être dehors

comme tu avais l'habitude de le faire avant. Tes entraînements avec Kelly et Darek te manquent.

- Je ne veux pas te laisser. En dix jours, il peut se passer beaucoup de choses.

- Je m'entourerai de gardes, si ça peut te rassurer et je resterai avec Aela. J'en profiterai aussi pour entraîner Faran, il meurt d'impatience. Va sans craintes, tout se passera bien pour moi.

- Tu me promets que tu resteras près d'Aela ? De toute façon, je lui donnerai des consignes.

- Ne te fais pas de soucis pour moi. Je survivrai à ton absence. Sois prudent et reviens-moi entier, mon amour.

Ils échangèrent encore quelques langoureux baisers avant de se lever pour s'habiller. Kalim attendait Sanya dans une heure, et la jeune femme devait encore manger et revoir les arguments qu'elle exposerait au roi. Tandis qu'ils descendaient tous deux aux cuisines, Connor glissa à sa compagne :

- Crois-tu que Kalim sache pour nous ?

- Il n'a rien laissé entendre, alors tachons de ne rien laisser paraître.

On leur servit un copieux petit déjeuner qu'ils dévorèrent avec appétit. Puis Sanya retourna dans ses quartiers pour se préparer, faisant les cents pas dans la chambre en récitant ses arguments sous le regard amusé de Connor. Quand ce fut l'heure, elle sera fort son amant dans ses bras en lui souhaitant bonne chance, avant de se rendre dans la salle où Kalim l'y attendait déjà avec son page. Damian était également là, et parut soulagé de ne plus être seul. Après avoir échangé les salutations protocolaires, ils s'assirent tous à table pour discuter.

Fin stratège et orateur, Kalim tenta plusieurs fois de revenir sur certains accords, les modifiant à son avantage. Il y ajouta une touche de charme, mais Sanya était également une ferme négociatrice. Des millénaires à polémiquer avec les dieux, cela payait. Kalim pensait se montrer plus malin qu'elle ? Dans ce cas, il allait rapidement constater qu'il ne la battait pas sur ce domaine.

10

Connor fut heureux de quitter le château pour rejoindre Darek. Il n'appréciait pas de laisser Sanya seule, mais Aela ne la quitterait pas, il ne devait pas se faire de soucis pour ça. Les deux amies étaient parfaitement capables de se débrouiller, il n'en doutait pas.

Alors qu'il chevauchait dans les plaines pour rejoindre Sohen, il soupira enfin de bien-être. Il était loin de toutes les intrigues qu'apportait Kalim, loin du monde, il allait enfin pouvoir se plonger de nouveau dans ses entraînements et il devait bien admettre que ça lui avait beaucoup manqué. Il ne savait pas ce que Darek lui réservait, mais il trépignait d'impatience. Pour que Darek demande ainsi son aide alors qu'il était chargé de protéger Sanya, ce devait être important.

Profitant du calme, il se concentra et appela mentalement Kalena. Elle ne fut pas longue à venir, forme grise accourant vers lui. Il glissa de selle, et heureuse, Kalena vint se frotter contre lui.

Sanya ?

Aucun mot ne fut prononcé dans sa tête, mais Connor comprit l'interrogation et secoua tristement la tête.

- Elle est occupée. Mais je te promets de te l'amener un autre jour.

La louve agita joyeusement la queue à cette idée. Depuis qu'elle avait grandi et mûri, elle avait appris à laisser Connor lier son esprit au sien, ce qui permettait au jeune homme de se faire comprendre de son amie. Si la louve ne formulait pas ses pensées avec des mots, Connor la comprenait néanmoins grâce à ce lien unique, et Kalena pouvait comprendre son langage en retour. C'était une sensation étrange et fascinante. Quand ils se liaient l'un à l'autre, ils ne formaient plus qu'un.

Tenant la longe de son cheval par la main, Connor se remit en route en contemplant le paysage. Le printemps ne tarderait plus, et même si le froid était intense, le soleil se montrait de plus en plus, il n'y avait pratiquement plus de chute de neige et elle fondait parfois à certains endroits.

Alors que Connor et sa louve approchaient de la porte nord de la ville, un cavalier se dessina devant eux, et le jeune homme ne tarda pas à reconnaître Darek.

- Tu me guettais ? demanda-t-il quand il fut à sa hauteur. Où venais-tu me chercher par crainte que je ne m'attarde trop ?

- Je pensais devoir te traîner dehors de force, mais je vois que ce n'est pas le cas. Comment va Sanya ?

- Je l'ai mise sous la protection d'Aela. Elle n'a rien à craindre avec elle. Pour l'instant on ne sait pas trop quoi penser de Kalim.

- Que se passe-t-il ?

- Il propose un traité au royaume. Il veut unir Eredhel et Teyrn par une solide amitié. On n'arrive pas à savoir s'il veut mettre le royaume sous sa coupe, ou s'il tient réellement à cette alliance. Il paraît sincère, mais je préfère rester vigilant. Certains accords donnent l'impression qu'Eredhel tombera sous dépendance de Teyrn, ce qui conduirait à une annexation passive. Sanya étudie attentivement le traité, pour le modifier à son avantage tout en s'assurant de la loyauté du roi.

- Elle fait bien. Peut-être devrais-tu espionner le roi. Afin d'être sûr de sa sincérité. Ou dans le cas contraire, de percer à jours ses projets.

- Je comptais le faire. Mais ce n'est pas facile, il est vigilant et imprévisible.

- Je sais que tu peux le faire.

Connor se rapprocha de son formateur, l'air inquiet.

- Il montre beaucoup trop d'intérêt pour la confrérie à mon goût. Il dit que nous le fascinons. Il veut tout savoir. La première fois que je l'ai vu, il m'a posé tout un tas de question, auxquelles j'ai menti, évidemment, puis il m'a dit qu'il savait écouter et qu'on racontait souvent des tonnes de choses. Il tient à percer nos secrets.

- Sois très prudent Connor, Kalim est un félon. Ne laisse rien paraître de tes facultés, ne parle jamais de nous à qui que ce soit, et si tu venais à te rendre à la confrérie, veille bien à ce que personne ne te suive. S'il devient trop curieux, fais-en sorte de freiner ses envies. Une alliance avec lui pourrait être un atout de poids. Mais en aucun cas il ne doit connaître nos secrets.

- Je le ferai. Il a également ajouté qu'il avait déjà rencontré des Maîtres des Ombres. Je n'ai pas pu m'empêcher de penser à Odge. Crois-tu qu'il faisait référence à lui ?

- Je n'en sais rien. Les nouvelles d'Odge sont rares et étranges, mais rien ne laisse entendre qu'il a été découvert, ni que Kalim soit une menace. Garde bien un œil sur lui et fais-moi part des changements.

Connor hocha la tête.

- Alors, pourquoi as-tu besoin de mon aide ?

- Plusieurs Maîtres des Ombres patrouillent encore et cherche des indices. Lydia m'a rapporté qu'un chef important se trouvait dans le Fort Brisé. Il nous faut l'infiltrer. Je pense qu'on pourrait peut-être trouver des informations intéressantes. Si je t'ai fait venir, c'est pour deux choses : pour poursuivre ton enseignement et parce que tu es le meilleur dans cette tâche. Nous ne serons pas trop de deux pour fouiller et il me fallait une garantie que mon acolyte soit à la hauteur, faute de pouvoir amener Kelly.

- C'est beaucoup de compliments.

- J'espère que tu les as mémorisés, parce que je ne les répéterai pas. Maintenant viens, nous avons affaire.

Kalena trottant derrière eux, ils talonnèrent leurs montures pour se rendre à destination.

Le voyage dura cinq jours et les Maîtres des Ombres ne rencontrèrent aucun souci. Ils étaient à présent couchés dans l'herbe derrière un rocher, observant le Fort qui se dressait devant eux. L'entrée avait été barricadée, une lourde herse bloquait le passage et plusieurs gardes la protégeaient, torches à la mains, perchés sur les tours de guets. D'autres sentinelles patrouillaient sur les remparts, arbalètes à la main. Il aurait été possible de repérer n'importe quel ennemi s'approchant un peu trop près du Fort, mais pas un Maître des Ombres.

Darek repéra un coin où il serait facile d'escalader et le désigna en silence à Connor. Le jeune homme approuva aussitôt. En se servant des ombres, personnes ne les remarqueraient. Du moins, il fallait l'espérer. Car si un magicien résidait ici, ce serait une toute autre affaire.

Se tournant vers Kalena, Connor lui fit comprendre d'attendre son retour en silence. Puis Darek et lui se mirent en route. Leur capuchon rabattu sur leur visage, courbés en deux, ils s'approchèrent en toute discrétion du Fort. Ils n'étaient que des ombres furtives ; personne ne les remarqua. Connor sentait l'Onde pulser en lui et chaque jour, il devenait plus facile de faire appel à elle et de la comprendre.

Ils entamèrent leur ascension, surveillant du coin de l'œil tous les soldats qui patrouillaient sur les remparts. Leur vision perçante leur permettait de voir qu'aucun homme ne regardait dans leur direction, fixant plutôt la forêt, s'attendant à voir des signes d'une armée ennemi. Ils ne s'attendaient pas à voir deux hommes escalader les murs sous leur nez.

Quand ils furent en haut, Connor et Darek attendirent en silence que le garde reprenne sa marche pour filer dans son dos. Toujours courbés ils descendirent dans la cour intérieure, jetant des coups d'œil furtifs tout autour d'eux. Le Fort grouillait de soldats, mais aucun ne les remarqua. Ils filaient dans l'ombre, juste derrière eux, sans éveiller le moindre soupçon. Discrètement, ils parvinrent à entrer à l'intérieur du Fort. Deux couloirs s'étiraient devant eux.

Darek et Connor se séparèrent sans un mot, explorant chacun de leur côté. Le jeune homme marchait sans le moindre bruit, le cœur battant sourdement dans sa poitrine. S'il venait à être repéré, toutes ses aptitudes ne lui seraient pas suffisantes pour rivaliser avec la garnison présente ici.

Il entendit alors le rire de deux hommes et il eut tout juste le temps de se tapir dans l'ombre. Les deux soldats apparurent dans son champ de vision, une chope de bière à la main.

- On leur a fait le coup dur ! Ils ne sont pas près de revenir, je te le garantis !

- L'empereur est un génie, il faut bien l'admettre. On va faire tomber Eredhel, tu peux me croire mon gars !

Comme ils ne venaient pas dans sa direction, Connor se risqua à les regarder. Aucun d'eux n'avaient l'allure d'un chef, cela ne servait donc à rien de les suivre. Il attendit de ne plus entendre l'éclat de leur voix pour reprendre son exploration. S'il voulait trouver des informations, il devait d'abord trouver la chambre du chef. Ce qui s'avéra difficile. Connor longea les murs, s'arrêtant à chaque porte pour écouter. Quand il ne percevait rien, il ouvrait doucement pour regarder. Il était tombé sur des entrepôts, des débarras, des chambres, puis sur une salle de torture.

Il dut également se cacher plusieurs fois et il crut bien devoir sortir ses armes, heureusement, le soldat était passé devant lui sans le voir. Connor ouvrit une autre porte pour se retrouver enfin dans une plus spacieuse chambre. Aux vues de tout ce qui pouvait y avoir sur le bureau et les coffres de rangements, il ne pouvait s'agir que de la chambre du commandant. Vêtements de qualité, bouteilles de bon vin et une superbe côte de maille accrochée à un mannequin. Le commandant en question était allongé dans son lit à ronfler bruyamment.

Connor sourit, referma la porte et sans un bruit, commença à fouiller la chambre. Il y avait des papiers sur le bureau, il les feuilleta un à un sans rien trouver d'intéressant. Il jeta ensuite un œil dans les coffres de rangements, veillant à ne pas les faire grincer. Le soldat dormait toujours à point fermé et quand le Maître des Ombres lui fit les poches, il ne sentit absolument rien. Connor récupéra sa bourse, peu soucieux de voler un homme.

Ses yeux tombèrent alors sur un petit coffre qui dépassait du dessous de la couchette. Il le tira à lui et observa le mécanisme. Cela ne devrait pas être trop dur. Sortant de sa poche une tige métallique et un couteau, il fit jouer le mécanisme jusqu'à entendre le *clic* de la serrure. Un large sourire fendit son visage en découvrant d'une part des pièces d'or et des pierres précieuses et d'autre part une liasse de papier.

Le chef grogna en se retournant et Connor bloqua son souffle, prêt à dégainer sa lame. Mais les ronflements reprirent de plus belle. Relâchant son souffle, le Maître des Ombres étudia les papiers qu'il avait sous les yeux. Il trouva plusieurs lettres, sans grande importance, remerciant simplement le soldat pour ses efforts et l'informant qu'une belle récompense l'attendait, ou pour le prévenir des échecs ou des succès des attaques précédentes. Ensuite, il trouva une carte griffonnait à la va-vite. Des cercles et des croix y étaient représentés et Connor comprit aussitôt qu'il s'agissait des positions des autres impériaux et des prochaines cibles. Fouillant le bureau à la recherche d'un morceau de papier et d'un fusain, le jeune homme s'empressa de recopier la carte. Puis il la rangea dans sa poche et jeta un coup d'œil au dernier papier.

Balimund,

Tu as bien œuvré. D'autres vont arriver te prêter main forte. Le plan semble bien se débrouiller, d'après nos rapports. Il vous faudra tenir, cela risque de prendre un peu de temps pour qu'il soit entièrement exécuté, mais au bout du compte, la reine ne sera alors plus un souci pour nous. Et Eredhel sera à nous, tout comme le reste du continent.

Connor eut un frisson. Eroll préparait quelque chose. Aussitôt, l'image de Kalim s'imposa à lui et la peur le prit. Il n'aurait jamais dû laisser Sanya seule avec lui !

Essayant de refouler la panique, il songea qu'Aela était avec elle. Il ne lui arriverait rien. D'autant plus que le plan dont parlait Eroll pouvait tout aussi être autre chose, sans rapport avec Kalim mais plutôt avec les raids de plus en plus nombreux.

Le soldat bougea de nouveau et le jeune homme s'empressa de ranger le coffret et de sortir de la chambre. Il devait maintenant trouver Darek. Il retourna sur ses pas, incapable de calmer les battements de son cœur. Il ne cessait de penser à Sanya et Kalim.

Il fut tiré de ses pensées quand Darek jaillit devant lui.

- Te voilà. Tu as trouvé quelque chose ?
- Oui. Sortons.
- Attend, viens.

Darek l'entraîna avec lui dans une série de couloir, avant de le faire entrer dans les cuisines. Elles étaient vides, à leur grand soulagement. Le Maître des Ombres sortit plusieurs flacons de ses poches et en tendit la moitié à son apprenti.

- Un petit cadeau. Verse le dans les tonneaux de bières et de vins. Je vais en mettre dans la farine et la viande.

Veillant à ce que personne n'entre dans la pièce, ils vidèrent le poison dans les boissons et la nourriture des soldats du Fort. Une fois qu'ils eurent fini, ils s'empressèrent de sortir pour rejoindre la forêt.

Kalena les accueillit en agitant la queue, soulagée de voir son maître revenir. Connor poussa un long soupir de soulagement en étirant son dos douloureux.

- Alors, qu'as-tu trouvé ?

Le jeune homme sortit de sa poche la carte qu'il avait rapidement reproduite. Darek poussa un sifflement admiratif.

- Voilà qui va beaucoup plaire à la reine. Ça nous sera utile. Autre chose ?

- J'ai lu une lettre anonyme adressée au chef. On le remercie de ses efforts et on lui demande de garder le Fort aussi longtemps que possible jusqu'à ce que leur plan soit exécuté. Alors Eredhel sera eux.

- Cela doit venir d'Eroll. Il prépare quelque chose, peut-être a-t-il infiltré quelqu'un.

- C'est ce que je pensais, mais ça pourrait être tout autre chose.

- Surveille Kalim. Peut-être qu'il s'agit de lui mais nous n'avons aucune preuve et rien ne nous dit qu'il s'agit de quelqu'un étant déjà ici.

- Je pense quand même qu'on a une taupe dans le royaume.

- Ne t'emballe pas, reste ouvert à toutes autres possibilités. On est dans une situation bien périlleuse et on ne sait même pas où regarder. Il va falloir être très vigilant.

*

Sanya et Faran se tenaient assis dans une salle où on n'avait laissé que des chaises. Toutes tapisseries ou meubles avaient été enlevés, pour plus de sécurité. Faran ne contrôlant pas encore sa magie, Sanya ne voulait pas prendre de risque.

- Voilà, relâche doucement ton souffle...

Les yeux fermés, les doigts crispés sous l'effort, Faran s'exécuta.

- Sens le flux de magie qui coule en toi, plonge en lui, imprègne-toi de sa puissance... Maintenant respire un peu, visualise dans ton esprit ce que tu veux faire.

Une veine palpita sur le front de Faran. Sanya posa une main sur la sienne.

- Doucement, relâche ton souffle. Vide tes pensées. Voilà, comme ça... Ne pense pas à l'impossible. Laisse-toi bercer, comme si tu rêvais. Ouvre ton esprit, laisse la magie couler en toi... Oui, tu y es. Doucement, ne va pas trop vite, concentre-toi, respire.

Dans la main du jeune homme, une petite sphère d'énergie se forma.

- Oui, c'est super Faran.

La sphère grossit, mais commença à devenir instable, menaçant de libérer toute l'énergie accumulée à l'intérieure.

- Reprend-toi, respire un grand coup, relâche tes muscles, calme-toi.

Elle grossit encore un peu, puis se stabilisa. Dedans, l'énergie semblait sous pression.

- Essaye de la modeler, maintenant. Prend ton temps. Visualise-la dans ton esprit. En douceur, voilà, comme, ça. Ne cherche pas à aller vite ni à trop en faire.

La sphère prit de l'ampleur, puis commença à changer de forme, s'étirant, se contractant.

- Tu peux ouvrir les yeux, si tu veux.

Faran s'exécuta. La stupéfaction lui fit perdre tout contrôle et la sphère explosa, libérant toute l'énergie contenue, ce qui provoqua une onde de choc qui manqua de les renverser. Sanya éclata de rire en lui tapotant l'épaule.

- Je veux refaire.

Gardant les yeux rivés sur sa main, Faran se replongea dans le flux de magie qui le parcourait, rappelant à lui tous les conseils de Sanya. Et bientôt, la sphère fut de nouveau dans sa main.

- Bien, fait la grossir, investie davantage d'énergie à l'intérieure et quand tu sentiras que tu approches de tes limites, tu rappelles à toi toute cette énergie. Pas d'explosion cette fois.

L'herboriste hocha la tête et s'exécuta. La sphère d'énergie grossit dans sa main, puis elle se mit à palpiter follement, menaçant d'exploser. Pinçant les lèvres, le jeune homme se concentra et la sphère rétrécit jusqu'à disparaître. Il relâcha son souffle, les mains sur les genoux.

- C'est formidable ! Je n'en reviens à peine.
- Tu te débrouilles très bien, Faran. Tu apprends vite.
- Je me fatigue très vite, pourtant.
- C'est tout à fait normal. Chaque magicien, même les plus grands, sont passés pour là. Plus tu pratiqueras, plus tu seras endurant. C'est exactement comme courir. Chaque jour, tu pourras repousser un peu plus tes limites, mais veille à ne pas les dépasser. Dépasser tes limites en courant et une chose, s'en est une autre avec la magie. Le pire peut survenir rapidement, alors fais attention. Elle est aussi fascinante que dangereuse. Un seul pas de travers et tu risques le pire. Plus tes sorts seront compliqués et dangereux, et plus tu marcheras sur une corde raide. Pour réussir, il te faut connaître tes limites, avoir l'expérience et le mental. La concentration est essentielle, surtout au début.

- Je me sens de continuer encore un peu.
- Bien. Que veux-tu essayer ?
- Je voudrais apprendre à soigner.

Sanya sourit.

- J'ai pile ce qu'il te faut.

Elle tendit sa main, montrant la coupure qu'elle s'était faite à midi avec son couteau.

- Tu vas t'entraîner là-dessus. Tu vas voir, ce n'est pas très difficile, tant que les dégâts ne sont pas trop importants. La guérison demande moins d'énergie et de compétences, en revanche, elle demande des connaissances et des techniques très élaborées. Si le soin peut-être appréhender par le plus faible des magiciens, c'est également la discipline qui demande le plus d'entraînement.

- C'est pour ça que c'est la seule magie que tu peux pratiquer ?

- Oui. Le flux de magie est quelque chose de très complexe. Depuis que j'ai perdu une partie de mon âme, il m'est très difficile d'accéder à toutes les possibilités. Mes limites ont grandement diminué, j'ai du mal à ressentir le flux de magie, comme s'il s'était tari en moi. Il y a donc beaucoup de chose que je ne peux plus faire. C'est comme si... comme si ce flux de magie était une rivière, et que des barrages avaient été construit, m'empêchant de puiser dans cette source. En gros. En revanche, j'ai toujours les connaissances et les techniques suffisantes pour soigner.

- Donc, ce que je faisais... tu en es incapable ?
- Oui. Je ne peux plus faire que les choses basiques et faciles...
- Aela m'a dit que tu as réussi à faire exploser la barrière magique de Sériel.
- Ce n'était pas vraiment de mon fait. Si on reprend mon exemple, c'est comme si un barrage avait cédé, mais ce n'était pas de mon fait. Je ne me l'explique pas.

Faran hocha la tête. En voyant la douleur dans les yeux de Sanya, il changea de sujet.

- Alors, comment je fais ?

Sanya lui expliqua comment puiser dans le flux de magie qui coulait en lui, comment déceler en lui les filament curatifs et les projeter hors de lui. Puis elle expliqua comment appréhender la blessure, ce qu'il devait lui faire, sur quoi il devait se concentrer. Il devait visualiser la peau, imaginer les bords de la plaie se refermer et les tissus se régénérer. Il fallut un peu de temps, mais bientôt, la blessure se referma pour disparaître complètement. La reine félicita son apprenti qui rayonna de joie. Faran tenta ensuite de matérialiser une flamme dans ses mains et grâce aux conseils de la jeune femme, il y parvint enfin. Époustouflée, il la regarda danser dans sa paume.

Soudain, il perdit le contrôle et la boule de feu s'envola pour exploser contre le mur en pierre. Sanya ria de bon cœur.

- Je crois que c'est assez pour aujourd'hui.
- Parle-moi de la magie.
- Que veux-tu savoir ?
- Tout ce que je pourrais faire.
- Il y a une infinité de possibilité. La seule limite, c'est toi-même. Tu peux faire beaucoup de chose. Élever des barrières de protections dans ton esprit ou dans le monde réel, invoquer les éléments, guérir, faire ressentir toutes sortes d'émotion à un esprit comme la peur, la haine. Et beaucoup d'autres choses. Chaque sortilège a une signature qui lui est propre, si on peut dire, avec de l'entraînement, tu seras capable de déceler ses traces, et savoir quel sortilège on a lancé dans une pièce, par exemple. Également il a une composition spécifique, les grands magiciens parvenaient à étudier cette composition, pour comprendre un sortilège afin de le copier, le modifier, ou s'en servir pour façonner un nouveau sortilège. C'est très compliqué, scientifique même, on pourrait dire.
- Y-a-t-il des choses de bien et de mal ?
- Oui. Tu ne dois pas changer la nature des choses. Ce que je veux dire, c'est que tu ne dois pas essayer de ramener les esprits des morts, comme les nécromanciens. La mort est regrettable, mais elle fait partie de la vie. Chercher l'immortalité est également interdit. Ensuite, la magie n'est pas un outil pour régner, imposer ta volonté, obtenir ce que tu veux des gens. L'Ordre des magiciens a très mal tourné, ne suis pas cette voix.
- Bien sûr. Sanya ? (Il hésita.) Crois-tu qu'un jour, les magiciens seront de nouveau reconnus ? Qu'ils pourront de nouveau pratiquer leur art sans crainte ?
- Je ne sais pas, mais je l'espère. Tant qu'ils ne se croient pas supérieurs, c'est le principal. Mais il y aura toujours un petit malin qui se croit plus fort que les autres. Et je ne suis pas sûr que les gens soient près à voir surgir un nouvel Ordre.
- Sans parler d'Ordre, au moins qu'on laisse les magiciens pratiquer la magie.
- J'aimerais aussi, mais les gens ne sont pas prêts. C'est encore trop proche dans leur esprit. Cette guerre a été trop atroce pour qu'on l'oublie si rapidement. Les gens ont beaucoup souffert durant cette guerre, les magiciens les ont exploités, les privant de leur liberté, tuant tous ceux qui se sont soulevés contre eux. La magie inspire la crainte aujourd'hui.

Faran hocha tristement la tête. Si seulement il pouvait changer ça !

- Et puis il y a la confrérie, enchaîna Sanya. Les Maîtres des Ombres ont souffert plus que n'importe qui, je ne crois pas qu'ils veuillent voir apparaître de nouveau leurs ennemis.
- Pas forcément. Darek a accepté le fait que tu sois magicienne, Connor s'en fiche éperdument, Kelly est ouverte d'esprit. Les autres suivront leur exemple.
- Possible. (Sanya jeta un coup d'œil interrogateur au jeune homme.) Pourquoi toutes ses questions, serais-tu en train de manigancer quelque chose ?
- Non ! C'est juste que je n'ai pas envie de me cacher. Les nôtres ne devraient pas souffrir des fautes de leurs ancêtres. Je veux que les gens cessent de nous voir comme une menace. Je veux que les magiciens puissent se révéler sans crainte.
- C'est plus compliqué que ça, Faran. Moi aussi, je suis pour, mais comment certifier à la population que les magiciens ne feront pas le mal ?
- Les Maîtres des Ombres pourraient tous nous dominer et ils n'en font rien.
- Ils l'ont déjà fait, Faran. Pourquoi crois-tu que les gens les craignent autant qu'ils les admirent ? La confrérie a connu des jours sombres. Certains chefs ont exercé une tyrannie horrible. Elle est parfois devenue une confrérie d'assassins. Certains Maîtres des Ombres ont fait des choses peu recommandables...
- Je trouverai un moyen. Un jour, les magiciens pourront vivre comme n'importe qui.
- Je te le souhaite Faran. Je te le souhaite de tout cœur. Mais veille à ne jamais t'aventurer sur des routes trop pentues.

11

- Sanya, tu es sûre de ce que tu fais ?
- Certaine.
- Tu devrais laisser Connor s'en charger.
- Il n'est pas là. Ne me dis pas que tu as peur ?
Aela carra les épaules et bomba le torse.
- Jamais.
Les deux femmes marchaient en ville, enveloppées dans leur fourrure, leur capuchon rabattu sur leur visage. Kalim et son page venaient de quitter le château pour rejoindre la ville et la reine était décidée à le suivre. Elle n'avait pas confiance en lui et l'avait déjà surpris avec son page à murmurer dans les couloirs. Peut-être n'y avait-il pas de raison de s'inquiéter, peut-être allait-il simplement à la taverne boire un coup ou visiter les lieux, mais la jeune femme tenait à le suivre. S'il préparait quelque chose, elle voulait savoir.

Aela et elle marchaient une dizaine de mètres derrière les deux hommes, ne les lâchant pas du regard. Ils ne semblaient pas se soucier d'être suivis, mais ils marchaient à grande enjambées parmi la foule et les deux amies se faisaient de plus en plus distancer.

Kalim et son page tournèrent brusquement sur la droite, s'engageant dans une autre rue remplie de boutiques. Sanya et Aela restèrent un moment cachées derrière un mur, penchant la tête sur le côté pour l'observer.
- Il fait quoi ? souffla Aela à l'oreille de la reine.
- Il regarde... Il s'est arrêté.
- Où ?
- Je crois que c'est la forge... Il regarde les armes. Des poignards,

je crois.

Certains passants contemplèrent les deux femmes avec surprise et Aela les foudroya du regard.

- On dirait deux gamines en train de suivre leurs parents, grommela la guerrière.
- Peu importe... Il sert la main du forgeron, je crois qu'il a passé commande. Il s'en va.
- Allez, viens.

Attrapant Sanya par le bras, Aela l'entraîna à sa suite. Hélas, elles furent coincées dans un flot de passant et quand elles s'en dégagèrent enfin, Kalim et son page avaient disparu. Elles le cherchèrent partout du regard, sans succès.

- Ce n'est pas vrai !
- Ma pauvre Aela, je crois que nous sommes très nulles dans ce domaine.

Les deux femmes éclatèrent d'un rire complice. Ne pouvant plus rien faire, elles rebroussèrent chemin pour rentrer au château. En repassant devant la forge, Sanya s'y arrêta à son tour.

- Excusez-moi, il y a bien un grand homme, avec de longs cheveux noirs et une grosse barbe qui est venu vous voir ?
- Peut-être, confirma l'homme, soupçonneux.
- Une pièce d'or si vous me dites ce qu'il vous a commandé.

Le forgeron sourit et tendit la main pour recevoir sa récompense. Sanya y déposa comme convenu une pièce d'or.

- Il m'a commandé un poignard, de belle qualité.
- Des petits extra en plus ?
- Un C gravé sur le manche.

Sanya le remercia. Cet interrogatoire ne lui avait servi à rien. Kalim pouvait tout à fait commander un poignard d'Eredhel pour son fils, ce dernier s'appelant Conrag, cela justifié le C gravé. Elle ne pouvait tirer aucune preuve de cet achat.

- Rentrons, soupira-t-elle à l'adresse d'Aela.
- Évite de parler de ça à Connor, je n'étais pas censée t'encourager à faire une chose pareille, lança Aela. Il voulait que je te protège, pas que je te laisse risquer ta vie comme ça.
- Tu m'as protégé.
- Je ne devais pas te laisser partir.
- Tu ne m'aurais pas arrêté. Je suis la reine, ne l'oublie pas.

Sanya sourit et son amie le lui rendit.

- Dis comme ça. Il n'empêche que Connor devra s'atteler à cette

tâche. Je trouve Kalim de plus en plus étrange.
- Pourquoi dis-tu ça ?
- Je ne sais pas trop, j'ai l'impression qu'il prépare quelque chose. Des fois, je me demande s'il ne te suit pas. Tu sais qu'il traînait devant ta chambre, il y a quelques nuits de ça ?

Sanya se décomposa. Aela s'empressa de la rassurer.
- Ne t'en fais pas, Reva et moi, nous avons monté personnellement la garde. Ce que je veux dire, c'est que tu dois te méfier. Et Connor va avoir du travail à faire en rentrant.

Sanya hocha la tête. Connor ne tarderait pas à rentrer, elle lui pourrait lui confier ses craintes.

Les gardes les accueillir au garde-à-vous, ce qui faisait jubiler Aela à chaque fois. Et Sanya s'amusait de la réaction de son amie. Elle réalisa alors à quel point elle aimait la jeune femme. C'était une amie digne de confiance sur qui on pouvait toujours compter, une amie qui se souciait d'elle, et qui n'hésitait pas à mettre sa vie en danger pour elle. De plus, l'humeur joyeuse et les pics incessantes de la guerrière la mettait de toujours de bonne humeur. Si elle ne connaissait pas spécialement Aela avant sa capture par l'empereur, elle comptait à présent autant qu'une sœur.

Elle fut alors tirée de ses pensées en découvrant l'homme vêtu de noir, le visage masqué par son capuchon. Sanya sourit, fit signe à Aela de partir sans elle et se hâta de rejoindre l'homme.

-Essayerais-tu de m'impressionner ? demanda-t-elle, taquine.
- Et ça marche, on dirait.

Sanya sourit de plus belle.
- Comment ça s'est passé ?
- Bien. Je t'expliquerai ce soir, quand nous serons seuls. J'ai recopié la carte du chef et je l'ai donné à tes généraux. Je crois qu'ils seront ravis de pouvoir anticiper quelques attaques ennemies. Mais nous en parlerons plus tard. Tu étais en ville ?
- Oui.
- Et Kalim ?
- Je ne suis pas sa mère, je ne sais pas ce qu'il fait.

Le regard de Connor s'assombrit.
- Tu le suivais.

La reine voulut réfuter, mais n'y parvint pas.
- Oui. Nous n'avons pas réussi, il faudra t'en charger. Connor, nous en parlerons plus tard, d'accord ? Je voudrais me changer les idées.

- Bien sûr. Qu'est-ce que tu veux faire ?
- Un combat ! Cela fait tellement longtemps.
Connor éclata de rire.
- Tu ne me battras plus !
Ce fut au tour de Sanya de rire.
- C'est ce que tu crois ! Je vais te montrer ce dont je suis capable.

Sanya l'entraîna vers la remise d'armes où elle choisit une hallebarde simple, plus légère, mais pas moins solide. Devant le regard surpris de son amant, elle lui adressa un sourire énigmatique. Elle la testa en la faisant virevolter avec habileté. Connor ne s'attendait pas à une telle maîtrise d'une arme aussi… encombrante, puis il se rappela qu'elle possédait une hallebarde comme arme divine. Cela faisait donc des millénaires qu'elle se battait avec, le combat promettait d'être intéressant.

Ils se mirent en place en position défensive. Sanya souriait de toutes ses dents.

- Ne retiens pas tes coups, ou je m'ennuierai. Allez, commence, lança-t-elle.

Connor attaqua dans la seconde qui suivit, décidé à lui donner du fil à retordre. Mais même face à deux dagues, la jeune femme n'eut aucun mal à parer et à les repousser en se servant du manche. Puis elle frappa le bras de Connor avant de faire revenir la lame vers lui. Le jeune homme bondit sur le côté pour esquiver, mais Sanya revenait déjà à l'attaque.

Connor ne l'avait jamais vu se battre avec autant d'aisance. Elle se délectait visiblement de ce combat, elle semblait heureuse. La reine maniait sa hallebarde mieux que n'importe quels soldats présents, et en la voyant faire, cela semblait tellement simple et l'arme paraissait si légère. Elle la faisait virevolter autour d'elle, l'abattant d'un seul coup avant de se remettre en position défensive avec une rapidité surprenante. Malgré l'Onde qui pulsait en lui, Connor comprit qu'il ne la battrait pas. Elle faisait preuve d'une trop grande habileté, elle était capable de mouvement que Connor aurait pensé impossible. Tout semblait tellement naturel et facile pour elle. Chaque coup était puissant et rapide et elle était capable de parer n'importe quelle attaque en répliquant aussitôt. Le fait qu'il possédait deux armes ne lui posait aucun problème, la hallebarde la défendait efficacement, repoussant son adversaire au loin quand c'était nécessaire.

Le Maître des Ombres était en grande difficulté. Il ne parvenait pas à percer la défense de Sanya, à la déstabiliser, elle ne lui laisser aucune faille. Elle se replaçait en position défensive après chaque attaque avec une telle vitesse que le jeune homme n'avait pas le temps de répliquer. Elle, en revanche, ouvrit plusieurs brèches dans sa défense. Elle parvint à lui crocheter la jambe pour le faire tomber, la longueur de son arme lui permettait d'attaquer sans trop s'approcher et elle réussit même à lui faire lâcher une de ses dagues.

Ils se battirent ainsi longuement et Sanya finit par éclater de rire devant la maladresse de son compagnon.

Finalement, elle le mit à terre et avant qu'il ne puisse s'écarter d'une roulade, il sentit la lame de la hallebarde se poser contre son cou.

- Et voilà comment une femme matte un homme ! s'amusa-t-elle. Tu ne peux rien contre moi.

Il voulut la faire tomber mais elle s'esquiva en éclatant de rire.

- Tu peux demander de l'aide, si tu veux, ironisa la reine. (Elle se tourna vers ses hommes). L'un de vous serait-il prêt à l'épauler ?

- Moi, je suis prêt.

Le général Breris s'approcha, tout sourire aux lèvres.

- Sanya, tu en fais trop, plaisanta Connor.

- T'occupe.

Coordonnant leurs attaques, les deux hommes attaquèrent leur reine. Tout en se déplaçant et en attaquant, la jeune femme ria, aux anges. Elle retrouvait les sensations qui l'enivraient lorsqu'elle combattait à Ysthar et ça lui faisait du bien. Même si les deux hommes la mirent en difficultés, elle réussit à leur fait ravaler les pics qu'ils lui lançaient. Elle les battit tous les deux, en envoyant un au sol et en immobilisant le deuxième du bout de sa hallebarde.

- Majesté, je ne vous pensais pas aussi puissante avec une telle arme, souffla Breris en se redressant.

- Je suis pleine de surprises, plaisanta la reine.

De fait, Connor l'admirait encore plus.

- Quand j'aurai achevé ma formation, je te ferai mordre la poussière, lança-t-il à son amante.

Sanya lui adressa un grand sourire.

- Dans ce cas, vivement que j'ai un adversaire à ma hauteur.

Le jeune homme sourit à son tour. Qu'elle ait perdu son pouvoir n'y changeait rien. Elle était et resterait une véritable déesse.

12

Il'ika marqua une hésitation en approchant. Il y avait tellement longtemps qu'elle n'était pas venue, qu'elle n'avait fait parvenir de nouvelles, elle ne savait pas comment aller réagir sa famille. Mais elle devait les affronter. Pour Faran.

Elle inspira et s'enfonça davantage dans la forêt pour rejoindre son village. La fée tremblait, inquiète de ce qui aller arriver. Et si ses parents refusaient de l'aider ? Que dirait-elle à Faran ? Comment vivre ainsi ? Pire, si ses parents l'empêchaient de repartir ? Non, elle ne devait pas penser à ça pour le moment.

Rentrer chez elle lui faisait néanmoins plaisir, la beauté des lieux lui avait manqué. Les fleurs uniques qui poussaient là, leur doux parfum et toutes les créatures qui y vivaient, invisibles aux yeux des humains. Tant de couleur, de luminosité, de parfum, le chant des plantes. Comme ça lui avait manqué !

Quand elle arriva chez elle, voir son peuple lui réchauffa le cœur. Son « village » était en réalité le cœur de la forêt. Les plus belles plantes y poussaient, dont les couleurs vives n'avaient rien à voir avec les couleurs habituelles, les arbres étaient les plus grands, les plus vieux, les plus sages. Et au milieu se trouvait un lac cristallin où s'épanouissaient les plus beaux nénuphars. Et c'était là que se trouvait le palais du roi et de la reine, splendide demeure qui était en réalité une fleur géante de nénuphar.

Les fées volaient de partout, vaquant à leurs occupations, et les couleurs vives de leurs ailes apportaient la dernière touche de perfection à ce paysage. Elles vivaient un peu partout, dans des fleurs, dans des trous d'arbres, dans des petites cabanes faites de feuilles.

En remarquant la présence de la nouvelle venue, toutes les fées s'arrêtèrent, pétrifiées devant elle. Bientôt, elles se regroupèrent toutes autour d'Il'ika, éberluées, ne sachant quoi faire. Hommes, femmes, enfants, tous la dévisageaient comme s'il s'agissait d'une apparition divine.

- Il'ika est revenue..., soufflèrent-ils en cœur.

La jeune fée essaya d'ignorer tous ces regards braqués sur elle, hélas elle n'y parvint pas. Elle n'osait les regarder. Elle ne voulait pas voir ce qu'ils pensaient tous d'elle dans leur regard. Elle s'était enfuie d'ici, elle les avait abandonnés, sans une excuse, elle ne leur avait donné aucune nouvelle depuis des années, elle ne pouvait tout simplement pas revenir comme si de rien n'était.

Pourtant elle était là.

Les fées s'attroupèrent autour d'elle tandis qu'elle voltait la tête baissée en direction de la maison de ses parents.

- Elle est ici...
- Depuis tout ce temps...

Les murmures de son peuple l'accompagnèrent, et pas une fois Il'ika ne les regarda.

Soudain, elle vit les fées s'incliner en s'écartant et un homme et une femme apparurent, leurs ailes plus lumineuses que les lunes elles-mêmes, leurs tenues plus rayonnantes que le soleil. Ils portaient tous deux un diadème, sculpté dans un bois rare.

Le couple royal s'arrêta devant Il'ika, la contemplant avec tant de surprise que toute autre émotion ne pouvait être lue. De la colère, ou du soulagement peut-être. Il'ika trouva la force d'affronter leur regard.

- Ainsi, tu es rentrée, souffla l'homme. Après toutes ces années.

Il avait le regard dur. La femme en revanche, s'approcha, des larmes pleins les yeux.

- Ma fille...

Elle étreignit sa fille de toutes ses forces, submergée par un flot d'émotion.

- Ma douce enfant, viens donc avec moi.

Passant un bras autour de ses épaules, elle passa devant son mari en l'avertissant d'un regard. Il'ika suivit sa mère sans rien dire, le cœur battant sourdement. Le roi suivait sans mot dit. La reine les entraîna, non dans leur maison, mais sur la plus haute branche d'un arbre, où ils pouvaient observer les lieux en toute tranquillité.

- As-tu faim, veux-tu que j'aille te chercher quelque chose ? demanda la reine.
- Non mère, merci.

Le roi s'installa près d'elle et elle n'osa pas le regarder.

- Es-tu revenue ici pour endosser tes responsabilités ? demanda-t-il sans préambule.

Il'ika secoua la tête.

- Isin ! gronda la reine. Laisse-la parler. Elle a tant de choses à nous raconter. Ma douce, que t'est-il arrivé ?

Se tournant vers sa mère, la jeune femme lui raconta tous ce qu'elle avait vécu, lui parlant de ses aventures, de ses rencontres, surtout celle de Faran, Connor et Sanya. Elle parla plus longtemps qu'elle aurait pu imaginer et le sourire ravi de sa mère l'encouragea à continuer. La reine Thanil semblait heureuse des aventures de sa fille et si elle craignait le monde extérieur, elle ne désirait que le bonheur de cette dernière. Et celle-ci l'avait visiblement rencontré.

- Assez ! tonna le roi. Tu t'es exposé aux humains !
- Je n'ai rien révélé sur nous...
- As-tu oublié ce qu'ils nous ont fait ?
- Non, mais...
- Et tu les apprécies ? Tu te donnes en spectacle ? Tu abandonnes ton peuple pour eux !
- Tu ne m'as pas laissé le choix !

Il'ika était rouge de frayeur et de colère. Il était enfin temps de dire ce qu'elle ressentait.

- Je suis partie, parce que je ne voulais pas être la fée que tu voulais faire de moi. Je ne veux pas de toutes ces règles, ces responsabilités. Je ne veux pas de l'homme que tu as choisi pour moi. Je ne veux pas être enfermée ici. Ce que je veux, c'est voir le monde, parce qu'il ne s'arrête pas à notre forêt. Je veux être libre. Je veux faire ce qui me chante. J'étais en prison ici. Je ne le supportais plus. Ce monde est à nous autant qu'aux humains, je ne vois pourquoi je devrais rester ici. Tous ne sont pas compréhensifs, aussi suis-je prudente, mais j'en ai rencontré d'autres, des gens formidables, qui s'intéresse à nous.

- Si ce monde est si formidable, alors pourquoi es-tu revenu ? Les as-tu amenés ?
- Non. Je suis rentrée parce que j'ai besoin de quelque chose...

de votre magie.
Le roi haussa un sourcil. Il'ika rougit.
- Je requièrent le pourvoir père de tout les pouvoirs, le pouvoir de notre forêt. Je sollicite son aide. Je souhaite une altération. Je veux être altérée, je veux devenir humaine.
Isin faillit tomber à la renverse tellement la stupeur le frappa fort. Même la reine hoqueta.
- Es-tu folle ? Cette magie n'a pas été utilisée depuis des millénaires !
- Je sais parfaitement ce que je veux. Je me suis éprise d'un humain, qui me rend cet amour avec pas moins de force. Je l'aime et il me fait éprouver des choses que je ne pourrais jamais faire si je reste sous cette forme. Tous les couples, humains et fées, peuvent profiter pleinement de leur amour et de leur sens, je ne vois pas pourquoi nous ne pourrions pas.
- Tu préfères te souiller en devenant humaine ?! Renoncer à ta nature si parfaite, pour devenir une telle chose ?
Le roi n'en revenait pas.
- Je préfère être une fée souillée et être avec lui, qu'être une fée sans lui.
- Les humains sont cruels, il te trompera à la première occasion. Tu te pervertis pour ce qui n'en vaut pas la peine.
- Il en vaut la peine. Et être humain n'est pas une perversion.
Isin explosa soudain !
- Bien sûr que si ! Ils ne comprennent rien, ne voit rien, détruisent tout ! Tu nous trahis tous ! Ta famille, ton peuple !
- Je ne trahi personne, je veux simplement vivre ma vie !
- Tu n'es plus ma fille...
Sans rien ajouter, le roi prit son envol et disparut en clin d'œil. Il'ika avait les larmes aux yeux. Sa mère l'attira tout contre elle.
- Ne sois pas triste mon enfant. Un jour, il comprendra.
- Me comprend-tu ?
- Oui. Le destin est souvent étrange. Mais je ne crois pas qu'il soit cruel. Je ne veux que ton bonheur. Et ton bonheur est visiblement avec cet homme. Es-tu seulement sûre de ce que tu veux ? Te changer en humain est un acte si fort, qu'il en est irréversible. Tu perdras beaucoup de choses, certains de tes sens et de tes facultés. Tu y perdras une bonne partie de ta magie, sans retour possible. Cette forme, jamais plus tu ne l'auras. Voler te sera à jamais impossible.

- Oui mère. Je veux être auprès de lui, comme n'importe quelle femme. Je ne serai plus jamais la même, je le sais, mais je suis prête à payer le prix.

La reine inspira à fond.

- En tant que souveraine, le monde mythique m'ouvre grand ses portes. Je ferais de toi ce que tu veux être. Peu importe ce que dis ton père, tu resteras à jamais notre fille et tu seras toujours la bienvenue ici. Puisses-tu être notre lien entre notre monde et le leur.

- Merci...

- Je te préviens, ce sera douloureux. Une altération de ce type est longue et complexe. Quand ce sera fait, il te faudra un peu de temps pour t'habituer à ton nouveau corps, tu risques d'avoir mal, d'avoir des vertiges, des difficultés à manger, et je ne sais quoi d'autre.

- Je suis prête maman.

La reine hocha la tête.

- Alors viens.

Elle l'entraîna loin du village, loin des regards, au calme, où elle allongea sa fille dans l'herbe avant de s'asseoir près d'elle. Elles se contemplèrent longuement, puis la mère caressa les cheveux de sa fille.

- Je te transporterai ensuite là où tu le désireras... Es-tu prête ?

- Oui. Je t'aime maman...

- Moi aussi, ma douce. A jamais, peu importe la forme que tu revêtis, tu seras ma fille.

Et alors que la reine fermait les yeux, une longue et douloureuse métamorphose commença.

*

Aela savoura le vent tiède dans ses cheveux, appréciant la chaleur des rayons de soleil sur son visage. L'hiver touchait à sa fin, la fonte des neiges commençait et bientôt, les douces chaleurs reviendraient. La jeune femme retournait à son village en compagnie de Reva afin de prendre des nouvelles de son peuple, et surtout, s'assurer qu'ils n'avaient pas de graves nouvelles qui auraient pu contrarier Sanya.

La reine avait accepté qu'elle s'absente, Connor étant là pour la protéger et n'ayant que des taches diplomatiques à accomplir, elle ne voyait aucun inconvénient à ce qu'Aela prenne un peu de repos amplement mérité. La guerrière eut d'ailleurs un pincement au cœur en songeant à son amie.

Kalim ne lâchait rien, il entendait bien unir les deux royaumes de façon bien plus étroite qu'une simple entente. Sanya et lui étaient en pleine négociation, chacun cherchant à en tirer ses propres avantages. Aela aimait de moins en moins ça. Elle n'arrivait pas à se défaire de son impression que le roi voulait plus de pouvoir. Hélas la jeune femme n'avait rien découvert de concluant à son sujet. Elle l'avait espionné, suivit lors de ses ballades, elle avait écouté à sa porte : sans succès. Peut-être n'y avait-il finalement rien à découvrir.

La lettre que Connor avait trouvée au fort parlait d'un plan qui servirait à faire gagner Eroll, probablement sur le territoire, qui avait pour but de faire tomber Eredhel. Kalim était-il impliqué ?

Et pour ne rien arranger, Eroll se faisait plus intrépide, ses troupes se frayaient un passage vers l'intérieure des terres, provoquant des batailles de plus en plus importantes. D'autres avant-poste étaient tombés, des villages avaient été évacués, de nombreuses caravanes de ravitaillement se faisaient intercepter et piller, et les difficultés n'allaient pas tarder à se faire sentir du côté alimentaire. Si Sohen ne souffrait pas encore de pénurie, cela ne saurait tarder car plusieurs villages en souffraient déjà.

Au moins, la carte que Connor avait réussi à rapporter leur avait permis de ne pas tomber dans plusieurs pièges et de sauver de nombreux hommes. Ils avaient pu préparer leurs défenses là où l'ennemi attaquerait, et réviser les trajets empruntés par les soldats. Sans ça, qui sait quelles catastrophes auraient pu encore se produire...

- Tu es bien pensive.

Reva interrompit le fil de ses pensées, posant une main sur son épaule. Aela soupira.

- Tu n'as pas choisi le meilleur moment pour venir, tu sais. La situation est critique.

- Il m'a semblé, en effet. Mais toute guerre prend fin.

- Reva, ce n'est pas du tout comme chez toi... Nos guerres sont beaucoup plus désastreuses, plus que tu ne l'imagines. Si nous perdons, tu n'as pas idée de ce qu'il adviendra de nous.

- Seul un idiot ne saurait comprendre que l'esclavage et la domination sont des choses horribles.

- Bien sûr, je ne voulais pas dire que tu es stupide... C'est juste que je m'inquiète tellement. Pour mon peuple, pour ce royaume. Et pour Sanya. La pauvre doit combattre Kalim, Eroll et les dieux, tout ça en même temps ! Je crains qu'elle ne craque mentalement, c'est une femme de bien, je ne veux pas qu'elle souffre.

- Elle assume son rôle. Elle est forte. Ne t'inquiète pas pour elle.
- Elle prend plus que sa part de fardeau et de responsabilité. Ça va finir par la tuer.
- Connor est là pour l'aider. Nous sommes tous là, avec elle, à la soutenir. Ensemble, nous allons y arriver. Une journée de détente de changera rien pour personne, alors détend-toi.

Aela serra sa main.

- Ah ! que c'était plus calme, chez toi.
- Un jour si tu veux, je te promets qu'on y retournera. J'ai tant de chose à te montrer.
- Il doit y avoir tant de beautés...
- Rien qui ne puisse rivaliser avec toi.

Aela rougit en détournant les yeux. Qui aurait cru qu'elle, plus grande guerrière, soit aussi timide qu'une adolescente devant les compliments d'un bel homme venu lui faire la cour ? Elle avait l'impression de vivre un conte pour bonne femme.

En arrivant chez elle, la jeune femme fut heureuse de retrouver la bonne ambiance de son clan, et Reva et elle se mêlèrent avec joie aux activités. Tandis que son compagnon partait rejoindre le forgeron, Aela choisit plutôt de rester discuter avec ses hommes, leur demandant des nouvelles des guerriers partis au combat, et s'il n'y avait pas de menace en vue.

La jeune femme voulut ensuite rejoindre des amies à elle, mais des enfants vinrent réclamer sa présence pour un petit combat amical. Ce qu'elle accepta avec joie. Brandir son épée était le meilleur moyen d'oublier ses problèmes, et tandis qu'elle se concentrait sur les tactiques des enfants qui se lançaient à trois contre elle, elle ne songea à rien d'autres que de les laisser croire qu'ils pouvaient l'emporter.

Elle ria aux éclats quand ils la renversèrent sur le sol, bondissant sur elle pour la clouer par terre.

- On t'a eu, on t'a eu ! cria une fillette.
- On a vaincu notre chef ! s'égaya un garçon.

Aela s'amusa encore un peu avec eux, avant de partir rejoindre Reva.

Elle le trouva en pleine discussion avec le forgeron.

- Reva, si tu comptes rester ici encore un peu, je crois qu'il est temps pour moi de t'enseigner le forgeage de nos armures. Celles qui résistent à la magie. Nous sommes les seuls dans tous les royaumes à être capables de cet exploit. Ce savoir tu sais, il nous vient d'Aela elle-même, c'est elle qui me l'a enseigné. Seul les forgerons et les chefs sont autorisés à connaître ce secret.

- C'est… c'est elle qui a découvert ça ?
- Tu sais, la puissance et la renommée de notre clan, nous le lui devons sans aucun doute. Sans elle, nous n'aurions pas de telles armures et nos guerriers d'élites ne seraient pas aussi forts. J'ignore ce qu'elle leur apprend, car ce secret est réservé aux guerriers d'élite uniquement. Mais ce secret les rend bien plus forts que n'importe qui, c'est ce qui fait notre force. En revanche, je pense que même eux ne savent pas d'où elle tient ces connaissances.

Aela se fit discrète. Si le Darius parlait de ça à Reva, elle se doutait de ce qu'il prévoyait de faire. Autrement jamais il n'aurait révélé ceci.

- Mais passons. Je me fais vieux et je te fais pleinement confiance. Tu es plus doué que tous mes anciens apprentis. C'est à toi que je veux confier ce secret. Un secret que personne n'aura, hormis ce clan. Enfin, pour ça, il faudrait que notre chef t'accepte dans le clan.

Aela s'avança alors, la tête haute, le dos droit.

- C'est un honneur que tu lui fais. Et j'accepte. Aide-le donc à se préparer, la cérémonie se déroulera aujourd'hui même. Tu es digne d'être des nôtres, Reva, digne de connaître les secrets de nos armures, de combattre et vivre parmi nous, et peut-être même digne de connaître le secret de nos combattants d'élite.

Reva resta un moment stupéfait, puis il s'inclina respectueusement. Il ouvrit la bouche, mais tant d'émotions l'empêchèrent de parler. Darius posa une main sur son épaule.

- Allons, les mots sont inutiles. Viens.

Le jeune homme se laissa entraîner. Venant lui aussi d'un clan, il savait qu'il était très dur que se faire accepter et quand cela se produisait, c'est qu'on l'avait mérité.

Darius entraîna son apprenti chez lui. Sa femme les accueillit tous les deux, un brin surpris de les voir rentrer de ci-tôt.

- Aela veut l'accepter au sein du clan, souffla son mari.

Sa femme hocha la tête.

- J'en suis ravie.

Reva ne savait pas à quoi s'attendre et Darius se garda bien de le prévenir, se contentant de l'habiller pour la cérémonie. Ne possédant pas d'armure, on lui trouva une cuirasse de cuir assortie d'une cape et d'une paire de brassard et de jambières. Darius en profita pour lui offrir une épée courte, simple, fine mais redoutable, que Reva apprécia d'un simple coup d'œil. Elle était parfaitement adaptée à sa main, légère et équilibrée. Il l'accrocha à ceinture, fier de la porter.

Une vingtaine de minutes plus tard, Darius lui fit enfin signe de venir et les deux hommes sortirent pour rejoindre la place principale. Il eut un moment le souffle coupé en découvrant tout le clan réunis pour la cérémonie, vêtus de leurs armures et de leurs armes.

Et là, il découvrit Aela. La jeune femme ne portait pas d'armure, contrairement aux autres, mais un chemisier plongeant et un pantalon d'équitation. Une dague pendait à sa ceinture et elle avait noué ses cheveux. Elle était magnifique, même si elle ne semblait pas s'en apercevoir.

Reva se sentit rougir quand Darius lui souffla de s'avancer doucement jusqu'à elle. Sur son passage, tous les membres du clan inclinèrent la tête. Un bruit sourd de tambour résonnait doucement dans l'air. Quand il fut face à Aela, la jeune femme garda un air parfaitement professionnel, malgré un petit sourire en coin. Sur un signe de tête, un homme s'approcha, tenant dans ses mains un bol rempli de peinture bleu. La cheffe trempa deux doigts dedans et se tourna vers son ami.

- Reva, aujourd'hui le clan t'accepte en son sein, car il te juge digne.

Tout en parlant, elle dessina sur le visage du jeune homme des motifs géométriques qu'il ne comprenait.

- Puisses-tu rester digne de cet honneur. Puisses-tu vivre dans la gloire parmi nous. Sois brave, fais-nous honneur en protégeant ton peuple, en le soutenant, en l'aidant quoi qu'il puisse arriver. Tu es des nôtres, nous t'aimerons, te protégerons, chanterons tes exploits. Nous étions le plus fort d'entre les clans et nous restons aujourd'hui les plus grands guerriers, indépendants et intrépides, des guerriers pleins d'honneur et de bravoure, couverts de gloire. Tu le seras à ton tour, et aujourd'hui est ton premier jour au sein de ta nouvelle famille.

Quand elle eut terminé ses peintures, Aela leva son regard vers son compagnon.

- Jures-tu d'être toujours là pour nous, de nous protéger, de nous épauler, de nous aimer ? Jures-tu d'engager ton cœur et ton âme à nos côtés ? Jures-tu de faire honneur à ce clan ?

- Je le jure.

Il ressentit alors un picotement sur sa peau, un picotement agréable, là où étaient peints ces étranges motifs.

- Tes paroles sont sincères.

Il cacha sa surprise. Les motifs avaient donc pour rôle de déceler la vérité de ses paroles ? Comment était-ce possible ? Ce clan pratiquait-il réellement une sorte de magie ?

L'homme vint reprendre le pot de peinture des mains de la jeune femme, et lui tendit en échange une sorte de peigne en os, dont les quatre branches étaient fines et aiguisées comme des aiguilles.

Aela prit la main de Reva dans la sienne, paume tournée vers le haut. Elle délassa son brassard puis remonta sa manche, dévoilant l'intérieur de son avant-bras.

La guerrière récupéra alors le peigne que lui tendait toujours l'homme et le trempa dans la fiole, pour qu'il en ressorte noir.

De l'encre.

Reva resta stoïc quand le peigne lui piqua la peau, à plusieurs reprises, injectant ainsi l'encre pour former le symbole qu'Aela arborait elle-même à son avant-bras. Une longue ligne, représentant la lame et le pommeau d'une épée, et dont la garde était symbolisée par deux courtes lignes incurvés vers le haut.

Une fois que ce fut fait, Aela tendit le peigne à l'homme qui s'écarta, essuya le bras du jeune homme, avant de plaquer ses deux mains sur son torse. Tous deux se retrouvèrent alors isolés dans leur bulle et seul leur contact avait un sens. Les yeux dans ceux de sa compagne, Reva se dit qu'elle était capable de percer à nue son âme, qu'elle voyait tout. Il sentit alors quelque chose émaner d'elle. Une force et un pouvoir insoupçonnés. Pas de la magie non. Autre chose. Une chose qu'il ne comprit pas.

- Bienvenu parmi nous. Puisse ton nom restez graver à jamais dans la mémoire du clan.

Et tous les guerriers répondirent en cœur à cette bénédiction.

13

Sanya tourna la tête, persuadée d'être épiée. Elle sentait des yeux rivés sur elle, pourtant il n'y avait personne aux alentour. Passant une main dans ses cheveux, elle attendit quelques instants, mais personne ne se manifesta. Haussant les épaules, elle reprit la direction de la bibliothèque.

Cela faisait un moment déjà qu'elle se sentait observée dès qu'elle marchait seule dans les couloirs. Il y avait bien quelques gardes, mais elle avait l'intime conviction qu'ils n'étaient responsables de rien. Une fois ou deux elle avait croisé Kalim, et paranoïa ou non, elle craignait de plus en plus que ce soit lui qui la suive. Peut-être n'était-ce que le hasard, peut-être que son imagination lui jouait des tours. Elle devait arrêter de s'emballer pour rien.

Pourtant, au détour d'un couloir, elle se plaqua contre le mur, attendit un instant et pencha brusquement la tête sur le côté. Évidemment, il n'y avait personne. La reine devait bien se faire à l'idée qu'elle était paranoïaque. Un soldat s'approcha, la faisant sursauter.

- Un problème, ma reine ?
- Non, non... tout va bien.
- Vous êtes sûre ? Que surveillez-vous ?
- Eh bien, il m'a semblé être épiée, mais... (Elle secoua la tête.) Mais ce n'est rien, je crois que je me laisse emporter par mon imagination. Ne vous faites pas de soucis.
- Je garderai l'œil ouvert, Majesté, si quelqu'un vous espionne, mes camarades et moi le serons.

- Je vous remercie.

La jeune femme reprit son chemin, se sentant un peu mieux. Le roi Kalim était parti en ville et Connor le surveillait, ce ne pouvait pas être lui. Quelle idiote elle faisait, parfois !

Une idée la traversa soudain. Le roi était parti sans son page, l'homme était donc toujours ici. Sanya chassa ses pensées. Il y avait des gardes dans tout le château avec l'unique but de la protéger. Elle ne risquait rien. Elle n'arriva pourtant pas à s'en convaincre, elle regretta amèrement que Connor ne soit pas là.

Quand elle arriva à destination, elle s'empressa de s'enfermer dans sa bibliothèque et poussa un long soupir de soulagement en se retrouvant seule. La pièce avait beau être assez grande, elle en avait une vue d'ensemble et il n'y avait qu'elle présente. Calmée de ses angoisses, la reine ne perdit pas de temps et se mit au travail. Elle avait ramené il y a quelques jours d'autres ouvrages et d'autres parchemins ayant appartenu à la reine Liana et son mari, fraîchement trouvés dans des tiroirs secrets.

Pourtant, alors qu'elle en avait déjà lu la moitié, elle se rendit compte qu'il ne s'agissait que de lettres et de petites manigances que les deux époux ne tenaient visiblement pas à se montrer. Des lettres échangées avec un amant ou des amis, des dépenses louches et toutes sortes de choses sans importance aux yeux de Sanya. Les secrets d'un couple ne l'aidaient pas à avancer dans ses recherches.

Elle feuilleta néanmoins jusqu'au bout pour s'assurer que l'ancienne reine n'avait pas laissé de notes à son attention, ou que le roi ne révèle pas des inquiétudes, des habitudes qui auraient pu intéresser Sanya. Hélas, elle ne découvrit rien.

Lasse, elle se laissa aller en arrière en soupirant. Elle aurait bien aimé que Kelly soit là. La jeune femme lui avait donné un sacré coup de main en venant régulièrement ici et quand Sanya venait la rejoindre, elles pouvaient parler de tout et de rien pour faire passer le temps. C'était agréable de pouvoir discuter des choses simples de la vie avec une amie. Mais avec son fils, elle avait d'autres préoccupations plus importantes. Sanya était allée lui rendre visite à plusieurs reprises et elle s'extasiait à chaque fois devant le petit bambin. Ralof était adorable, il pleurait rarement et il contemplait tout ce qui l'entourait avec une grande fascination, essayant toujours de goûter, de toucher. Ses yeux pétillaient de vie. La jeune femme adorait le prendre dans ses bras, car il souriait en jouant avec ses mèches de cheveux.

Darek prenait très à cœur son rôle de père, il était au petit soin pour son fils et sa femme et les deux Maîtres des Ombres semblaient s'être parfaitement coulés dans leur nouvelle vie.

Empêchant ses pensées de vagabonder, Sanya se remit au travail. La reine avait forcément lu quelque chose qui l'avait mis sur la piste, donc, en toute logique, Sanya devrait pouvoir tomber dessus.

Sauf si les dieux avaient volé toutes les recherches. Dans ce cas, comment se faisait-il qu'Abel n'ait pas volé son pouvoir ? La jeune femme était convaincue que c'était possible, du moins Abel semblait le croire. Au moment de la bannir, de la jeter sur terre, il l'avait contemplée froidement. « Ton pouvoir est emprisonné, mais si je mets la main dessus, je serai le nouveau dieu du vent et des tempêtes. »

La déesse déchue avait su, dès lors, qu'elle devait à tout prix retrouver son pouvoir avant Abel.

Mais ce dernier ne l'avait toujours pas. Que c'était-il passé ? N'avait-il pas compris les notes ? Avait-il échoué à lui voler son pouvoir ? Ou bien la reine n'avait-elle laissé aucunes notes qui puissent être volées ? Sanya ne savait pas ce qui avait bien pu se passer et ça l'inquiétait.

Mais si Liana avait trouvé, alors elle le pouvait aussi. À moins qu'il y ait encore autre chose derrière tout ça. Deux personnes savaient ce qui c'était passé, Abel et Fal. Si la jeune femme parvenait à convaincre cette dernière de l'aider, alors peut-être pourrait-elle réussir. Hélas, elle n'avait encore aucun marché à lui proposer.

Quand ses yeux refusèrent de lire une page de plus, Sanya rangea ses affaires et quitta la bibliothèque. Elle choisit de rejoindre les jardins pour s'aérer l'esprit.

Alors qu'elle avançait d'un pas résolu, elle sentit de nouveau une étrange présence, tout près d'elle, qui l'épiait. Elle fit aussitôt volte-face mais ne découvrit rien. Posant une main sur le pommeau de sa dague, qui pendait à sa ceinture, elle accéléra le pas, désireuse de percer à jour ce mystérieux espion. Elle fouilla les couloirs sans rien trouver et une crainte inexplicable grandissait en elle. Les couloirs lui apparurent alors bien sombres et surtout bien isolés. Elle ne voyait aucun soldat.

Inspirant à fond pour se calmer, elle partit à la hâte, jetant des coups d'œil furtifs tout autour d'elle. Elle sentait quelqu'un approcher de plus en plus près, sans qu'elle puisse le voir et une sueur froide lui coula le long du dos. Elle était traquée dans son propre château, sans rien pouvoir faire ! Elle sentit la peur l'envahir, si bien qu'elle accéléra l'allure, pressée de redescendre là où il y avait plus de monde.

Un homme jaillit brusquement devant elle.

Sanya sursauta violemment en poussant un cri, sa lame jaillissant de son fourreau.

- Veuillez me pardonner Majesté, je ne voulais pas vous faire peur.

La reine ne se détendit pas pour autant. Tomber sur Kalim alors que quelqu'un la suivait un instant plus tôt n'avait rien de réconfortant.

- Que faites-vous ici ?

Le roi lui adressa un sourire charmeur.

- Je voulais simplement vous demander si vous accepteriez une petite promenade en ma compagnie dans vos somptueux jardins, ma reine.

La jeune femme rangea sa dague et inspira à fond pour se calmer. Elle ne devait pas paraître suspicieuse, si effectivement Kalim la faisait suivre, cela pouvait se révéler dangereux. De plus, maintenant que le roi était rentré, Connor devait se trouver tout près. Elle ne risquait plus rien. Même si elle ne le voyait pas, il était là.

- Avec plaisir.

Ils sortirent donc dehors et Kalim lui tendit galamment le bras. Sanya hésita, mais ne voulant pas l'offusquer, elle posa doucement sa main sur son avant-bras. Ce faisant, elle se retrouva beaucoup plus proche du roi qu'elle ne l'aurait voulu et cela la mit mal à l'aise.

- Comment vous sentez-vous, Majesté ?

- Très bien, pourquoi en serait-il autrement ?

- Eh bien, avec tout ce qui se passe en ce moment, vous devez être débordée. L'empereur semble de plus en plus intrépide, ses troupes se frayent un chemin jusqu'à nous et pour couronner le tout, il vous empêche de vous réapprovisionner. Cela fait beaucoup de poids et de responsabilités qui pèsent sur vos épaules, je comprendrais parfaitement que vous ayez du mal à encaisser.

- Je vous remercie de votre sollicitude, mais je sais ce qu'est la guerre. Je suis plus forte qu'il n'y paraît.

- Je n'en doute pas un instant. Mais ne craignez-vous pas la pénurie ?

Sanya savait où le roi venait en venir.

- Ce ne sera pas la première fois, nous savons nous remettre debout après la tempête.

Si Kalim se renfrogna, il n'en montra rien.

- Majesté, si je peux me permettre, les troupes d'Eroll sont bien plus nombreuses que les autres et bientôt, je crains qu'ils ne s'octroient sur le territoire des postes stratégiques. Il n'aura ensuite aucun mal à déferler sur nous et nous massacrer. Il faut agir avant qu'il ne prenne ces positions. Aussi, je pense qu'il est grand temps que vous acceptiez mon aide. Ensemble, nous pouvons le vaincre, mais il ne faut pas traîner.

- Si je puis me permettre à mon tour, roi Kalim, pourquoi tenez-vous autant à ces accords ? Que représentent-ils vraiment pour vous ? Vous pourriez envoyer directement vos troupes, pourtant vous n'en faites rien. Pourquoi ?

Kalim inspira et Sanya sentit ses muscles se durcirent sous sa main.

- Majesté, j'ai appris à mes dépend qu'il faut tout bien prévoir avec ce fourbe d'Eroll. Une alliance est le seul moyen de rester souder.

- Nous sommes souder avec Dryll et Jahama, sans pour autant avoir passé de tels accords. Ce que je veux dire, c'est que ce que vous me proposez est étrange et déstabilisant.

- J'en conviens, et comme je vous l'ai déjà dit, les relations passées que vous avez avec ces royaumes ne sont pas les mêmes que celles entretenus jusqu'à présent avec moi. Si rien n'est mis sur papier, nos peuples resteront sur leur garde, et cela pourrait fortement aider Eroll. Je sais que vous doutez de moi, et c'est parfaitement normal, mais c'est une véritable amitié que je vous propose, une chance pour vous de vous redresser plus vite après la tempête. Une alliance qui nous permettra à tous deux d'améliorer considérablement nos rapports et surtout, nous faire plus facilement gagner la guerre. Nous étions ennemis et si nous voulons que nos hommes s'entendent, il faut une solide alliance, écrite et signée, pas de simples paroles.

- Vous demandez beaucoup dans vos accords.

- Nous sommes en guerre. Certaines mesures se doivent d'être radicales. Quand tout sera rentré dans l'ordre, je vous promets que ce sera beaucoup plus simple. Dame Sanya, si nous voulons lutter contre Eroll, nous devons être tous soudés. Et les autres royaumes n'accepteront cette alliance que si vous en faites partie. Vous êtes la plus influente, c'est pourquoi je m'adresse à vous en premier.

D'autre part, s'il m'arrivait quelque chose, mon successeur serait tenu par nos accords de vous aider. Si je devais mourir, je crains que mon fils, s'il n'y est pas obligé, refuse de vous apporter son aide. Ce traité est un moyen pour moi de m'assurer que mon fils face passer le bien du royaume avant ses envies personnelles. Je comprends vos réticences, Majesté, mais c'est notre seule chance.

La jeune femme ne rajouta rien. Tous ce que disait Kalim se tenait, il avait raison sur tous les points. Ses actes étaient logiques et nécessaires. Mais demeurait la question de la sincérité, qu'elle ne pouvait occulter comme ça.

- Ce fut une charmante balade, lança soudain Sanya, mais je suis fatiguée par tout mon travail. Si vous voulez bien m'excuser, je vais me retirer.

Le roi s'inclina bien bas devant elle avant de lui baiser la main, la faisant rougir jusqu'aux oreilles.

Quand enfin Kalim la lâcha, elle s'empressa de tourner les talons.

- S'il vous plaît ! la rappela-t-il au dernier moment. Connor est-il dans le coin ? J'aimerais discuter un peu avec lui, si c'est possible.

- Je vous l'envoie.

Et elle disparut. Alors qu'elle marchait à grand pas, elle ressentit une nouvelle fois cette impression d'être épiée et en se retournant, elle vit que Kalim, au loin, avait les yeux rivés sur elle. Elle hâta donc le pas pour échapper à son regard.

*

Connor attendit une dizaine de minutes caché derrière des arbres, à contempler le roi Kalim avec la plus grande attention. Ce dernier semblait attendre sa venue en faisant les cents pas. Rien ne trahit cependant ses pensées.

Quand il estima que le temps fut suffisant, Connor sortit de sa cachette et vint à la rencontre du roi. Il inclina très légèrement la tête avant de lui faire face de toute sa taille.

- La reine m'a dit que vous vouliez me parler.

- En effet. En tant que Maître des Ombres, vous devez savoir pas mal de choses sur la guerre qui se déroule actuellement. Je voulais savoir si l'armée tenait le coup. Je m'inquiète beaucoup de la tournure que prend les choses.

- Nos hommes tiennent le coup.

- Certains avant-postes sont tombés, avez-vous réussi à les

reprendre ?
- Pas tous.
- L'armée progresse vite...
- Comme je vous l'ai dit, nous tenons le coup, les impériaux ne viendront pas jusque-là.

Kalim hocha la tête, soulagé.
- Il faut beaucoup de courage en ces temps sombres. Vos hommes devraient faire des embuscades. Je suis expert en la matière, peut-être pourrais-je me joindre à vous pour établir des stratégies.
- C'est aimable à vous, mais nous y arrivons.
- Votre confrérie doit être débordée, en ce moment. Je suppose que vous devez également vous rendre sur plusieurs fronts pour apporter votre aide.

Comme Connor ne répondait pas, il enchaîna :
- Comment faites-vous pour inquiéter autant l'empereur ?

Connor eut un petit sourire narquois :
- Disons que si un jour vous connaissez la réponse à cette question, ce sera mauvais signe pour vous.
- Vous avez du cran ! La reine a de la chance de vous avoir. Je comprends pourquoi on vous a choisi pour être son garde du corps. Vous brûlez d'une force qui ferait fuir plus d'un malfrat ! Êtes-vous proche de la reine ?

La question prit Connor au dépourvu.
- Nous nous connaissons depuis un moment déjà, nous sommes de bons amis.
- Pas plus que ça ? C'est une très belle femme, séduisante, forte, intentionnée. Qui pourrait ne pas l'aimer, la désirer ? D'autant plus que vous passez beaucoup de temps avec elle... seul.
- Je ne peux pas m'enticher d'une reine. Par ailleurs, mon devoir est aussi d'empêcher les mauvaises personnes de lui tourner autour. Maintenant, si vous voulez bien m'excuser.

Sans rien ajouter, le Maître des Ombres tourna les talons.
Il espérait que le message était bien passé.

Allongé sur le lit, le Maître des Ombres lisait tranquillement tandis que la reine restait accoudée au balcon malgré le froid. Vêtue simplement d'une chemise de nuit, elle avait jeté un manteau de fourrure sur ses épaules et Connor avait froid pour elle.
- Tu vas être malade, lança-t-il alors. Viens donc te réchauffer.
- Je réfléchissais.

- À quoi ?

Sanya soupira.

- À Kalim.

Comme sa compagne n'en disait pas plus, Connor posa son livre et vint l'enlacer. L'embrassant dans le cou, il murmura :

- Je m'occupe de Kalim.

Le jeune homme la fit pivoter dans ses bras pour la forcer à le regarder.

- Ce n'est pas tout ça qui te préoccupe. C'est autre chose.

Sanya vint se réfugier dans ses bras et leva la tête vers lui.

- J'ai peur. Cela fait quelques temps déjà que je me sens espionnée. On m'épit dans les couloirs, où que j'aille, pourtant je ne vois jamais personne. J'ai beau chercher... je suis seule. Et pourtant je suis sûre qu'on m'épie.

- Kalim ?

- Je ne sais pas. Eroll pourrait tout aussi bien être derrière ça, il a un plan en action d'après ce que tu m'as rapporté.

Connor caressa ses cheveux.

- Alors je trouverai celui qui t'épie. Je crains que les gardes ne soient pas suffisants. Je n'aurai jamais dû te laisser seule.

- Tu n'avais pas le choix. Il fallait qu'on sache où allait Kalim.

- Je vais demander à Aela de revenir. À partir d'aujourd'hui, tu resteras avec l'un de nous deux. Je trouverai celui qui t'espionne. Maintenant, arrête de t'inquiéter, je suis près de toi et je ne laisserai rien ni personne t'approcher ou te faire du mal, mon amour.

Sanya l'embrassa doucement.

- Je n'ai pas peur avec toi...

Quand le froid se fit plus mordant, les deux jeunes gens rentrèrent se mettre sous les draps. Accueillant Sanya dans ses bras, Connor reprit sa lecture.

- Que lis-tu ?

- Un livre sur les dieux. Ton panthéon. Il raconte votre histoire. Tu l'as déjà regardé ?

- Je n'en ai jamais eu le courage. Cela me rappelait trop ce que j'ai perdu. De plus, je connais tout ça par cœur. Sur quel dieu porte ton intérêt ?

Connor sourit.

- Toi.

- Et si tu me lisais ?

- Si tu veux. (Le jeune homme inspira.) Anhia, déesse de la

sagesse, s'éprit du dieu de la vengeance, Jormünd. En dépit de ce que pouvaient penser les autres sur leur relation, ils se fréquentèrent, s'aimèrent, et s'unir un beau jour dans le monde des humains et de leur union se forma deux dieux, Kalwen et Sanya.

» Quelques temps plus tard, alors qu'elle voyageait dans le monde mortel, Anhia sentit de violentes contractions et elle se réfugia dans une grotte pour mettre au monde ses enfants. Jormünd étant parti à la guerre, elle se retrouva seule pour enfanter. L'orage grondait fort, il pleuvait beaucoup. Vient alors au monde Kalwen, qui gémit de peur devant le déchaînement du temps.

» Les complications survinrent pour le deuxième enfant, car toute déesse qu'elle était, Anhia n'était pas à l'abri d'une catastrophe d'origine divine. Loin de son monde, elle ne pouvait en tirer sa force. Son deuxième bébé faiblissait et elle se sentait elle-même partir. Elle doutait de leur survie à tous les deux. Alors une puissante bourrasque de vent s'engouffra dans la grotte, plaquant la mère au sol. Elle crut que sa fin était venue, mais contre toute attente, elle sentit en elle son bébé reprendre des forces. Toute faiblesse s'envola et ce fut ainsi que Sanya naquit. Le vent de calma, se faisant doux pour caresser l'enfant qui éclata d'un rire cristallin.

» On raconte que c'est cette tempête qui lui a donné sa force de caractère et la brise qui lui a donné sa douceur. Sanya et Kalwen grandirent, inséparables, deux forces de la nature vivant en harmonie. Sanya est vénérée comme la déesse du vent et des tempêtes et fut aussi connue sous le nom de l'aigle blanc. Avec le temps, elle devint l'une des plus influentes divinités dans son panthéon et le seigneur Abel en personne la tenait en très haute estime, au point qu'il aurait aimé l'épouser. La déesse se démarqua par sa fougue et sa puissance dans le combat, sa force de caractère, mais également par sa douceur. Le panthéon lui devait de nombreuses victoires et Baldr lui vouait une fascination incroyable. Malgré la colère qu'elle lui inspirait, il voulait trouver un moyen de l'amener dans son propre panthéon.

Connor arrêta sa lecture.

- Mais combien de prétendant as-tu ? s'exclama-t-il

Sanya éclata de rire.

- Je ne les compte plus, plaisanta-t-elle.

- Est-ce que toute cette histoire est vraie ? Ta naissance ?

- En partie. Certaine chose sont grandement exagérées. Ma mère n'a jamais été en danger de mort, les écrivains en rajoutent toujours pour humaniser davantage les dieux.

- Mais comment les écrivains le savent-ils ?
- Les dieux descendent parfois sur terre et ils aiment régaler les mortels de leurs histoires.

Connor feuilleta la suite de son livre.

- Il y raconte ensuite plusieurs aventures que tu aurais vécus. Je ne vais pas tout lire.... eh bien, cette peinture ne te rend pas justice.

Il lui montra une représentation d'elle-même. La déesse était vêtue d'une superbe armure argentée et elle tenait à la main une puissante hallebarde. Ses longs cheveux flottaient au vent. Connor aurait pu la trouver belle et réussie, s'il n'avait pas connu la véritable déesse.

- J'étais ainsi, souffla-t-elle.
- Bah, ne t'en fais pas. Tu es mille fois plus éblouissante de beauté en vraie, même en humaine.

Sanya sourit en l'embrassant.

- J'aimerais voir le passage sur Fal, lança ensuite Connor.

Sa compagne redressa la tête, surprise.

- Pourquoi ?

Le jeune homme referma son livre et la contempla très sérieusement.

- Je veux savoir pourquoi elle déteste les humains. Je veux savoir ce qu'ils lui ont fait.

Sanya se redressa, les yeux perdus dans le vide, à réfléchir.

- Tu ne le trouveras pas dans le livre. Je suis la seule à connaître cette histoire. Jure de garder le secret.
- Je te le promet.

Sanya soupira.

- Fal a toujours été arrogante, espiègle, mais elle était plus... aimante, avant. Comme beaucoup d'entre nous, elle descendait fréquemment sur terre, pour se mêler en toute discrétion aux humains. Elle aimait ça et ne revenait généralement que lorsqu'elle devait se régénérer. Nous ne pouvons pas rester plus de quelques jours sur terre. Il nous faut ensuite rentrer et refaire nos forces, car ce monde n'est pas fait pour que nous y vivions.

» Un jour, Fal a rencontré un homme, un fermier, qui vivait seul. Elle s'est aussitôt éprise de lui et sans se trahir, elle a fait sa connaissance. Elle a fait semblant d'être blessée afin qu'il s'occupe d'elle. Au final, cet homme est tombé amoureux d'elle et ils ont vécu pleinement cet amour fort, sans se soucier du reste. Fal est une déesse fière, elle n'est jamais tombée amoureuse, de personne, juste quelques attirances physiques, tout au plus. Elle n'a jamais fréquenté d'humains. Pas ainsi. C'était une première pour elle, elle s'épanouissait, elle ne pensait qu'à cet homme.

» Et puis elle est tombée enceinte. Je ne l'ai jamais vu aussi heureuse et en même temps si anéantie. Quand son fils est né, elle passait le plus de temps possible sur terre, afin de rester auprès de lui et de son aimé. Mais elle était déchirée de ne pas pouvoir vivre à chaque instant auprès de ceux qu'elle aimait, d'être obligée de partir pendant longtemps. Étrange, tu me diras, qu'une femme comme elle qui n'aime pas grand monde et pense surtout à elle, puisse être aussi aimante et douce, contrairement à d'autres belles déesses qui n'hésitaient pas à laisser leurs enfants. Mais elle était heureuse, elle ne cessait de me parler de son fils. Même si le fait de devoir retourner à chaque fois à Ysthar lui brisait le cœur...

» Un jour pourtant, elle a été rappelée à Ysthar pour une affaire urgente. Abel et moi commencions à se prendre la tête, la situation était tendue et Baldr se servait de ça. Bref, dès qu'elle a pu se retirer, Fal est retournée sur terre.

» Mais en arrivant chez elle, elle a trouvé la maison ravagée et brûlée par des bandits. Dans les cendres, elle n'a retrouvé que des cadavres calcinés, méconnaissable, celui d'un homme et l'autre d'un tout jeune garçon.

» Elle est rentrée dans une terrible dépression qui faisait peine à voir. Et puis, peu de temps après, elle a nourri une terrible haine envers les humains. Leur survie, leur bonheur, ne lui importait peu. Elle n'avait plus aucun scrupule à répandre la guerre. Depuis ce jour, elle s'est renfermée sur elle-même, elle est devenue plus violente, plus... exécrable.

Connor éprouva de la compassion. Fal ne méritait pas ce tragique destin. Elle ne voulait que vivre heureuse auprès de son fils et son aimé, et au lieu de ça, elle avait tout perdu.

- Elle ne les a pas trouvés au royaume des morts ?
- Non. Il faut que tu saches Connor, que tous les défunts ne nous rejoignent pas. Certains viennent vivre à Ysthar d'autres préfèrent quitter notre monde.
- Comment ça ?
- A la mort, deux choix s'offrent aux mortels, celui de rejoindre Ysthar, et celui de traverser les étoiles, pour rejoindre à ce que l'on dit, le plan divin de Lysendra. On ignore tout de ce qui se produit

pour les âmes ayant effectuées ce choix, mais il est réel. Beaucoup de défunts, généralement ceux ayant peu d'attaches, voguent vers l'inconnu, persuadé de connaître un plus grand destin que leur précédent. En revanche, il n'y a personne résident à Ysthar, provenant des royaumes oubliés. Tout le monde pense que c'est parce qu'il n'y a personne là-bas, mais maintenant que je connais la vérité, je pense plutôt que les dieux n'ont aucun droit sur les âmes de ces gens, vu qu'ils ne sont pas responsables de leur création. Pour ma part, je pense donc que la Nature d'occupe des âmes des descendants des Anciennes Civilisations. Pour ma part, maintenant que je connais mieux les Anciennes civilisations et leurs descendants, je pense que cette voie leur est réservée. Ils rejoignent la Nature.

- Donc, tu voudrais dire que le mari de Fal aurait fait le choix de partir rejoindre le plan de Lysendra avec son fils ?

- Il ignorait l'identité de sa femme, alors oui, il a dû songer que partir pour un autre plan lui apporterait beaucoup plus que de rester là à attendre. J'ai toujours eu des doutes quant à ça, je me demandais souvent pourquoi il n'avait pas cherché à attendre sa femme avant de partir, mais que pouvais-je dire ? Les faits étaient là. Ils étaient morts et introuvables, donc forcément, cela signifiait qu'ils étaient partis rejoindre Lysendra. Abel n'a eu de cesse de répéter à Fal que les humains étaient bien trop égoïstes, et leur amour trop souvent illusoire, pour qu'il puisse songer à patienter pour quelqu'un alors qu'un destin nouveau l'attendait. Fal, rongée de chagrin, a fini par y croire, elle aussi. Que son mari, trop désireux de connaître un meilleur destin que celui de paysan, n'avait pu attendre pour rejoindre Lysendra.

» Avec le recul, je me dis maintenant que son mari était peut-être un descendant des Anciennes Civilisations, et qu'il n'avait donc pas eu accès à Ysthar. Pour ne pas ébruiter leur existence, Abel aurait donc choisi d'insister sur le côté égoïste des humains, pour éviter que Fal ne se pose de questions. A présent, je me demande même s'il n'est pas responsable de leur mort.

- Pour quelle raison aurait-il fait ça ?

- Fal devenait trop gentille à son goût, elle commençait à refuser de faire la guerre et c'était également l'époque où je me rebellais. Il a dû prendre peur, il a fait ce qu'il fallait pour s'assurer la loyauté de Fal. En attisant sa haine, elle redevenait la guerrière dont il avait besoin. Probablement qu'il a contraint l'âme du défunt à rejoindre le plan de Lysendra, pour qu'elle n'en sache jamais rien.

- Bien sûr, je suppose que tu n'as aucun moyen de le prouver.
- Hélas, non. J'aimerais en parler avec Fal, mais elle refuse de m'écouter.
- Peut-être qu'une fois prochaine... C'est triste pour elle... Comment s'appelaient-ils ?
- Jayle, mais je ne me souviens plus le nom du père. Son garçon aurait à peu près ton âge, s'il avait eu la chance de vivre…

Connor réfléchit un moment.

- Peut-être... je ne connais rien en magie, mais peut-être qu'un sorcier très puissant aurait empêché Fal de les retrouver. Ils seraient donc potentiellement toujours en vie.
- Je n'ai jamais entendu parler d'une telle puissance. Il faudrait une magie colossale pour modifier l'essence d'un être. Mais c'est une piste à explorer. Pour le moment, j'ai suffisamment à faire.
- Sanya, je me demandais, que se passe-t-il lorsqu'un dieu meurt ? Parce que tu m'as dit qu'il y a eu beaucoup de morts, pourtant nous continuons de vénérer les mêmes dieux.
- Lorsqu'un dieu meurt, l'essence de notre pouvoir vient se greffer sur un nouveau-né des dieux. Cela peut être rapide, comme ça peut prendre des siècles, voir des millénaires. Les naissances ne sont pas chose courante ni facile pour les dieux. Ensuite, et bien disons que le nouveau dieu ressemblera fortement au défunt. Mais son âme sera très différente, ce ne sera plus moi, et tout souvenir liés au précédent dieu seront effacés. Seul le pouvoir est conservé. Or c'est notre pouvoir qui donne notre aspect et notre caractère.
- Pour résumé, si tu mourais, une fillette naîtrait, avec ton nom, ton pouvoir et une apparence et proche de la tienne ?
- Oui. Elle n'aurait en aucun cas mes souvenirs, ni exactement la même apparence et le même caractère que moi mais elle resterait néanmoins très proche de ce que je suis actuellement. Le cycle des dieux est donc éternel, même si Abel et Baldr tentent bien de le renverser. Notre âme en revanche, rejoindrait Lysendra et on dit qu'elle leur offrirait une autre existence, dans un autre monde. Les dieux ne craignent donc pas de mourir, puisque la récompense est de rejoindre la déesse Mère, pour vivre son expérience ou pour se voir attribuer un autre monde. Mais c'est juste ce qu'on dit. En réalité, personne ne sait ce qui se passe.
- C'est fascinant. Tu ne crains donc pas de mourir ?
- Bien sûr que si, puisque je serais séparée de toi.

Connor sourit en la serrant contre lui.
- Les défunts peuvent-ils rendre visite aux dieux ?
- Bien sûr. Bien qu'ils disposent de leur palais, les défunts passent le plus clair de leur temps dans le domaine d'un dieu ou d'une déesse en particulier. Un voleur, un bandit ou un hors-la-loi ira dans celui de Malika, déesse du crépuscule. Les marins finissent dans le domaine de mon frère. La plupart des habitants vont dans le domaine de Faendal, dieu de la paix. En revanche, tout grand guerrier, tout grand soldat rêve d'aller dans le domaine d'Alik, dieu de la guerre et des prouesses. Pour eux, c'est un véritable honneur que de pouvoir lui rendre visite. Signe d'une grande noblesse d'âme, d'un courage exceptionnel. En bref, seuls les héros sont admis chez Alik. Mila, déesse de l'illusion et des arts, s'occupe quant à elle des magiciens et bardes.
- Et toi ?
- Moi je ne m'occupe de personne. Si les hommes savaient voler, peut-être en serait-il autrement, mais ce n'est pas le cas. Mais je ferai une exception pour toi. Mon domaine sera le tien, si cela m'est permis.
- Comment ça ?
- Tu es un Maître des Ombres, Connor. Un descendant des Anciennes Civilisations. La Nature te réservera peut-être autre chose, mais je négocierai avec elle. Trêve de discutions philosophique. J'aimerai beaucoup que tu t'occupes de moi.

Avec un sourire, il referma ses bras sur elle.

*

Kalim s'inclina bien bas quand la femme ouvrit sa porte. Elle ne se montrait que rarement à lui et il était content de la trouver enfin. Et elle était seule. D'habitude, il y avait bien ce général qui restait avec elle, mais ils n'étaient pas assez intimes pour qu'il se permette d'être dans sa chambre avec elle.

La femme parut surprise en le découvrant et il sentit une peur imperceptible en elle.
- Ma Dame, navré de vous déranger aussi tard.
- Que voulez-vous ?
- Je voulais venir vous présenter mes condoléances, d'une part.
La femme écarquilla les yeux.
- Plaît-il ?

- Pardonnez ma brusquerie. Mais vous êtes bien Tamara, n'est-ce pas ? La femme de Céodred ?

- Vous faites erreur.

- Je ne vous trahirai pas, dame Tamara. Je voulais juste vous dire que j'étais désolé et que j'espérai sincèrement que vous avez le moyen de vous protéger d'Eroll. J'espère que Sanya sera en mesure de vous protéger. Autrement, sachez que je serais ravi de…

- Ecoutez, je ne sais pas de quoi vous parlez, mais je ne suis pas cette Tamara. Maintenant, si vous le permettez, je suis fatiguée.

- Vous savez, je...

- Un problème ?

Kalim se tourna pour découvrir un homme qui lui faisait face de toute sa taille, la main dangereusement proche de son épée. Ce fichu général, évidemment.

- Non, pas du tout. Je crois avoir fait une erreur. Désolé, ma Dame et bonne nuit.

Sans plus de cérémonie, il s'éclipsa. Cette femme était bien Tamara, il n'avait aucun doute, et il savait qu'il pouvait l'amadouer. Grâce à elle, il obtiendrait le moyen de mettre en œuvre un plan de secours, s'il devait en arriver là, car Sanya étant une ferme négociatrice, la manière douce ne prendrait pas. Mais la reine semblait suspecter quelque chose et son fameux garde du corps, Connor, ne le lâcherait pas.

Il allait devoir être très prudent.

14

Connor et Sanya marchaient en silence dans les couloirs des sous-sols, vigilants. La reine tenait à descendre dans les catacombes au plus vite afin de fouiller le tombeau du roi et de la reine à la recherche de notes que Liana aurait pu garder en sa possession ou cacher près de son mari, et plus vite cette besogne serait faite, plus vite Sanya pourrait quitter cet endroit qui lui glaçait les sangs. Elle n'avait pas beaucoup d'espoir quant à trouver quelque chose. Pourtant, c'était une piste à ne pas négliger, Liana aurait très bien pu cacher ses recherches dans un des deux tombeaux, pour être sûre que personne ne les trouve. Vu que seuls les souverains avaient le droit d'y accéder. C'était astucieux.

Quand Connor jeta un coup d'œil derrière eux, elle revint brusquement au présent.

- Un problème ?

- Non, je ne crois pas. Mais je préfère rester attentif. Je ne voudrais pas qu'on nous suive jusqu'ici. Je ne doute pas des gardes, mais je ne sous-estime pas non plus l'ennemi.

- Moi non plus. Qui que ce soit, j'ai l'impression que cette personne fait plus attention.

- Je l'aurai quand même, il ne m'échappera pas éternellement.

Sans rien ajouter, ils s'enfoncèrent davantage dans les profondeurs du château. L'humidité se faisait plus importante au fur et à mesure qu'ils descendaient sous terre pour rejoindre les catacombes et l'odeur était moins agréable. Seules leurs torches éclairaient leur passage, les couloirs se resserraient davantage et Sanya eut rapidement une sensation de claustrophobie. Pour se rassurer, elle prit la main de Connor dans la sienne. Les catacombes n'étaient qu'un dédale de couloirs, avec tout au bout le tombeau des monarques. Ils avaient déjà servi par le passé à entreposer des marchandises illicites, car il existait un passage qui ramenait dehors, directement au bord de mer, où un petit quai avait été construit. Durant l'air de l'Ordre des magiciens, on racontait que des créatures y étaient également abrités, pour les jeter sur l'ennemi en cas d'attaque.

Ils ne surent combien de temps ils descendirent, mais quand ils arrivèrent enfin en bas, plusieurs couloirs s'étiraient devant eux, donnant accès à plusieurs alcôves et salles.

Connaissant vaguement les lieux, la reine entraîna son compagnon vers ce qu'elle pensait être le tombeau des deux monarques. Elle n'y avait mis les pieds qu'une seule fois, pour accompagner la défunte reine qui venait déposer les objets de son époux décédé devant son cercueil. Une expérience que Sanya avait détesté. Être sous terre la terrorisait déjà, alors se savoir entourée de cadavres... elle avait fait plusieurs cauchemars les jours suivants.

Alors qu'ils avançaient, ils ne pouvaient s'empêcher de jeter des coups d'œil aux salles qu'ils dépassaient. Il y avait dedans un ou plusieurs cercueils, dont le couvercle était sculpté pour représenter la personne allongée dedans. Des effets personnels étaient également entreposés, parfois nombreux, et parfois non, tous très différents d'un monarque à l'autre.

Difficile à croire que toutes ces personnes, à présent réduites à un squelette, avait jadis étaient vivantes et avaient arpenté le château. Chaque roi et reine avaient voulu rivaliser avec ses prédécesseurs en achetant le plus beau cercueil gravé de leur nom, et le décorant avec toutes les richesses possibles et imaginables. Contrairement à ces rois et reines, Sanya refusait qu'à sa mort, si comptait qu'elle soit encore humaine, son corps repose ici. C'était trop lugubre, trop profond, trop... effrayant. Elle était d'ailleurs heureuse que Connor soit à ses côtés, car descendre ici seule avait de quoi lui donner des sueurs froides, d'autant plus que quelqu'un ne cessait de l'épier depuis quelques temps.

- Ici, souffla alors la jeune femme.

Ils entrèrent dans une petite salle, où deux cercueils se faisaient face.

- Celui de la reine est ici. Commençons par elle.

Moins somptueux que les autres, le cercueil de Liana était

simple, il n'y avait aucun trésor, pas de babioles inutiles. « Quelle importance, puisse que je suis morte ? » disait-elle. Faisant le tour, Sanya s'assura qu'il n'y avait rien qui traînait, hélas, il n'y avait effectivement rien du tout. Elle étudia ensuite le cercueil du roi, espérant trouver quelques choses parmi la foule d'objet qui s'entassait à ses pieds, mais là non plus, il n'y avait rien.

- Nous sommes venus pour rien, soupira-t-elle. Regarde, pas un bout de papier, rien.
- Et dedans ?

Sanya se décomposa.

- Quoi, là-dedans ? Pourquoi aurait-elle fait ça ?
- Pour que personne ne vienne les chercher, pardi. Elle a pu mettre les papiers dans un des deux cercueils pour être sûre que personne ne les trouve. Ne me dis pas que tu voulais descendre ici sans même regarder dedans ?! Ça ne coûte rien de jeter un œil. Les cercueils s'ouvrent ?

La jeune femme hocha la tête. L'idée de dévoiler un mort en décomposition depuis plusieurs années ne l'inspirait vraiment pas. Elle ne voulait pas voir le visage de son amie ainsi, la peau tombant en lambeau, dévoilant la blancheur de ses os. Répugnant. Connor posa une main sur son épaule.

- Je vais le faire, va t'asseoir.

Sa compagne refusa de l'abandonner et elle l'aida à pousser le lourd couvercle du cercueil. Ils ne furent pas trop de deux. Le bruit raclant envahit toute la salle, résonnant puissamment et Sanya eut un frisson. Son cœur battait à tout rompre, elle avait l'estomac noué. Elle avait déjà vu des cadavres, mais jamais encore ceux d'amis proches, morts depuis des années. Elle ne voulait pas voir ça.

Elle s'écarta finalement, s'excusant auprès de Connor. Le jeune homme ne lui reprocha rien et se pencha pour voir ce que renfermait le cercueil. Sanya l'entendit soulever les mains de la reine et elle eut envie de vomir. Le jeune homme fouilla ensuite les poches, puis doucement, il la tourna sur le côté pour voir s'il n'y avait rien sous le dos. Il fouilla ainsi plusieurs minutes.

Bredouille, il remit le cadavre en place et avec l'aide de Sanya, ils refermèrent le cercueil. Ils refirent ensuite la même chose avec le roi, mais n'obtinrent pas de meilleurs résultats. Le roi était dans un stade encore plus avancé de décomposition et Connor avait eu un haut le corps en le touchant.

Le jeune homme n'aimait pas trop cette idée d'avoir farfouillé dans le tombeau d'un mort, beaucoup de superstitions laissaient entendre qu'il était mauvais de déranger leur repos. Il avait beau se dire que c'était un tissu de bêtises, il avait hâte de quitter cet endroit. Voir des cadavres en décompositions était répugnant et il ne pouvait s'empêcher de les imaginer en train de se réveiller, tendant leurs mains squelettiques vers lui.

- Rien ici non plus..., soupira-t-il.
- Remontons. Au moins, on pourra dire qu'on aura négligé aucune piste.

Alors qu'ils se remettaient en marche, Connor sentit l'Onde pulser en lui, d'une manière si puissante qu'il comprit aussitôt. Un danger. Son corps réagit de lui-même.

Il distingua à peine la pointe mortelle qui fonçait droit sur Sanya, mais il la plaqua brutalement au sol. À un souffle d'eux, ils entendirent le sifflement de la lame avant qu'elle ne s'écrase par terre dans un tintement métallique qui bourdonna à leurs oreilles. Tirant ses dagues, Connor se releva d'un bon.

Au bout d'un couloir, un homme leur faisait face. Pas très grand ni bien bâti, il portait une longue cape noire à capuche qui ne laissait absolument rien paraître de son visage. On ne pouvait même pas voir ses yeux. Quand il se déplaça vers eux, il semblait flotter au-dessus du sol, comme un fantôme. Sa cape traînait derrière lui comme le voile de la Mort. Connor sentit en cette chose une force qu'il ne devait surtout pas sous-estimer.

- Je m'occupe de lui, sauve-toi ! hurla le jeune homme.
- Je ne te laisse pas !
- Tu n'as pas d'armes, pas d'armure, fais ce que je te dis !

Alors qu'un son ressemblant à un rire machiavélique s'échappait de la capuche du monstre, Sanya capitula. Et quand Connor bondit sur son adversaire pour engager le combat, elle détala sans demander son reste.

Le jeune homme assena plusieurs coups puissants à son ennemi, mais la créature se mouvait avec une telle fluidité qu'aucune lame ne la toucha. Elle n'était pas humaine, pourtant des mains osseuses dépassaient de ses manches. Des mains d'hommes. Connor eut un frisson.

Le monstre leva alors une main sur lui et le Maître des Ombres se jeta de justesse sur le côté pour éviter d'être percuté par un éclair. Un sorcier ! Voilà qui changeait toute la donne. Levant de nouveau les bras, le sorcier lança sur lui une puissante langue de feu qui faillit le carboniser vif. Connor sentit quelques mèches de ses cheveux brûler et sa peau roussir. Il s'en était fallu de peu.

Alors que son ennemi se préparait à un nouveau sort, il chargea le plus vite possible, visant la tête. Sa lame traversa la capuche, sans aucun résultat. En revanche, une puissante douleur au bras l'accueillit, l'obligeant à se recroquevillé, le bras pressé contre son torse. On aurait dit qu'une force avait brûlé et tenté de démembrer son bras.

- Faible ! siffla une voix qui semblait venir d'un autre monde tellement elle était effrayante.

Connor eut un frisson le long de l'échine. Il y eut alors un chuintement et une lame aussi noire que la nuit jaillit dans la main de la créature.

- Mourir !

Dans un geste si rapide qu'il en fut flou, le spectre frappa de manière sèche et précise. Le jeune homme ne put éviter à temps : la lame s'enfonça profondément dans son épaule.

Ivre de douleur, le Maître des Ombres fit un bond en arrière. Du sang chaud suintait de sa blessure, coulant le long de son bras et de son torse. Et la douleur à l'intérieur de son bras ne le lâchait toujours pas. S'il n'agissait pas vite, il allait mourir. Sa perte de sang l'affaiblissait rapidement, bientôt, il n'aurait plus la force de continuer.

Se tenant le bras, il regarda son adversaire fondre sur lui.

Le cœur.

Les mots résonnèrent en lui sans qu'ils ne soient prononcés. L'Onde pulsait en lui, lui disant quoi faire. Il devait l'écouter. C'était sa seule de chance de survie.

Serrant les dents, rejetant la douleur, il chargea à son tour, prêt à frapper. Mais alors qu'il abattait son bras, il vit l'instrument de sa mort. Et il ne pourrait pas l'éviter.

Jaillissant de la main du spectre, une puissante lance de lumière le percuta en pleine poitrine, l'envoyant voler dans les airs. Ses poumons se vidèrent, la douleur déferla en lui et il s'écrasa au sol.

Il ne se releva pas.

*

Sanya courait à en perdre haleine dans les couloirs des catacombes. Si le spectre en avait après elle, il ne tarderait pas à revenir, et sinon, elle devait se dépêcher de trouver du secours pour aider Connor ! À la seule idée qu'il puisse lui arriver malheur, elle eut envie de hurler de désespoir. Des larmes perlèrent à ses paupières et elle s'empressa de les chasser.

Courir, ne pas s'arrêter, voilà tout ce qui comptait.

Elle trébucha alors et s'étala de tout son long. Ignorant la douleur, elle se releva maladroitement. Les sous-sols étaient immenses, elle douta alors de pouvoir parvenir à la surface à temps. Et depuis combien de temps courait-elle ? Elle avait les poumons en feu, elle doutait de pouvoir entamer une interminable montée.

Sanya entendit quelque chose derrière elle. Faisant volteface, elle cria d'horreur en découvrant le spectre qui lui faisait face, parfaitement intact.

Avait-il tué Connor ?!

Alors que la chose se précipitait vers elle, Sanya décampa aussi vite que ses jambes le lui permettaient. Elle avait une chance de semer son adversaire dans les couloirs des catacombes et elle s'accrochait de toutes ses forces à cet espoir.

Elle jeta un coup d'œil en arrière et découvrit le spectre qui flottait au-dessus du sol, dangereusement proche. Accélérant le pas, Sanya ignora les points noirs qui dansaient devant ses yeux.

Au détour d'un couloir, alors qu'elle pensait avoir enfin semer son ennemi, elle le vit apparaître juste devant elle. Elle fit demi-tour le plus vite possible en poussant un cri, terrifiée à l'idée d'être prise au piège. Elle était une proie et son prédateur jouait visiblement avec elle ! Elle n'avait aucune chance de lui échapper.

S'arrêtant soudain, elle tenta de lancer un sort au spectre, mais la faible ampleur de son pouvoir ne fit que l'effleurer. Il continua sa course sans même remarquer ses efforts !

« Maudite forme humaine ! » songea Sanya en reprenant sa course. Elle allait mourir ici, dans ses catacombes, tout ça parce qu'elle était incapable d'utiliser sa magie, de se protéger !

Elle songea alors à Connor. Était-il mort ? Si c'était le cas, elle n'avait plus aucune raison de vivre, autant se laisser rattraper par le spectre. Prise d'une vague de désespoir mêlée à la terreur, elle ralentit.

Le spectre en profita pour la rattraper.

Sanya poussa un cri d'horreur en sentant la main osseuse du monstre se refermer sur son épaule. D'une force inhumaine, il la propulsa contre le mur. Sonnée par l'impact, Sanya n'eut pas le temps de réagir : lui emprisonnant le cou de ses deux mains, le spectre lui comprima la trachée-artère pour l'étrangler.

Vainement, la jeune femme essaya de desserrer les doigts de la créature, mais elle ne lui céda pas une once de terrain, serrant plus fort son cou. Des étoiles dansèrent devant les yeux de la jeune femme, elle étouffait, luttant de toutes ses forces pour respirer ! Elle paniqua, tremblante, cherchant une bouffée d'air. Elle sentait déjà ses poumons brûler.

Se débattant avec le peu de force qui lui restait, la reine donna de violent coup de pied, mais ne traversa que du vide. Aucun son ne sortit de sa bouche quand elle voulut lancer un appel au secours, en espérant naïvement que quelqu'un l'entendrait.

Plantant profondément ses ongles dans les avant-bras du spectre, elle rencontra quelque chose de dure et moue à la fois et quand elle arracha ce qui devait être des lambeaux de peau, la créature ne parut même pas le remarquer.

Dans une dernière tentative, la jeune femme essaya d'atteindre le visage du monstre, ou même son cou. Ses doigts ne rencontrèrent qu'une matière étrange, de l'air opacifié qui semblait s'enrouler autour de ses doigts pour les lui arracher, lui brûlant les mains ! Sanya sentit comme des morsures sur ses mains, puis des lacérations, elle avait l'impression qu'on essayait de lui arracher la peau !

Elle se retira vivement.

Alors que sa tête tournait, que le monde devenait flou et que les ténèbres commençaient à l'envahir, la douleur refoula. Sanya se sentait dériver. Ses lèvres avaient gonflé ainsi que sa langue. Elle allait mourir.

Peut-être rejoindre Connor.

Un cri déchirant retentit, lui vrillant les tympans ! Un cri inhumain, venu d'un royaume aussi noir que les pires ténèbres. Les mains du spectre relâchèrent Sanya et elle s'écroula par terre en toussant et en reprenant bruyamment son souffle.

Elle remarqua alors qu'une lame venait de perforer le spectre à l'emplacement exact du cœur. La chose se cabra en hurlant de plus belle, obligeant Sanya à se boucher les oreilles. Un cri de douleur pure.

Alors il y eut une terrible explosion des ténèbres qui composaient le spectre et une fumée noire se dissipa dans l'air. Le manteau noir, désormais vide, tomba par terre.

Connor se tenait debout, couvert de sang, haletant, le visage crispé de douleur. Il tomba à genoux près de Sanya et la serra très fort contre lui. Trop faibles, ils se laissèrent aller contre le mur.

- Connor...

Sa voix n'était qu'un croassement et la douleur l'empêcha de terminer sa phrase. Le jeune homme avait des larmes plein les yeux. Il avait une terrible blessure à l'épaule qui saignait encore, expliquant aussi sa pâleur et il grimaçait de douleur à chaque mouvement de son bras, comme si ces muscles avaient été déchirés. Il semblait également avoir des côtes cassées.

Ils restèrent un moment silencieux, avachis dans les bras l'un de l'autre. Déchirant un morceau de sa robe, Sanya fit un bandage serré à l'épaule de son compagnon pour stopper l'hémorragie. Trop faible pour utiliser sa magie, elle ne pouvait rien de plus. Quand elle eut retrouvé un semblant de voix, elle murmura :

- J'ai cru que je t'avais perdu...

- Moi aussi... Cette chose était terriblement puissante. Elle pratiquait la magie. Quand j'ai compris comment la tuer, elle m'a envoyé une sorte de lance lumineuse qui m'a percuté la poitrine. La douleur était telle que j'ai cru que tous mes organes explosaient et que tous mes os se rompaient. J'ai cru que j'étais mort. Pourtant, j'ai réussi à reprendre connaissance.

Soulevant les vêtements du jeune homme, Sanya inspecta doucement son torse. Du bout des doigts, elle toucha la zone rouge vif où la lance l'avait atteint.

- Tes organes se portent très bien, tu n'as aucune fracture, souffla-t-elle doucement car parler lui était douloureux. Mais tu as de la chance. Un peu plus haut, et ton cœur aurait été touché. Là, tu serais mort.

- J'ai eu peur d'arriver trop tard...

Sanya le serra contre elle pour le rassurer. Elle aussi avait cru que leur heure à tous les deux était venue.

- Qu'était cette chose ? demanda Connor.

Sanya fronça les sourcils.

- Je crois que c'était une matérialisation, faite par un sorcier pratiquant une magie occulte. Très occulte. Ce genre de sortilège est interdit, et ce n'est pas pour rien. C'est contre nature. Pour créer un être comme ça, il faut un morceau d'âme, souvent prise dans le corps d'un homme qui vient de mourir et dont l'âme n'a pas encore rejoint l'autre monde. Ainsi fragmenté, il est très difficile de reformer l'âme du défunt afin qu'elle trouve le repos. Voilà pourquoi cette magie est interdite.

-Un genre de nécromancien aurait fait ça ?

- Oui et non. Les nécromanciens se consacrent à tout ce qui touche la mort, mais leur magie n'est pas forcément occulte. Elle peut faire le bien. Les sorciers qui font apparaître de telles abominations sont parfois des nécromanciens, mais pas nécessairement. Il utilise une magie très noire, très ancienne et très dangereuse. Il faut beaucoup de puissance pour utiliser de tels sortilèges.

- Ces personnes sont donc très rares.

- Oui, heureusement. Il nous faut trouver qui peut pratiquer une telle magie.

- Peuvent-ils faire d'autre chose ?

- Cette magie noire... elle se consacre uniquement au pire de tout. Alors oui, ils peuvent faire d'autres choses. Des choses dont je n'ai moi-même aucune idée.

Guère rassuré à cette idée, Connor se leva laborieusement. Puis il tendit une main à sa compagne.

- Sortons vite d'ici. Il nous faut des soins. Ensuite, il nous faudra informer les gardes et les autres.

- Il vaut mieux que Kalim n'en sache rien.

S'aidant mutuellement à marcher, les deux jeunes gens entamèrent une interminable remontée vers la surface.

Sanya et Connor parvinrent à rejoindre leur quartier en toute discrétion. La reine avait ordonné à l'un de ses soldats d'aller chercher un guérisseur immédiatement, tandis qu'elle avait demandé aux autres de ne pas ébruiter la situation. Personne ne devait savoir que les deux jeunes gens étaient très mal en point.

Ils s'écroulèrent sur le lit en grimaçant de douleur et ils ne remarquèrent à peine l'arrivé du guérisseur un quart d'heure plus tard. Dans un état comateux, ils ne le sentirent même pas se mettre à la tâche. Ils sombrèrent d'ailleurs dans un lourd sommeil avant qu'il n'eût fini.

Quand Sanya se réveilla, elle constata qu'on avait tiré la couverture sur eux. Elle se sentait mieux, plus en forme et sa gorge lui faisait beaucoup moins mal. Découvrant une cruche d'eau et deux verres sur la table de chevet, elle s'empressa de boire goulûment. Elle faillit recracher sa première gorgée tant sa gorge était encore sensible, mais elle se força et au final, ça lui fit un bien fou. Puis elle se tourna vers Connor.

Étant torse nu, elle put voir que sa blessure était soigneusement pensée. La marque rouge vif laissée par la lance de lumière ne se voyait plus et le jeune homme avait repris des couleurs. S'appuyant sur un coude, elle le contempla jusqu'à ce qu'il se réveil.

- Comment te sens-tu ?
- Encore quelques douleurs, mais ça va beaucoup mieux. Je n'ai même pas eu le temps de remercier le guérisseur.
- Moi non plus.

La reine servit un verre d'eau à son amant et le lui tendit.

- Qu'elle heure est-il ? demanda-t-il.
- Je crois que c'est le soir. Nous devrions avoir le temps d'informer les autres de ce qui s'est passé. Et ensuite, nous irons manger.

Connor sourit.

- Je meure de faim !

Les événements s'embrouillaient dans leurs esprits, comme si ce n'était qu'un mauvais rêve, pourtant ils restaient toujours angoissés.

S'habillant plus convenablement, les deux jeunes gens quittèrent leur chambre. Escortés par deux soldats, ils redescendirent d'un étage dans l'espoir de trouver leurs amis. Ne les voyant nulle part, ils retournèrent au rez-de-chaussée. Peut-être mangeaient-ils déjà.

Ils tombèrent alors sur Kalim.

- Majesté, s'écria-t-il, ravi. Je voulais justement vous parler.
- Qui y a-t-il ?

Voyant le regard fugace du roi pour ses gardes du corps, la reine clarifia les choses :

- Un de mes hommes a été tué. Du coup, je ne me sépare plus de mes gardes du corps. Vous pouvez parler devant eux.

Un pur mensonge, mais la reine voulait semer le doute dans l'esprit du roi. S'il était au courant des événements des catacombes, qu'il se trahisse donc en lui demandant comment elle allait !

Le roi hocha la tête, compréhensif.

- Ma reine, j'ai beaucoup réfléchi et j'ai pris conscience de certaines choses. Il est vrai que je vous en demande beaucoup. Beaucoup trop. Je ne veux pas que notre amitié soit fondée à contre cœur sur des méfiances. Aussi, j'accepte de changer les accords selon vos souhaits, sans aucune modification de ma part !

La reine tomba de haut. Elle ne s'attendait pas à ça. Ce pourrait-il que Kalim soit donc parfaitement innocent ?

- Vous m'en voyez ravi, Majesté. Nous pourrons donc en discuter prochainement.

Le roi parut satisfait, mais il s'attarda néanmoins.

- Ma reine, je dois vous dire... Depuis que je suis ici, je me rends compte de ce que j'ai perdu... et de ce qu'un homme a besoin dans sa vie, s'il veut être heureux et bon. (Il s'approcha pour prendre la main de la reine.) Il me manque une chose essentielle pour savourer la vie... une femme. Et vous êtes quelqu'un de merveilleuse. (Il se mit à genoux devant Sanya.) Dame Sanya, accepteriez-vous de devenir ma femme ?

La jeune femme crut que ses jambes allaient se dérober.

15

Sanya reprit enfin son souffle après ce qui lui parut être une éternité. Le contact des mains du roi sur la sienne était désagréable, elle aurait voulu la retirer immédiatement, hélas, cela l'aurait vexé. Derrière elle, ses soldats étaient tout aussi stupéfait, et Connor, encore sous le choc, ne tarderait plus à exploser. Elle devait prendre les choses en mains avant qu'il ne commette l'irréparable. Prenant une inspiration, elle souffla d'une voix trop faible à son goût :

- Majesté, vous me demandez quelque chose de très sérieux, c'est une décision que je ne dois pas prendre à la légère, aussi, je ne peux vous donner ma réponse sur le champ.

Le roi embrassa sa main avant de se relever.

- Je comprends tout à fait. Nous aurons le temps d'en reparler. Sachez cependant que si vous acceptez de m'épouser, je vous promets de bien m'occuper de vous et ainsi, Teyrn et Eredhel seront solidement soudés pour les années à venir, nous pourrons instaurer la confiance entre nous. Je m'engagerai à vous donner tout ce dont vous avez besoin, sans conditions. Eroll ne pourra plus nous menacer, car nous serons capables de lui faire front sans craindre des retournements de situation dû à l'animosité de nos armées. De plus, vous êtes la femme dont j'ai besoin pour mieux régner. J'espère que vous me ferez cet honneur.

- Je suis un peu fatiguée et affamée, nous en parlerons une autre fois, si vous le voulez bien.

- Tout à fait. Puis-je me joindre à votre repas ?

Sanya se contint à grande peine de ne pas serrer les dents. Dîner en compagnie du roi, après ce qui venait de se passer dans les catacombes, était la dernière chose qu'elle désirait. De plus, elle avait l'impression de se sortir d'un piège pour tomber dans un autre. Kalim lui proposait des accords impossibles à accepter, puis il acceptait de lui donner tout ce qu'elle désirait, à condition qu'elle l'épouse ! La jeune femme devait trouver une solution pour refuser ce mariage, elle ne pouvait pas se lier à pareil homme.

- Nous n'allons pas être de bonne compagnie. Le repas va être très court.

- Ce n'est pas gênant.

Alors qu'ils se dirigeaient tous vers la salle à manger, Sanya jeta un coup d'œil en direction de Connor. Le jeune homme fulminait autant qu'il était inquiet et la reine en eut le cœur brisé. Jamais elle ne pourrait plus le faire souffrir qu'en épousant ce félon. Et de toute façon, Connor ne le lui permettrait jamais.

Comme l'avait prédit Sanya, le repas fut cours, sans bonne ambiance. Ses amis étaient tous présents à table, mais à cause de la présence de Kalim, il lui était impossible de leur expliquer ce qui s'était passé dans les catacombes. Le roi ne devait pas savoir, le doute qu'il nourrirait pourrait se montrer utile.

Quand ils eurent fini, le roi proposa galamment de raccompagner la reine à sa chambre, mais celle-ci refusa. Compréhensif, Kalim lui baisa la main et s'éclipsa. Saluant ses amis qui se doutaient de quelque chose, elle quitta à son tour la salle à manger, leur promettant qu'elle leur expliquerait tout demain. Elle fit en revanche signe à Aela de la suivre.

Dès que les trois jeunes gens se retrouvèrent seuls dans la chambre de la reine, Connor lâcha la bonde à sa colère :

- Comment ose-t-il ?! Sanya, je refuse que tu l'épouses ! Tu ne peux pas faire une chose pareille, c'est un menteur, un manipulateur et peut-être un tueur !

- De quoi parlez-vous ? coupa Aela, peu certaine d'avoir bien compris.

Sanya commença d'abord par poser une main apaisante sur l'épaule de Connor, puis elle se tourna vers son amie.

- Il faut qu'on te parle de choses très importantes, Aela. Tout d'abord, sache que le roi Kalim vient de me demander en mariage.

Aela resta sans voix.

- Il accepte que je modifie ce qui me plaît dans son traité. En clair, il est prêt à me donner tout ce dont j'ai besoin, appuis militaire, économique et financier, à la seule condition que je l'épouse.

- Quel fourbe ! s'emporta la guerrière. Il veut le royaume ! En voyant que les accords ne lui permettraient pas de se l'octroyer, il veut l'avoir par le mariage ! Sanya, tu dois refuser !

- Calme-toi, et Connor, toi aussi. Nous n'avons aucune preuve comme quoi il désire le royaume. Je ne lui fais pas confiance, je ne me sens pas bien en sa présence, mais évitons de le condamner trop vite sans preuves, même si j'admets avoir des tendances à le croire responsable de ce qui arrive. En tout cas, je ne veux pas devenir sa femme.

- Tu ne l'épouseras pas, alors ? demanda le jeune homme.

- C'est plus compliqué que ça, un refus pourrait entraîner...

- Je me moque de ce que ça peut entraîner ! Qu'il envoie toute son armée, je l'attends de pied ferme ! Je ne le laisserai pas te prendre.

- Calme-toi...

Connor se prit la tête à deux mains.

- J'aurai dû t'épouser il y a longtemps. Si je n'avais pas traîné, on n'en serait pas là.

- Ce n'est pas ta faute.

- Sanya a raison, confirma Aela. Kalim veut le royaume, qu'elle soit mariée ou non ne lui aurait pas fait obstacle. Il t'aurait fait tuer.

- Il a bien failli réussir.

- Quoi ?!

- Nous sommes descendu dans les catacombes avec Sanya, pour rechercher des informations sur le Quilyo. Et là, un homme nous a attaqué. Enfin, un genre d'homme, plutôt un spectre, maîtrisant la magie.

- Une matérialisation, compléta la reine. Une magie très noire était à l'œuvre, un sort très occulte, interdit. Cette chose a voulu nous tuer et elle a bien failli réussir. Dis à tout le monde de rester sur ses gardes, je crains que ce ne sois que le début. Je ne peux pas dire que ce soit l'œuvre de Kalim, cela serait beaucoup plus logique que ce soit Eroll. Il n'aurait pas d'intérêt à vouloir ma mort pour me demander en mariage ensuite. Mais peut-être avons-nous raté quelque chose, je ne veux prendre aucun risque. Cette attaque visait peut-être davantage Connor que moi après tout, or la mort de Connor serait un avantage pour Kalim. Tant que je ne saurais pas qui veut nous tuer, je ne ferai confiance à personne.

- Je vais prévenir tout le monde, nous allons surveiller tout ça. Personne ne viendra vous faire du tort. Quant à toi Sanya, n'épouse pas Kalim. Il y a trop de suspicion autour de lui, trop d'incertitudes. Sans compter qu'on sait tous comment il règne sur son royaume. Je suis d'accord avec Connor, il peut bien envoyer qui il veut, cela importe peu. Nous te protégerons. Tout ceci n'est peut-être qu'une ruse pour te pousser à accepter.

- Merci mon amie. Mais j'ai besoin de réfléchir. Va vite prévenir les autres et reste discrète. Je ne veux pas que Kalim se doute de quelque chose. Tant que son rôle dans tout ça n'est pas établi, il restera un suspect potentiel.

- Pas de soucis. Dormez en paix.

Tournant les talons, elle quitta la chambre. Sanya vient alors se réfugier dans les bras de Connor.

- Ne fais pas ça..., souffla-t-il. Je ne le supporterai pas.

- Je vais tout faire pour l'éviter, n'ait crainte. Cet homme est un félon, il est hors de question qu'il ait une quelconque autorité sur mon royaume. Mais comprend qu'un refus peut s'avérer dangereux. D'autant plus qu'avoir son royaume à ma disposition pourrait faire changer le cours de la guerre. C'est beaucoup plus important que ma personne. Je dois prendre en compte toutes les options.

Connor soupira. Il tremblait et sa compagne le serra plus fort contre elle.

- Viens te coucher, lança-t-elle. Demain, nous parlerons de tout ça dans un endroit où personne ne nous trouvera.

*

Le soleil brillait dans le ciel et les températures étaient agréables. Idéales pour une promenade. Connor et Sanya en profitaient pour se balader dans la forêt avec Kalena, loin du château, loin de Kalim. La neige commençait à fondre sous leurs pieds, le règne de l'hiver touchait à sa fin.

- Dis-lui que je t'ai déjà demandé en mariage et que nous n'avons pas ébruité l'affaire jusque-là.

- Si c'était vraiment le cas, je le lui aurais dit dès le début. Il comprendra.

- Quelle importance ? S'il te déclare la guerre juste parce que tu refuses de l'épouser, c'est bien que son « amitié » n'avait rien de sincère.

- Tu as raison. Mais Eroll me cause beaucoup de soucis. Je ne peux pas me permettre d'avoir un ennemi de plus.

- Alors tu serais prête à te livrer à cet homme ?! À devenir sa femme ? Rien que de penser à ce qu'il te fera... non je refuse ! Je ne peux pas Sanya, l'imaginer te prendre de force...
- Si ça pouvait aider le royaume.
- Tu crois qu'il a vraiment l'intention de t'aider ? Sanya, je ne lui fais pas confiance. Rien ne nous dit qu'il n'est pas avec Eroll. Comme je te l'ai dit, les impériaux attendent quelque chose. Ne te sacrifie pas pour rien ! Ne te sacrifie pas du tout. Je préfère voir le monde s'écrouler que vivre sans toi !
- Tu serais prêt à voir ce monde réduis en esclavage pour ne pas m'imaginer dans le lit de Kalim ?
- Absolument ! Si tu veux me rendre fou, alors épouse-le.
Sanya passa un bras autour de sa taille.
- Je n'ai nulle intention de te rendre fou. Je n'ai pas confiance en Kalim. Mais comme je te l'ai dit, je dois étudier toutes les possibilités.
- L'épouser ne te mènera nulle part. Il ne fait pas ça par amour, ni pour t'aider. Ce qu'il veut, s'est régner. Il se débarrassera de toi à la première occasion, Sanya. Et à qui reviendra le royaume si tu meurs ?
- À lui.
- Je sais que tu veux protéger ton peuple, mais crois-tu sérieusement que Kalim t'épouserait si ce n'était pas pour avoir la main sur Eredhel ? Pour lui, tu n'es qu'une façon d'accéder au pouvoir, il t'éliminera ensuite. Tu veux sauver des innocents en te sacrifiant, mais en faisant ça, tu ne sauveras personne, au bout du compte. Entre Eroll et Kalim, j'ignore qui est le pire. Et si Kalim est de mèche avec Eroll, alors tu auras vendu le royaume à l'empereur. Ne laisse pas ta compassion t'aveugler, Sanya. Il demande des accords impossibles, et du jour au lendemain, il accepte que tu changes tout. Je sais que tu as compris qu'il veut régner, alors pourquoi t'aveugler ainsi ?
- Je ne veux pas la guerre... De plus on ignore ses véritables intentions. Peut-être ne sont-elles pas mauvaises.
- Si ses motivations étaient réellement nobles, crois-tu qu'il s'acharnerait autant ? Il t'aurait aidé sans condition. De plus, même si on ne sait rien, il reste toujours un doute. Tu ne pas te sacrifier sans savoir véritablement ce qu'il est, c'est insensé. Un sacrifice n'est utile que si l'on est sûr que ça aboutira, or ce n'est pas le cas dans notre situation. Si tu l'épouses, il pourrait tout aussi bien te tuer pour

régner seule. Tu crois que ça aidera le peuple ? Et si Kalim est avec Eroll, il fera venir l'empire et les royaumes tomberont ! À cause de ce mariage. Kalim a peut-être de bonnes intentions, mais on ne sait rien de lui. Tu ne peux pas prendre ce risque, Sanya.

La reine soupira en réfléchissant. Connor avait raison, elle devait bien l'admettre. Sa compassion, son envie dévorante de protéger son peuple l'aveuglait. Elle était prête à se sacrifier pour un rien. Pire ! Son sacrifice pourrait se révéler dévastateur.

Elle prit la main de Connor.

- Merci, souffla-t-elle. Je ne sais pas ce que je ferais sans toi.

Connor poussa un long soupir de soulagement. Il libéra toute la tension, toutes les craintes qu'il avait accumulées depuis qu'il avait appris cette demande en mariage et une larme perla au coin de son œil.

- Ne me refais plus jamais de frayeur comme ça.

Souriante, Sanya le poussa sur le côté. Sans chercher à résister, le jeune homme s'étala dans la neige. Riant aux éclats, ils entreprirent de se courir après pour se renverser mutuellement dans la neige, se lançant des boules de neiges au visage. Kalena vint les rejoindre, glapissant de joie en leur sautant dessus. Aidant Sanya à renverser Connor, elles se laissèrent toutes deux tomber sur lui, l'une lui chatouillant les côtes, l'autre lui léchant le visage.

Éclatant de rire, Connor parvint à repousser la louve en lui jetant de la neige et immobilisa Sanya pour la chatouiller à son tour. Elle se tortilla en le suppliant d'arrêter. Quand elle capitula, il caressa son visage en la dévorant des yeux. Elle était magnifique !

L'attirant à lui, il l'embrassa langoureusement en la serrant fort. Il ne laisserait personne la prendre.

- Tu es la plus belle femme qui m'est été donnée de voir, souffla-t-il à son oreille.

- Et toi le plus merveilleux des hommes. Je t'aime de tout mon cœur.

- Et moi plus encore.

Alors qu'ils se contemplaient avec amour, Kalena s'insinua entre eux pour réclamer sa part de tendresse.

Plus tard, ils décidèrent de rendre une petite visite à Darek et Kelly, aussi bien pour prendre de leurs nouvelles que pour leur expliquer la situation. Ce fut Darek qui leur ouvrit, vêtu d'une tenue simple. Connor retint une pique.

- Pas de moquerie, même ainsi vêtu je peux te donner une bonne leçon ! le prévint son formateur.

Le jeune homme éclata de rire.

- Nous ne vous dérangeons pas ? demanda Sanya.
- Pas du tout. Kelly est en train de donner à manger au monstre. Il a toujours faim, c'est incroyable !

Il fit entrer les deux jeunes gens et les conduisit dans le salon. Kelly était assise à table, regardant son fils essayant de manger sa purée avec une cuillère sans en mettre partout.

- Ce qu'il a grandi ! s'extasia Sanya.
- Oh oui, il pousse vite le garnement, s'amusa Kelly. Et il a déjà de l'énergie à revendre, ça promet pour l'avenir ! Il bouge dans tous les sens, il est toujours en éveil à toucher à tout.
- Et surtout il se réveille à point d'heure pour faire l'idiot ! plaisanta Darek en ébouriffant les cheveux de son fils.

Quand Kelly eut fini de le nourrir, elle le mit dans les bras de Sanya.

- Bonjour Ralof !

Le bambin afficha un grand sourire en battant des bras. Sanya lui fit la grimace et il éclata de rire.

- Qu'est-ce qui vous amène ici ? demanda Kelly. Même si votre présence me ravie, je me doute que vous ne venez pas ici uniquement pour prendre de nos nouvelles.

Darek s'assit près de sa femme et posa une main sur sa cuisse.

- Il s'est passé plusieurs incidents au château, ces derniers temps, expliqua Connor. Tout d'abord, Sanya se sent épiée, elle a l'impression que quelqu'un la surveille, sans qu'il n'y ait personne dans les environs. J'ai cherché, mais je ne trouve rien. C'est comme s'il n'y avait personne et qu'on la regardait à travers une boule de cristal.
- De la magie, grogna Darek.
- Le deuxième événement nous a conduit à cette hypothèse. Sanya et moi avons subi une tentative de meurtre dans les catacombes du château. Un genre de spectre, terriblement puissant qui a bien failli nous tuer.

Darek et Kelly sursautèrent en même temps.

- Qui était visé ?
- Nous ne savons pas exactement.
- Kalim ? demanda Kelly.
- Nous n'en savons rien, avoua Sanya. Nous n'avons aucune preuve. Connor a tué cette chose, il semble que ce soit une

matérialisation, faite par un puissant sorcier, or il n'y a personne dans l'entourage de Kalim qui en soit un. Je l'aurai senti.

- Il faudra être très vigilent et n'écarter aucune piste, lança Darek. Connor, surveille Kalim, essaye de trouver des preuves. Quant à vous Majesté, restez sur vos gardes et ne soyez jamais seule.

- Aucun soucis. Je ne me sens plus en sécurité même dans mon propre château. Et ce n'est pas tout. Le roi vient d'accepter que je change ce qui me plaît dans le traité qu'il me propose. Il est prêt à me donner ce que je veux. Mais en contrepartie, il désire m'épouser.

Darek se leva brusquement.

- Quoi ?

Kelly posa une main sur son bras pour l'apaiser et se tourna vers Sanya.

- N'ayant pas obtenu ce qu'il souhaite, il se rabat sur une autre solution. Sois très prudente, n'accepte pas ce mariage.

- Connor m'en a déjà convaincu.

La jeune femme adressa un regard reconnaissant à son apprenti. Ralof profita du silence pour piailler et s'attirer de nouveau l'attention général. Alors que Sanya le berçait dans ses bras, il tourna la tête vers Connor et plongea un regard intense dans le sien. Comme à chaque fois, le jeune homme se sentit mal à l'aise, mais cela ne dura pas. Le bambin sourit et agita les bras dans sa direction.

- Je crois qu'il te veut.

Sanya le lui tendit et Connor prit le garçon contre lui. Il le fit sauter sur ses genoux, le faisant rire aux éclats. La reine contempla son amant avec un sourire tendre. Il avait beau se montrer maladroit, ne sachant quoi faire avec un enfant, il était adorable de le voir s'occuper de lui de la sorte. Connor souriait, ravi, amusant Ralof par des grimaces. Avec le temps, il devenait un peu plus assuré et s'entendait de mieux en mieux avec l'enfant.

Les quatre amis discutèrent encore une bonne demi-heure de précautions à prendre et de ce qu'ils pouvaient faire pour démasquer l'assassin. Également, ils devaient trouver un moyen de mettre à jour le vrai visage de Kalim.

- Darek, as-tu des nouvelles d'Odge ? demanda soudain Connor.

- Aucune et je commence à m'inquiéter. Je crains qu'il ne lui soit arrivé quelque chose.

Le jeune homme hocha la tête. Lui aussi était inquiet. Kalim semblait en savoir beaucoup sur les Maîtres des Ombres, il craignait qu'Odge se soit fait prendre.

- Je vais vous envoyer un autre Maître des Ombres au château, continua Darek. Connor, tu ne quitteras pas Sanya. Je vais demander à Lydia de fouiller la chambre de Kalim. Nous nous efforçons de le suivre, de savoir où il va et avec qui il parle, mais nous n'avons rien qui le relirait avec tout ça. Peut-être que dans ses affaires, nous trouverions des choses qui pourraient prouver qu'il est derrière cette tentative de meurtre.

- Merci Darek. Que Lydia fasse comme bon lui semble elle a carte blanche. Sur ce, nous n'allons pas vous déranger plus longtemps, lança Sanya en se redressant. Il nous faut rentrer. Connor...

Elle s'interrompit. Le jeune homme avait les yeux rivés sur Ralof qui dormait paisiblement contre sa poitrine. Il y avait tant de tendresse dans son regard que ses amis sourirent. Quand il s'en rendit compte, il s'empourpra en se levant.

- Je te rend ton fils, souffla-t-il en le déposant délicatement dans les bras de sa mère.

Il lui caressa tendrement les cheveux avant de s'écarter.

- Soyez prudent, tous les deux, dit Darek. Si vous avez besoin de quoi que ce soit, revenez nous voir.

Le couple les salua avant de quitter la maison pour rejoindre le château. Sanya passa un bras autour de la taille de son compagnon.

- Je crois tu ferais un bon père, souffla-t-elle.

Connor tressaillit et lui jeta un regard soupçonneux.

- Non, je ne suis pas enceinte ! s'amusa la jeune femme. Je te le faisais juste remarquer.

- Je ne suis pas sûr d'être prêt à ça... ni de le vouloir, pour tout dire.

- Cela n'a pas d'importance. Nous sommes bien, juste tous les deux. Et je contrôle ces cycles-là. Ne te fais pas de soucis.

- Juste nous deux, alors ?

- Juste nous deux.

16

- Où vas-tu ? demanda Reva.
- Il faut que je retourne dans mon clan. Sanya a des messages que je dois faire transmettre par mes hommes. Par rapport aux attaques d'Eroll. Je ne serai pas longue.
- Tu ne veux pas que je vienne avec toi ?

Aela caressa le visage du jeune homme avec un sourire tendre.

- Non, il faut quelqu'un de confiance pour aider Connor à assurer la protection de Sanya. Nous n'étions pas trop de deux, et avec mon départ, je serai plus rassurée de la savoir entre tes mains et celles de Connor. Façon de parler, ajouta-t-elle avec un clin d'œil.
- Tu es impossible.
- Je sais.

Reva l'aida à finir son sac.

- Tu reviens quand ?
- Dans trois jours je pense, je serai de retour.
- Soit très prudente. Il pourrait se passer n'importe quoi sur la route.
- Ne t'en fais donc pas pour moi. Je serai bientôt de retour. Dans trois jours. Tu pourrais sûrement me préparer un bon bain pour me détendre du voyage.

Le sourire enjoliveur fit rosir les joues de Reva.

- Et qui sait, peut-être que tu pourras venir aussi dedans.

Cette fois-ci, il vira carrément à l'écarlate.

Le jeune homme accompagna Aela jusqu'aux écuries où elle scella sa monture avant de l'enfourcher.

- Prends soin de la reine. Et de toi. Je serai bientôt là.

Sur un dernier regard, elle talonna son cheval et quitta l'enceinte du château.

Profitant d'un peu de calme et de liberté, elle galopa un moment dans la plaine, se délectant du vent, de cette sensation que rien d'autre ne comptait que de tenir la cadence. Envolés les problèmes, les angoisses. Il ne restait que la joie d'un peu de liberté.

Quand elle fut dans la forêt, elle repassa au pas, perdue dans ses pensées. L'insouciance passée, ses problèmes revenaient à la charge. Elle chevaucha ainsi pendant longtemps, perdant toute notion du temps, à réfléchir à tout.

Elle devait avoir fait les trois quarts de la route, quand un craquement de branche retentit soudain. Aela eut un frisson le long de l'échine et tira machinalement son épée en posant pied à terre. Elle observa lentement autour d'elle, analysant son environnement d'un œil de prédateur, puis d'une voix puissante, elle cria :

- Allons, montrez-vous qu'on en finisse, bande de lâches !

Des bruissements de feuilles et des craquements de branches retentirent, et bientôt, Aela fut entourée d'une vingtaine de bandits, tout sourire aux lèvres en dévoilant leurs dents jaunes. Ils étaient vêtus de fourrures et de braies sales et déchirées et portaient une panoplie d'armes à la ceinture. Leur barbe de plusieurs jours était mal coupée et sale, sûrement infestée de poux et des restes de leur dernier repas. Une odeur nauséabonde émanait d'eux. Le genre d'homme qu'on évite de croiser et surtout de mettre en colère. En ayant plus dans les bras que dans le cerveau, ils ne restaient pas moins dangereux.

Ils rirent en la voyant.

- Quelle belle et agréable surprise ! En voilà un joli trophée !

Aela serra les dents. Des bandits ! Avec la guerre, ils sortaient davantage, car les soldats les laissaient tranquille et ils se montraient de plus en plus téméraires, s'approchant davantage des villes pour y faire leurs « affaires ». Plusieurs hommes et femmes avaient déjà été enlevés, on ne savait pour quelle raison. Mais Aela ne se laisserait pas avoir. Si c'était Kalim qui lui envoyait ces hommes, il verrait qu'on ne l'éliminait pas facilement.

- Venez donc goûter au tranchant de ma lame ! répliqua-t-elle.

Sans crier gare, elle donna une claque à son cheval pour qu'il s'enfuit et attaqua l'homme le plus proche et le pourfendit avant qu'il ne puisse réagir. Poussant des cris de guerre, les autres chargèrent tous en même temps, faisant pleuvoir les coups. Aela se battit avec pas moins d'ardeur. Plusieurs hommes moururent de sa lame, la gorge tranchée ou le ventre embroché, elle portait sur elle leur sang tandis que le reste se répandait sur le sol. Mais il en restait beaucoup. Les bandits étaient des lâches, ils n'attaquaient que lorsqu'ils avaient l'avantage du nombre.

Elle reçut alors une flèche dans la jambe et poussant un cri de douleur, elle tomba à genoux. Quand elle entendit le bruit d'arc qu'on bande, elle sut que c'était la fin. Elle n'avait pas l'ombre d'une chance, depuis le début. Elle pouvait vaincre tous les guerriers qui s'amassaient autour d'elle, elle n'en doutait pas. Rien de plus facile. Mais contre des archers embusqués, elle ne pouvait rien faire. Au moins, cinq bandits étaient morts en tentant de la tuer. Et tant qu'elle serait vivante, les autres ne connaîtraient jamais la paix. Les survivants, couverts de blessures, ricanèrent.

- Si tu crois qu'on va te tuer, tu te leurres. Tu vas nous être utile.

L'un d'eux s'approcha, leva son épée et avant qu'Aela ne puisse réagir, il la frappa durement à la tempe avec le pommeau.

Les ténèbres s'emparèrent d'elle et elle s'écroula sur le sol.

*

Reva ne pouvait s'empêcher de s'inquiéter. Après la tentative d'assassinat, laisser un des protecteurs de la reine seul en pleine nature lui paraissait dangereux. Même si Aela était une guerrière plus que redoutable, elle n'était pas invincible.

Mais il devait arrêter sa paranoïa. Tout allait bien se passer, sa compagne allait revenir d'ici trois jours comme promis, il lui ferait couler un bon bain, et ferait les yeux doux pour l'y rejoindre.

Vers la fin d'après-midi, ne sachant quoi faire pour s'occuper sans penser à sa compagne, il alla aux écuries, s'occuper de son cheval. Un cadeau d'Aela, et il aimait beaucoup l'animal. Une belle bête, robuste et fidèle. S'en occuper lui vider la tête.

Il vit alors la porte du château s'ouvrir sur un cheval très agité qui entra dans la cour en regardant partout autour de lui, affolé. Il fallu deux gardes pour le maîtriser et le calmer.

- Bah alors, comment tu es arrivé là toi ? Où est ton cavalier ?

Reva s'approcha pour mieux distinguer l'animal et donner un coup de main aux gardes. Quand il fut suffisamment près, son sang se glaça dans ses veines !

- C'est le cheval d'Aela !

- Vous êtes sûr ?
- Parfaitement sûr ! Il a dû lui arriver quelques choses, c'est obligé, elle n'aurait pas laissé filer sa monture comme ça. Je vais prévenir la reine sur le champ !

En passant devant les écuries, il interpella un palefrenier qui passait le balai.

- Vous ! Faites préparer mon cheval ! Maintenant !

Le garçon acquiesça, mais Reva ne vérifia pas qu'il se mettait au travail sur le champ. Il avait bien plus important à faire. Son cœur battait à tout rompre, et il eut une poussée d'adrénaline. Il pouvait être arrivé n'importe quoi, et même si Reva connaissait bien le chemin qu'empruntait toujours Aela pour rentrer chez elle, elle pouvait déjà avoir parcourus la moitié de la route avant d'être attaquée. Son cheval, affolé, aurait mis du temps avant de rentrer. Dans ces conditions, l'attaque avait eu lieu plusieurs heures auparavant, la jeune femme était peut-être captive ou morte depuis longtemps ! Et si elle agonisait, le temps que Reva arrive sur place, qui sait ce qui pouvait encore se passer !

Il ne fallait pas penser à ça, surtout pas.

Reva entama son ascension du château, ignorant ses poumons brûlants, courant toujours plus vite. Il ne prit même pas le temps de s'expliquer aux soldats qui patrouillaient, et qui le regardèrent passer avec stupéfaction. Gravir les escaliers lui fit tourner la tête, mais il n'accepta pas une seconde de repos. À bout de souffle, sur le point de s'écrouler, il réussit enfin à trouver Sanya. Elle menait comme souvent des recherches dans sa bibliothèque en compagnie de Connor.

Les deux jeunes gens se redressèrent d'un bond en voyant Reva surgir dans la pièce, rouge, essoufflé au point de suffoquer. Il voulut parler, mais l'air lui manqua. Il mit quelques minutes à reprendre son souffle et à se sentir mieux. L'envie de vomir était grande, mais la vie d'Aela était en jeu !

- Aela... a eu des ennuis sur la route, souffla-t-il.
- Quoi ?! Quels ennuis ? Comment sais-tu ça ? s'écria Connor.
- Son cheval vient de revenir... sans elle.
- Des bandits peut-être, hasarda Sanya, inquiète.
- Ça peut être tant de chose ! Je pars immédiatement à sa recherche.
- Reva, tu ne peux pas partir comme ça, c'est trop dangereux, nous ne savons rien..., supplia Sanya.

- Peu m'importe le danger.
- La nuit tombera d'ici quelques heures, et…

Connor posa une main sur son bras.

- Laisse-le partir. Je ferais la même chose à sa place. S'il la trouve, il nous ramènera des preuves par la même occasion.

Sanya capitula.

- Prends au moins quelques soldats avec toi.
- J'étais le meilleur pisteur de mon clan. Ils ne me seront d'aucune utilité, au contraire, ils pourraient effacer de précieuses traces. Je sais traquer des hommes sans me faire remarquer.
- Comme tu veux... Dans ce cas va aux cuisines, dis-leur de te préparer des provisions, et le plus rapidement possible. Qu'ils arrêtent toutes activités

Reva hocha la tête et quitta la salle en courant pour aller rejoindre les écuries. Il trouverait Aela, au péril de sa vie, et rien ne l'arrêterait.

Sans perdre de temps, il retourna à sa chambre pour récupérer ses armes, et empaqueter quelques vêtements. Puis il descendit dans les cuisines et comme convenu, fit passer l'ordre de la reine. Les domestiques parurent surpris, voir hésitants, mais le ton de Reva, dur, finit par les convaincre. Quand ses provisions furent prêtes, il fourra le tout dans son sac et rejoignit les écuries.

Comme convenu, son cheval se tenait près, l'attendant en piaffant. Il monta aussitôt en scelle, remerciant le palefrenier d'un hochement de tête. Puis il s'approcha de la porte.

- Ouvrez-moi, je pars chercher Aela.
- Quoi, sans escorte, alors que…
- Ouvrez !

Le garde capitula en grommelant. Une fois la porte suffisamment ouverte, Reva s'y engouffra en talonnant sa monture et quitta l'enceinte du château le plus rapidement.

Une fois dans la plaine, la traque commença. Il fouilla les environs jusqu'à trouver les traces d'un cheval. Il trouva celles témoignant du retour de la jeune femme, mais fouillant un peu plus, il trouva les traces, moins fraîches, de l'allé.

Il suivit donc la piste, anticipant le trajet. Aela avait bien pris le même chemin que d'habitude. Une fois dans la forêt, il ralentit le rythme pour ne pas perdre de vue les traces, mais n'observant aucun changement, il sut qu'il pouvait continuer dans la direction habituelle sans trop risquer de faire fausse route.

Il continua donc pendant ce qui lui parut être dès heures. Le soleil déclinait, et il voulait pouvoir savoir ce qui s'était passé avant la nuit. Une fois dans le noir, même avec une torche, suivre une piste serait trop compliquée. Il risquerait de perdre les traces. Il devrait donc s'arrêter pour dormir. Et il voulait à tout prix savoir ce qui c'était passé.

Il ne sut combien de temps il avait chevauché quand il repéra un changement dans les traces. Longtemps, c'était certain, mais il avait perdu toute notion du temps.

Là où il se tenait, le cheval d'Aela s'était sûrement arrêté. Il eut confirmation en voyant des traces de bottes. La taille correspondait à sa compagne. Elle s'était tenue debout ici, et avait sûrement fait un tour sur elle-même.

C'était donc ici que tout c'était joué.

- Aela ! appela-t-il.

Personne ne lui répondit.

Reva paniqua. Elle s'était tenue immobile ici, à attendre. Il découvrit alors d'autres empruntes, celles d'hommes, probablement assez grands et lourds. Ils l'avaient encerclée. En avançant un peu, il découvrit du sang sur la terre et sur les buissons. Son cœur manqua un battement. Aela avait été attaquée !

Fouillant frénétiquement les lieux, il trouva une traînée laissant supposer qu'on avait tiré un corps. La gorge serrée à l'idée de ce qu'il allait découvrir, Reva suivit la trace. Le corps d'un homme éventré gisait là. Aela n'avait pas dû se laisser avoir sans broncher.

- Aela ! appela-t-il encore sans se soucier d'être repéré ou non.

Il découvrit les traces d'un homme, beaucoup plus profondes que les autres. Il portait quelque chose sur ses épaules !

Reva faillit pousser un cri de désespoir en comprenant ce que ça signifiait. Aela avait été capturée ! Puis passé le choc, il comprit que si le corps n'avait pas été abandonné, c'est qu'elle était encore vivante. Alors il l'a trouverait, où qu'elle soit, et il ferait payer à ceux qui avaient oser s'en prendre à elle.

Le jeune homme regarda le ciel, à travers les arbres.

Il ne lui restait plus beaucoup de temps avant que la nuit tombe et qu'il fasse nuit noire. Il explora donc les environs, relavant tous les indices. Il trouva d'autres corps, et les traces typiques d'un archer embusqué. Ces hommes avaient été nombreux à attaquer la guerrière. Des bandits oui, probablement. Eroll n'avait pas bien intérêt à capturer la guerrière.

Reva trouva alors des traces de cheveux et pesta.

Si les bandits étaient à cheval, ils allaient prendre beaucoup d'avance sur lui. Car se devant d'étudier toutes les traces pour être sûr de ne pas se tromper de piste, le jeune homme allait devoir marcher pendant longtemps.

- Prenez donc autant d'avance que vous le voulez, je vous retrouverai.

Et la chasse commença.

17

Avec la disparition d'Aela, Sanya et Faran avaient du mal à se concentrer sur les leçons de magie, mais il n'y avait rien à faire de plus pour le moment. Reva était parti à la recherche de la jeune femme et les Maîtres des Ombres avaient redoublé d'effort envers le roi. Ne croyant pas aux coïncidences, ils cherchaient à côté de quoi ils avaient pu passer.

Quand elle ressentit des picotements tout le long du corps, Sanya revint brusquement au présent et sourit.

- Tu as compris le principe, lança-t-elle. Tu apprends vite, tu feras un brillant magicien.

Faran sourit du compliment.

- Je ne sais pas faire grand-chose.

- Il y a tant de chose à faire. Je t'apprends seulement les bases, les méthodes, si on peut dire. À toi ensuite de les appliquer sur ce qui te plait.

- Et donner vie à mon imagination ?

- Oui. Quand j'en aurais fini avec mes leçons, beaucoup de chose te seront accessibles, certaines plus facilement que d'autres, mais ce sera à toi de mettre en application les méthodes que je t'ai donnée. Je ne peux pas te dire comment faire avec chaque sort, ma vie ne me suffirait pas. Tu devras ensuite apprendre par toi-même.

- Pour inventer des sorts ?

- Non, pour les apprendre. Je te dis comment accéder à ta magie, à toi ensuite de te servir de tout ça. Mais ne te leurre pas, tous les sorts que tu lanceras, des sorciers les ont trouvés des centaines et des centaines d'années avant toi ! le taquina la reine. Mais qui sait, peut-être un jour inventeras-tu de nouveaux sorts. Quand l'Ordre était encore présent, certains magiciens se vouaient à l'élaboration de nouveaux sortilèges. Certains ont vu le jour, souvent à de durs prix, et d'autres non jamais été trouvés.

- Je ne comprends pas trop le principe de créer un sort.
- C'est compliqué. Toute chose est possible, pour peu que ton imagination ne soit pas limitée. Certaines choses sont faciles d'accès, en revanche, d'autres demandent de la patience et beaucoup d'essais. Il te faut trouver toutes les composantes, les associer. Ce sont des assemblages savants. Et c'est très délicat, les recherches sont souvent longues et vaines. Pour comprendre en gros, prend le principe du forgeage : tu as beau savoir forger des épées simples, il a fallu beaucoup de réflexion, d'essais et de travail pour que le premier forgeron fabrique de nouvelles épées plus performantes. C'est un peu le même principe pour les sortilèges, sauf qu'au lieu de matériaux, c'est le flux de magie que tu utilises. Je te donne la méthode pour forger une épée, tu seras ensuite capable d'en faire de plusieurs sortes, des longues, des courtes, les larges, des fines. Peut-être seras-tu capable d'en inventer d'autres. Tu vois où je veux en venir ?
- Oui. Mais la magie est beaucoup plus compliquée que le forgeage.
- Évidemment. Mais les possibilités sont infinies.
- Existe-il plusieurs types de magie ?

Sanya lui jeta un coup d'œil surpris.
- Qu'entends-tu par-là ?
- Les fées.

La jeune femme eut un sourire triste. Il'ika manquait à son ami, elle le savait. Il avait besoin de parler d'elle, tout comme elle avait besoin de parler de Connor quand il s'absentait trop longtemps.

- La magie des fées est... une variante, de la nôtre. Elle fonctionne avec le même principe, mais ce qu'elle fait est différent. Les fées ne sont pas des êtres crées par les dieux, je ne sais même pas si c'est la nature qui les a créés, comme les Premiers hommes. Leur pouvoir dépasse ma compréhension, pour tout dire. Elles font des choses que les dieux sont incapables de faire, leurs sorts n'ont que peu de rapport avec les nôtres. Leur magie, d'après ce que je sais, leur sert surtout à communiquer avec le monde qui les entoure, et même si elle est capable de choses dangereuses, les fées s'en servent surtout pour le bien.

- Mais tu sais ce qu'elles sont capables de faire.
- Elles peuvent lire en toi, pas seulement dans ton esprit mais dans tout ton corps. Sentir chaque cellule qui nous constituent, voir notre organisme fonctionner, et de même pour chaque être vivant. Elles peuvent voir des choses que personnes d'autres ne voit, c'est pourquoi elles peuvent... modifier quelqu'un.
- Modifier ?!
- Voilà pourquoi les hommes ont longtemps eu peur des fées. Elles peuvent nous faire l'inimaginable. Tu penses que je sais tout, Faran, mais c'est faux. Je ne connais qu'une infime partie des possibilités de la magie des fées, et à moins que l'une d'elle nous révèle tout, nous n'en saurons jamais rien. C'est peut-être mieux ainsi.
- Les hommes ne comprendraient pas.
- En effet.

Ils s'entraînèrent ensuite pendant plus d'une heure. Faran se sentait de plus en plus à l'aise, il était capable de beaucoup de choses. Si au départ le moindre sortilège lui coûtait beaucoup d'énergie, il gagnait en facilité de jour en jour. Il s'aventurait plus loin sur les chemins que lui offrait la magie, il comprenait mieux comment elle fonctionnait, comment la contrôler, il parvenait à lancer de nombreux sort, à faire de nombreuses choses aussi variées les unes que les autres. La magie imprégnait tout son être et grâce à Sanya, l'accès lui était plus facile, plus naturel, pourtant, il était loin d'avoir une large connaissance de la magie. Mais cela viendrait avec le temps. Peut-être serait-il un grand magicien.

Quand il commença cependant à avoir la tête qui tourne, il accepta d'arrêter pour la journée.

- Tu devrais te reposer toi aussi, lança-t-il à Sanya. Tu as l'air fatiguée.
- Ne t'en fais pas pour moi. Je dois faire encore quelques petites choses ici.
- Comme tu voudras.

Faran la laissa donc seule. Il se doutait que la jeune femme avait besoin de s'entraîner elle-aussi, elle voulait essayer de reprendre ce qu'on lui avait volé.

Marchant dans les couloirs, perdu dans ses pensées, Faran rentra dans une jeune femme qu'il n'avait pas vu. Il était persuadé de ne pas l'avoir percuté fort mais elle tomba néanmoins en arrière.

- Excusez-moi, je suis vraiment navré, bafouilla-t-il en la

redressant.

Ses yeux croisèrent ceux de la jeune femme et il en eut le souffle coupé. Il faillit tomber à son tour et il dut se retenir au mur. C'était impossible... Il ferma les yeux, secoua la tête, mais la jeune femme était bien là, à le contempler avec un sourire timide. Elle était magnifique ! Petite, elle était menue et gracieuse, ses longs cheveux couleur encre cascadaient harmonieusement sur ses épaules, encadrant un visage parfait.

- C'est... impossible..., souffla Faran.

La jeune femme s'approcha, prit ses mains dans les siennes.

- Faran...

Elle semblait avoir des difficultés à parler, comme si on l'avait privé de la parole depuis la naissance. L'herboriste sentit les larmes lui monter aux yeux.

- Il'ika...

Il'ika hocha la tête et se jeta dans ses bras. Faran la serra très fort contre lui, la soulevant du sol pour la faire virevolter.

- Oh Il'ika, ma douce ! Tu m'as tant manqué !

Elle ria, et son rire cristallin le transporta de joie. Quand il la déposa enfin au sol après une petite éternité, elle vacilla et se rattrapa à lui pour ne pas tomber. Alors Faran la porta dans ses bras, surpris de sa légèreté, et sans se soucier du regard de ceux qu'ils croisaient, il l'amena dans sa chambre pour la déposer sur le lit.

- Je pensais... j'avais tellement peur de ne plus te revoir, avoua-t-il enfin après l'avoir dévoré du regard.

- Je t'avais promis, murmura-t-elle péniblement en caressant son visage. C'était le seul moyen pour qu'on soit pleinement heureux.

- Tu as tant sacrifié pour moi !

- Je n'ai rien sacrifié. Il est vrai que j'ai perdu les trois quarts de mes facultés magiques. Je ne suis plus capable de voir, d'entendre et de sentir comme avant, beaucoup de choses échappent à présent à ma connaissance. C'est tout une part de moi-même qui a changé et parfois, je sens comme un vide. Mais ça en valait la peine, parce que ton amour est tout ce qui m'importe, Faran. Le reste n'a aucune importance. Ma magie, mes sens et tant d'autres choses ne sont rien par rapport à la joie d'être avec toi. Dis-moi que ça te fait plaisir !

Faran sourit et la serra fort contre lui.

- Bien sûr que ça me fait plaisir ! Il faut que tu me racontes tout.

Il'ika lui conta alors son voyage jusqu'à son village, comment son père l'avait rejeté et comment sa mère avait accepté de l'aider.

- Ma transformation a été longue et douloureuse, je souffrais à chaque seconde, mon corps changeait, ça n'avait rien de naturel. J'ai cru plusieurs fois que j'allais mourir, j'ai voulu tout abandonner, puis j'ai pensé à toi très fort, pensé à notre avenir si je tenais le coup. Alors j'ai pu surmonter. Tu n'as pas idée du choc que ça m'a fait, de me trouver ainsi. Je me sens plus lourde, plus maladroite, comme piégée dans un corps qui n'est pas le mien. J'ai encore du mal à marcher et à trouver mon équilibre, j'ai du mal à parler, car mes cordes vocales ont changé. J'ai encore du mal à m'habituer à mon nouveau corps, il réagit de manière différente de celui d'une fée, et des sensations qui te sont naturelles sont pour moi très angoissantes. Il me faudra du temps. Ma mère m'a gardé un peu avec elle jusqu'à ce qu'elle soit sûre que je tenais le coup, que mon corps avait parfaitement changé et que je ne risquais plus rien. Ensuite, elle m'a téléporté, pour m'éviter le voyage, et me voilà...

Faran n'en revenait pas des risques et des souffrances qu'elle avait enduré rien que pour lui. Il ne put retenir ses larmes. Il toucha son visage du bout des doigts.

- Tu es sublimes, pour moi tu es toujours aussi légère et gracieuse. Mais cela fait des années que je te connais sous ta forme de fée, j'ai tellement de mal à croire que ce soit bien toi...

Pour toute réponse, Il'ika étreignit sa nuque et l'embrassa. Tendrement d'abord, puis plus fougueusement. Faran lui rendit ses baisers. Il n'en revenait pas ! Cette petite fée avec qui il avait grandi, était aujourd'hui une femme, une femme qu'il pouvait toucher, enlacer, embrasser.

- Il'ika, mon amour..., souffla-t-il contre ses lèvres.
- Maintenant, nous allons pouvoir vivre et s'aimer comme n'importe qui.
- Oui... Il'ika, tu dois être épuisée ! Veux-tu que je fasse quoique ce soit pour toi ?
- Oui. Embrasse-moi encore !

Sans se faire prier davantage, Faran s'exécuta aussitôt. Ils restèrent longuement enlacés, s'enivrant de leur amour. Soudain, l'herboriste s'écarta.

- Et tes ailes ?!

Il'ika se tourna pour lui présenter son dos, et lentement, elle défit ses vêtements. Rouge, le cœur battant sourdement, Faran la regarda faire, n'osant pas la toucher.

Quand le haut de la jeune femme tomba sur ses hanches, il resta sans voix. La où se trouvaient jadis ses deux magnifiques ailes, sa peau était tatouée de motifs complexes mais superbes, d'un violet qu'il n'avait jamais vu. Comme si les deux ailes s'étaient fondues à travers la peau pour faire ressortir leurs motifs. Doucement, il toucha le dos de la jeune femme pour s'assurer que c'était uniquement des tatouages. Ils s'étendaient sur tout le dos et il passa une main caressante sur toute sa longueur. Il'ika frémit sous ses doigts.

— C'est elles qui me manqueront le plus…
— C'est magnifique, souffla-t-il.

Incapable de réfléchir, il s'approcha pour déposer un baiser dans son cou et ses mains glissèrent vers son ventre. Il'ika s'appuya contre lui, le souffle court, guidant ses mains vers sa poitrine. Elle tourna la tête vers lui pour le voir rougir et l'embrassa doucement.

Qu'il était bon de pouvoir profiter de ce qui semblait naturel à n'importe qui !

La jeune femme se laissa tomber sur le lit, entraînant Faran avec elle. Tandis qu'elle lui retirait un à un ses vêtements, elle lui glissa à l'oreille :

— Je ne suis pas fatiguée...

Faran sourit, laissant couler des larmes de bonheurs.

*

Rageuse, Sanya envoya s'écraser l'un des rares objets qui se trouvait dans la pièce, un vase simple qui vola en plusieurs morceaux. Elle donna même un coup de pied dans le meuble et la douleur lui arracha un cri.

— Je te hais ! hurla-t-elle dans le vide.

Et empoignant le meuble à deux mains, elle le jeta aussi fort et aussi loin qu'elle le put.

Pourquoi ?! Pourquoi avait-elle tout perdu ?!

La magie était une composante de son être et aujourd'hui, à cause d'Abel, elle était dépouillée d'une partie d'elle-même. Elle n'arrivait à rien ! Folle de rage, elle avait une envie subite de casser tout ce qui se trouvait autour d'elle, hélas, il n'y avait pas grand-chose. Elle décida donc de rejoindre la cour d'entraînement, où elle pourrait se défouler sur un mannequin ou deux.

Ouvrant la porte à volet, elle prit la direction de la cour en fulminant. Si elle ne trouvait pas quelque chose sur quoi se défouler tout de suite, elle allait démolir tout ce qu'elle croiserait et elle n'en avait aucune envie. Elle espérait que personne n'aurait la bonne idée de venir la trouver, car elle ne savait comment elle réagirait. Douce de nature, elle ne s'énervait pas facilement, mais devenait cependant une véritable furie quand elle était en colère. Elle devait bien s'avouer que quand la rage la prenait, elle perdait toute maîtrise d'elle-même et faisait parfois des choses qu'elle regrettait amèrement en retrouvant sa lucidité. Une véritable tempête, il n'y avait pas d'autre mot pour la qualifier dans ses moments d'emportement. Aussi préférait-elle ne croiser personne.

Et la colère et le désespoir venaient de ravager toute sa raison. Celui qui oserait l'importuner risquait de le payer cher.

Alors qu'elle tournait dans un couloir pour rejoindre l'escalier, elle tomba nez à nez avec un homme qu'elle n'avait jamais vu. Grand et élancé, il portait des vêtements en mauvais état et il avait une dague accrochée à sa ceinture. Son visage était le plus étrange qu'elle eut jamais vu, avec ses iris noires, ses cheveux noirs, et surtout, son tint grisâtre, comme si l'homme frôlait la mort. Ses veines saillaient de manière si effrayante qu'on ne voyait que ça.

Comment avait-il pu s'introduire là, il y avait des gardes qui veillaient à ce que personne ne monte à l'étage de la reine !

- Qui êtes-vous ? demanda-t-elle en posa sa main sur son poignard.

Sa colère s'était envolée, laissant place à l'inquiétude. L'homme la dévisagea et sourit. Un sourire machiavélique. Il tira sa dague et attaqua si vite que Sanya en eut le souffle coupé. Elle voulut esquiver mais la lame lui entailla la joue.

Elle tira aussitôt son poignard et contre-attaqua avant que son ennemi ne puisse réagir. D'un coup précis et rapide, elle visa sa gorge. Comme s'il l'avait vu venir, l'homme se décala souplement et chargea de nouveau.

La reine se battit avec hargne, bien décidée à gagner, mais cet homme se battait d'une étrange façon. Il ne semblait pas être un grand combattant, ses tactiques n'étaient pas très élaborées, ses gestes maladroits, mais il possédait des réflexes... semblables à ceux des Maîtres des Ombres. Mais il n'en était pas un, c'était une certitude !

La jeune femme récolta quelques blessures sans gravité, mais elle ne réussit pas à toucher son adversaire ! Il était fort et rapide, trop rapide. Elle voulut appeler à l'aide, mais avant qu'elle ne puisse ouvrir la bouche, l'homme était sur elle. La frappant rudement à la tempe, il la renversa au sol. Plaquant une main sur sa bouche, il appuya tout son poids sur elle pour la maîtriser. De l'autre main, il leva sa dague.

Sanya se débattit, cherchant à crier. Elle tâtonna pour récupérer son poignard qui lui avait échappé tout en essayant de retirer la main qui lui comprimait la bouche.

Soudain, une ombre apparut dans son champ de vision. Poussant un cri de rage, Connor saisit l'homme par les épaules et le propulsa contre le mur. Secouant la tête, l'homme le chargea en brandissant sa dague.

Les deux hommes entamèrent le combat et Connor écarquilla les yeux en découvrant la rapidité et les réflexes de son ennemi. C'était impossible ! Le jeune homme, qui était l'un des plus forts de la confrérie, peinait à le vaincre ! L'assassin n'était pas humain, c'était la seule explication. Connor fut blessé à la cuisse mais cela ne l'arrêta nullement, décuplant au contraire sa fureur.

Plus rapide que lui, le tueur abattit sa lame en direction de sa gorge... et fut intercepté par une autre. Kalim se tenait là, l'air pas commode du tout. Connor n'en revenait pas. Sanya non plus.

Se sentant pris au piège, le tueur se dégagea et battit en retraite. Connor voulut lui courir après mais plusieurs gardes interceptèrent alors le fuyard. À eux tous et à grand coup de poing, ils parvinrent enfin à le maîtriser. L'homme poussa un cri de rage en se débattant comme un dément. Il ressemblait à un démon.

Connor aida Sanya à se relever.

- Ça va ?
- Oui... qui est cet homme ?

Bouillant de rage, Kalim s'approcha de l'homme et le frappa violemment.

- Comment t'appelles-tu, sale traître ?

L'assassin ne répondit pas, se bornant à sourire. Il était fou, à n'en pas douter. Et il n'avait rien de normal. Ignorant les protestations de Connor, Sanya s'approcha de lui. Aussitôt, l'homme tenta de nouveau de se jeter sur elle, de la bave écumant aux coins de ses lèvres, mais les soldats l'immobilisèrent. Derrière, Connor se tenait prêt à agir.

La reine étudia son ennemi avec une grande attention, sans chercher à lui parler, ni à le toucher.

- Il n'est pas normal, souffla-t-elle. On dirait qu'on l'a altéré. On a voulu le changer. L'œuvre d'un sorcier, ça ne fait aucun doute. (Elle fixa alors les gardes.) Comment se fait-il que vous interveniez si tard ? J'ai bien failli mourir !

Les hommes se dandinèrent, la tête basse, honteuse.

- Pardonnez-nous Majesté... Nous n'avions pas entendu. Et nos perceptions étaient... engourdis. Je ne comprends pas. Renvoyez-nous, nous l'avons mérité.

- Un engourdissement ? demanda la reine.

- Oui. C'était comme si un voile obstruait nos oreilles. Un peu comme quand elles se bouchent.

- Ou qu'on a un peu trop bu, ajouta un autre. Mais ce n'était pas le cas, je vous le jure !

- Je ne vous tiendrai pas rigueur de ce qui s'est passé. Visiblement, vous faisiez l'objet d'un sort, vous aussi. Le même sorcier m'ayant envoyé son tueur a dû faire en sorte que personne ne vienne à mon secours.

- Comment peut-on faire ça ? demanda Kalim.

- Le commun des magiciens ne le peut pas. Celui-là doit être particulièrement fort. Il faut le trouver. Gardes, enfermez-le dans les cachots, faites très attention. Il est peut-être aussi puissant, voire plus, qu'un Maître des Ombres. J'irai l'interroger plus tard.

Les gardes hochèrent la tête et entraînèrent le tueur qui se débattit en hurlant. Sanya le contempla jusqu'à ce qu'il fût hors de vue. Puis elle se tourna vers Connor et Kalim.

- Merci.

Elle avait du mal à réaliser que le roi l'ait sauvée. C'était tellement inattendu !

Le roi s'inclina devant elle.

- Ma reine, je ne laisserai personne vous faire du mal. Si vous avez besoin de quoi que ce soit...

- Ça ira, merci.

Connor s'était avancé, posant une main sur l'épaule de sa compagne.

- Majesté, il faut faire soigner vos blessures. Venez. (Se tournant vers l'un des gardes restants, il lança:) Faites venir un guérisseur, je vous prie. Je ramène sa Majesté dans ses appartements.

Kalim hocha la tête.

- Si vous avez besoin de moi, je serai là.

Connor entraîna sa compagne avec lui sans un regard pour le roi. Quand ils furent hors de vue, Sanya posa une main sur le bras de son amant et sentit ses muscles devenus aussi dur que du fer.

- Calme-toi, c'est fini.

- Fini ? Tu crois que c'est fini ? On entame la partie la plus difficile, Sanya ! Aela a disparu, tu as failli te faire tuer. Qui sera le prochain ?

- Et nous n'y pouvons rien pour le moment, alors calme-toi. Ce n'est pas comme ça que ça arrangera quoi que ce soit.

- Ce qui arrangerait la situation, c'est que tu vires Kalim !

- Comme ça sur u coup de tête ? Alors qu'il vient tout juste de nous sauver la vie à tous les deux ?

Elle attendit qu'ils soient seuls dans leur chambre pour lui parler.

- Les évènements ont commencé à son arrivée, je te l'accorde. Je connais sa réputation dans son royaume, et elle n'est pas bonne, je le conçois aussi. Mais tu voudrais que je le vire, que je risque de m'attirer sa colère, sans aucune preuve, alors qu'il est peut-être tout à fait innocent ? Il n'a aucun intérêt à vouloir ma mort. Aucun traité n'est signé et nous ne sommes pas fiancés. Il n'aurait aucune autorité pour trouver un héritier au trône. Aucune. De plus il nous a sauvé. Dans ces conditions, il est plus logique de penser que Eroll est derrière tout ça. Alors je ne gâcherai pas mes chances d'avoir un allié sur des intuitions sans fondements.

Connor dut avouer que ça se tenait. Kalim n'avait pas encore de raisons de la tuer.

Il poussa un cri frustré et frappa le mur de la paume de sa main. Pourquoi avait-il l'impression qu'ils étaient tous en train de se faire rouler, qu'ils perdaient un temps précieux à chercher des preuves qu'ils ne trouveraient jamais ?! S'ils continuaient dans cette optique-là, ils courraient à la catastrophe ! Mais pourquoi cette impression ?

Sanya le tira de ses pensées quand elle passa ses bras autour de sa taille et appuya sa joue contre son dos.

- Je sais que tu t'inquiètes, que tu es frustré de ne rien trouver, mais sois patient.

- Sanya, j'ai la terrible impression qu'on tombe dans un piège.

- Peut-être pas. Ce n'est qu'une impression. Garde ton calme, et tout ira bien.

Connor hocha la tête. Il allait redoubler d'effort. Si Kalim était coupable, il était temps de le découvrir.

*

Aela grimaça en essayant de trouver une position plus confortable. Tout son corps était horriblement douloureux et être jetée comme un sac en travers d'une selle ne l'aidait pas.

- Arrête de bouger ! grogna l'homme derrière elle.

Il lui flanqua une claque sur les reins pour l'immobiliser. Aela parvint à tourner la tête pour lui jeter un regard noir, qui ne l'impressionna guère. Elle était solidement ligotée, les bras dans le dos et les chevilles liées, et ne pouvait faire aucun geste pour améliorer sa condition. Elle avait horriblement mal à la tête à force de pencher sur le côté et mal au cou en essayant vainement de redresser la tête. Et puis ses blessures continuaient de la faire souffrir.

Elle ne savait pas vraiment depuis combien de temps ses ravisseurs chevauchaient, car elle avait perdu le compte des jours. Le groupe progressait vite, ne s'accordant que de petites pauses pour faire boire les chevaux, et la nuit, ils ne dormaient généralement que quelques heures avant de repartir le plus vite possible. Ils ne faisaient jamais galoper leurs chevaux pour les ménager, mais ils progressaient avec efficacité. Ils devaient avoir l'habitude d'être traqués, car ils brouillaient leur piste en permanence et rendaient les traces de chevaux illisibles. Peut-être craignaient-ils d'être suivis.

Reva ?

À cette seule idée, Aela se sentait transporter de joie. Il était le meilleur pisteur de son clan, il avait déjà dû se lancer à sa poursuite et rien ne lui ferait rebrousser chemin. Mais quand elle songeait à la façon dont elle avait été vaincue, elle se rembrunissait. Reva n'avait aucune chance face à tous ces bandits.

Ses ravisseurs devaient le savoir, car ils ne semblaient pas inquiets, juste pressés d'arriver à destination. Aela avait hâte, elle aussi, car elle ne supportait plus cette chevauchée.

Le soir arriva et elle fut des plus heureuse quand les bandits décrétèrent qu'ils étaient temps de monter le camp. Marcher, même quelques secondes, lui ferait un bien fou et rétablirait sa circulation sanguine. Et elle pourrait trouver une position un peu plus confortable !

Les bandits descendirent de selle et attachèrent les chevaux à un arbre. Tandis que tous œuvraient pour monter le camp le plus rapidement possible, l'un d'eux saisit Aela par ses vêtements et la déposa par terre sans ménagement. La jeune femme ne chercha pas à lutter, elle savait que l'heure n'était pas encore venue. Elle était trop faible, désarmée et ligotée, elle ne pourrait absolument rien faire hormis récolter des coups, voir pire.

Posant sa lourde main sur son épaule, l'homme la poussa violemment vers l'arbre le plus proche. Aela se laissa faire, savourant la sensation de pouvoir marcher. Elle en profita pour s'étirer autant qu'elle le pouvait.

Le bandit la fit asseoir dos contre l'arbre et sans un mot, la ligota au tronc. Puis il toucha son visage, un sourire lubrique aux lèvres. Son nom était Varim, si les souvenirs de la guerrière étaient bons, et il ne cessait de se vanter de ce qu'il était capable de faire à une femme.

- Charmante.

Sa main descendit vers sa poitrine, mais Aela lui cracha dessus. Alors, l'homme lui enserra la gorge d'une main puissante !

- Reste tranquille, sale catin, car tu n'aimerais pas ce que je peux te faire.

- Sache que j'ai déjà été séquestrée et violée, mon vieux. Tes menaces ne me font rien. Je ne crains pas ce que tu peux me faire. Si ça peut te faire plaisir, ne te gêne pas. Mais je te mets en garde : le dernier qui m'a considéré comme une catin s'est retrouvé avec une dague dans les reins.

- Et l'homme qui t'a violée, que lui est-il arrivé ? demanda Varim, amusé.

- Lui, je lui aie crevé un œil et je l'ai fait ramper nu, couvert de sang, devant tout mon clan. Je ne tue pas sans raison, mais crois-moi mon ami, pour humilier, tu ne m'arrives pas à la cheville. Je connais bien les hommes et leur orgueil, et je sais frapper là où ça fait mal. Surveille tes arrières, car je ne serais pas toujours ta prisonnière, et ce jour-là... (Aela sourit de toutes ses dents, visiblement ravie.) Tu me supplieras de t'achever.

Le bandit la gifla si violemment que la tête de la jeune femme bourdonna, mais cela n'ôta pas son sourire.

- Varim, ça suffit ! le sermonna son chef. Ne l'abime pas trop, ou elle ne vaudra plus rien !

Varim grommela puis rejoignit ses compagnons auprès du feu pour entamer son repas, laissant la jeune femme en paix. Cette dernière les observa d'un œil froid, songeant qu'elle n'avait jamais vu d'homme manger aussi salement ! Ils mastiquaient bruyamment la bouche ouverte, comme des animaux, leur barbe pleine de bière et de morceaux de viande, ils avaient les doigts et les contours de la bouche aussi gras qu'il était possible de l'être. Essayant de trouver une position moins douloureuse, Aela se contraignit à les ignorer. Ils riaient fort en se racontant des blagues pour la plupart lubriques et sans intérêts, rotant autant qu'ils le pouvaient. La jeune femme serra les dents en imaginant ce qu'ils pouvaient bien lui réserver. Voulaient-ils la vendre dans un bordel ? À cette seule idée, la guerrière voulut hurler de rage et de désespoir.

- Elle veut à manger la petite catin ? s'amusa un dénommé Garthar en jetant à morceau de viande aux pieds de la jeune femme.

Aela se força à ne pas réagir, même si son ventre criait famine. Le morceau de viande reposait à ses pieds, mais elle ne ferait pas le plaisir à ces hommes de s'humilier en essayant de le récupérer.

- Espèce d'abruti ! le sermonna le plus grand des hommes, le même qui avait sermonné Varim. Comment veux-tu qu'elle nous rapporte quoi que ce soit si on ne l'a nourrie pas ?!

Il se leva, assena une taloche à l'autre, et après avoir ramassé et essuyé la viande, il vint la fourrer dans la bouche d'Aela. D'abord, elle crut qu'elle allait s'étouffer avec, et les hommes ricanèrent en la voyant lutter pour respirer. Puis elle parvint à mâcher et avala le tout. Ce n'était pas le meilleur repas, mais au moins, ça lui remplissait le ventre. L'homme n'avait pas cessé de la dévisager.

- Quoi ? grogna-t-elle, agacée par son intérêt. Vous aussi, vous voulez me violer ? Faut pas se gêner.

- Tu as la langue acérée comme la lame de ton épée. Une fois prochaine, peut-être que je répondrai à ta demande. Mais pour le moment, je veux que tu sois en forme pour ce qui t'attend.

- En forme ? En forme pour quoi ? Vous voulez me trouver une place dans un bordel ?

Tous les hommes éclatèrent de rire.

- Ce serait amusant ! s'exclama l'un d'eux.

- Suffit ! tonna le chef. (Il se tourna de nouveau vers Aela.) Non, pas pour te mettre dans un bordel. Tu verras le moment venu. Sache que grâce à toi, je vais m'enrichir autant qu'un roi, et toi, tu seras la femme la plus connue et respectée du royaume !

- Je n'ai pas besoin de toi pour ça.

- Allons, sois patiente. Un jour, je suis sûr que tu me remercieras. Tous les hommes te désireront.

- Et je devrais me soumettre à eux ? Quel avenir, je vous remercie du fond du cœur, mon cher sauveur !

Le bandit sourit.

- Tu seras une héroïne, les gens t'acclameront. La gloire et la

renommée, voilà ce que t'attend.
- Pour combien de temps ?
- Tant que tu seras la meilleure. Et j'y veillerai.
- Ça ne m'intéresse pas.
- Mais tu n'as pas le choix ma chère. (Il lui fit mordre dans une pomme avec un grand sourire.) Prends des forces, car tu en auras grand besoin...

18

Connor n'ayant jamais mis les pieds dans les cachots, il demanda à l'un des soldats de l'accompagner jusqu'à la cellule du prisonnier. Il comptait bien tirer la vérité de sa bouche, et tant pis des méthodes qu'il emploierait !

Alors qu'il suivait le garde, il vit Faran surgir devant lui. Une jeune femme le suivait, de petite taille, menue et extrêmement belle. Connor lui trouva un air familier et il la dévisagea sans aucune gêne.

- Connor, je devais te parler... Où vas-tu ?
- Au cachot. Sanya a subi une tentative de meurtre. Je vais interroger l'assassin.
- Je suis au courant. La situation devient de plus en plus dangereuse, les autres conseillers et moi nous sommes réunis, mais nous ne savons pas quoi faire.
- Je sais. Faran, je n'ai pas beaucoup de temps devant moi. Que veux-tu ?

Un grand sourire illumina le visage de son frère et il désigna sa compagne.

- Ne la reconnais-tu pas ?

Le Maître des Ombres fronça les sourcils en examinant plus attentivement l'inconnue. Soudain, la foudre le frappa !

- Ce... impossible... Il'ika ?

Rayonnante, la jeune femme se jeta dans ses bras !

- Tu m'as manqué Connor. Je suis contente de te revoir.
- Moi aussi, mais... C'est pour ça que tu es partie ? Pour te changer en humaine ?

L'ancienne fée hocha la tête. Connor sourit en la serrant contre lui.

- C'est Faran qui doit être aux anges.
- Tu n'as pas idée...

Derrière eux, le jeune homme rougit.

- Il'ika, c'est incroyable ! Tu es superbe ! J'ai tellement de mal à croire que c'est bien toi !
- J'ai du mal à y croire aussi, avoua la jeune femme. Quand tu auras le temps, viens donc nous voir. J'ai beaucoup de chose à te raconter.
- Je viendrai. Si tu allais voir Sanya ? Elle a besoin de compagnie et elle sera ravie de te revoir aussi.

Il'ika hocha la tête, se recula et prit la main de Faran.

- Sois prudent, souffla son frère.
- Ne te fais pas de soucis pour moi. Prend soin d'elle.

Après l'avoir serré à son tour dans ses bras, il reprit la direction des cachots en compagnie du soldat. Interroger un prisonnier n'était pas ce qu'il préférait, mais il s'y résignerait. Il en allait de la sécurité de Sanya ! La reine devant se réunir avec ses conseillers pour discuter du traité et de la demande en mariage du roi, elle ne pouvait pas aller voir le prisonnier elle-même.

Les deux hommes descendirent pour rejoindre la cour, puis ils empruntèrent des couloirs proches de ceux menant aux catacombes, avant de descendre par un escalier en spiral.

Ils arrivèrent finalement dans une salle où trônait uniquement une table, autour de laquelle étaient installés plusieurs gardes jouant aux cartes en grignotant. Un trousseau de clé était accroché au mur, à portée de main. Quand ils entendirent les nouveaux visiteurs, ils relevèrent la tête. Le plus grand se leva, sans doute pour protester, mais se ravisa en reconnaissant Connor. Sans qu'aucun mot ne soit échangé, il comprit ce que venait faire le Maître des Ombres, attrapa son trousseau de clé et en donna une au jeune homme.

- Sa cellule est tout au fond, à gauche. (Il baissa le ton.) Je crois qu'il est complètement fou ! Un des généraux a tenté de le faire parler, avant vous. Ça n'a rien donné, évidemment. Pire ! Il n'avait pas l'air de sentir la douleur, et pourtant, le général n'y est pas allé de main morte ! On dirait un fantôme ! Il nous rit au nez sans se soucier du sang qui dégouline sur lui. Ses yeux n'expriment pas vraiment d'intelligence, il y a juste une lueur... Enfin je ne peux pas vous le décrire. Il n'est pas humain, c'est tout ce que je peux dire ! Faites attention.

Connor hocha la tête en signe de remerciement. Cela ne le mettait pas beaucoup à l'aise. Il ouvrit la porte et s'engagea dans le long couloir sombre où se trouvaient plusieurs cellules, la plupart vide. Il y avait bien quelques vermines, qui tentèrent de plaider leur cause, mais Connor les ignora royalement. Le soldat sur ses talons, il alla jusqu'au fond du couloir.

Contrairement aux autres, la cellule de l'assassin était fermée par une lourde porte au bois, où il n'y avait qu'une lucarne permettant de voir à l'intérieur, mais c'était tellement sombre que le soldat dut plisser les yeux.

- C'est bon, il est attaché, vous pouvez rentrer. Je reste à la porte, si vous avez besoin de quoi que ce soit. Voulez-vous une torche ?
- Je n'en ai pas besoin.

Insérant la clé dans la serrure, le jeune homme fit pivoter la porte sur ses gonds, qui émit un grondement qui résonna à travers le long couloir, semblable à l'appel de la mort. Le cœur de Connor fit un bond dans sa poitrine et il se revit, Sanya et lui, piégés à l'intérieur d'une cellule miteuse, couvert de sang, gisant à moitié morts en attendant les soins d'un sorcier. Les visions étaient si réalistes qu'il fit un pas en arrière, effrayé. Son cœur battait à tout rompre, le sang quitta son visage et ses mains devinrent moites.

Il entra dans la cellule, comme en transe, et quand la porte se referma dans son dos, il eut envie de pousser un cri de peur. Non, pas de nouveau enfermé !

Le jeune homme prit de longues inspirations pour se calmer. Tout allait bien, il n'était pas prisonnier, il était en position de force.

Quand ce moment de panique passa enfin, il regarda devant lui. Ses yeux perçants trouvèrent immédiatement le meurtrier. Il pendait à des chaînes, attaché par les poignets, ses pieds touchant à peine le sol. Ses vêtements étaient déchirés, imbibés de sang, laissant voir de profondes lacérations sur tout son corps. Son visage avait également pris de nombreux coup et les fers lui avaient entaillés la peau des poignets. L'homme respirait difficilement, comme si sa poitrine avait du mal à se soulever, et tout son corps pendait lamentablement, sans aucune force ni volonté. Le général n'y était vraiment pas allé de main morte. Aux vues de l'inclinaison de certains os, ils devaient être cassés. Pourtant, le jeune homme n'éprouva pas une once de pitié.

Il s'approcha sans un bruit pour se retrouver face au prisonnier. Le menton reposant sur la poitrine, il ne réagit pas. Ses cheveux étaient sales et collaient à son visage, trempés de sueur et de sang. En le voyant ainsi, Connor le trouva presque humain.

Soudain, l'homme redressa la tête et un sourire machiavélique étira ses lèvres quand il croisa les yeux du Maître des Ombres. Le jeune homme en eut le souffle coupé. Le soldat avait raison. Son regard était celui d'un démon. Le prisonnier eut un rire de gorge effrayant, souriant davantage. Il se débattit, tenta de frapper Connor, mais le jeune homme lui flanqua une droite qui le calma.

Pourtant, il éclata d'un rire malsain ! Des veines bleues se mirent à palpiter sur son visage et son teint paraissait encore plus grisâtre. Il n'avait d'humain que l'apparence, et encore. Il ressemblait plus à un spectre, à un monstre.

Peut-être avait-il été un homme, mais ce n'était plus le cas.

Quand il fut calmé, Connor le saisit par le menton.

- Qui es-tu ?
- Celui qui tuera Sanya !
- Pourquoi veux-tu la tuer ?
- C'est mon destin !

Le jeune homme soupira. Les réponses ne semblaient pas être faciles à avoir.

- As-tu à nom, au moins ?

L'homme éclata de rire !

- Un nom ! Un nom j'ai ? Oui ! Enfin peut-être ! Un nom avec des lettres... oui, oui, je dois avoir.
- Quel est-il ?
- Un nom !

Fou, il était complétement fou !

- Qui t'a demandé de tuer Sanya ?
- Celui pour qui je travaille.
- Mais encore ?
- Celui qui m'a fait vivre !
- N'avais-tu pas une vie avant ? Une famille ?

Le prisonnier réfléchit, sincèrement troublé. Puis il sourit de nouveau.

- Mon destin est de tuer Sanya, pas la famille. Non, pas la famille ! Juste tuer. Être ce que je suis.
- Et qu'es-tu ?
- Le meilleur, le plus puissant.
- Bien sûr... Qui t'a dit ça ? Qui ta changé ?
- Je n'ai pas changé. J'ai toujours été comme ça, fait pour cette

noble mission !
- Qui est ?
- Tuer Sanya !
- Et pour quelle raison ?
- Régner !

Connor se massa les tempes, résistant à l'envie de frapper ce fou.
- Mais qui t'envoie, Eroll ? Kalim ?
- Le plus puissant !
- Un mage ?

Le prisonnier réfléchit, puis hocha la tête. Donc, celui qui leur avait envoyé son spectre dans les catacombes était probablement le même mage que celui qui avait créé... cette chose. Comment pouvait-on faire une telle atrocité à un être humain ? Et surtout, comment avait-il pu réaliser une telle horreur ? Qui était cet homme ?

- Pour qui travaille ton mage ? Il a bien du te le dire.
- C'est un secret ! Oui, un secret !

Connor tira sa dague et l'appuya sur le ventre du tueur.
- Parle, ou je t'éviscère !

L'homme éclata de rire, attendant visiblement de voir ce qui allait bien se passer. L'idée de voir ses tripes sur le sol ne le dérangeait absolument pas. Connor rangea donc sa lame, résigné. Les méthodes classiques n'effrayaient pas cet homme.

- Pourquoi t'a-t-on transformé ? Quel est le but ? Qu'es-tu exactement ?
- Un cauchemar, ricana l'homme, très fier.
- Un cauchemar... si tu ne me dis pas la vérité, je vais t'effacer comme j'efface tous mes cauchemars. Et bientôt, on t'oubliera.
- Je suis le plus grand, le plus fort ! Personne ne m'oubliera. Jamais !

Et il ria, si fort qu'il en toussa. Il ne s'arrêta pas. Connor sut qu'il ne servait à rien de s'attarder. Il fallait trouver des réponses ailleurs.

- N'oublie pas, bientôt, tu n'existeras plus, si tu ne me dis pas tout.

N'obtenant aucune réaction, il quitta la cellule et referma la porte derrière lui.

- Il est fou, souffla le soldat. Complètement fou.
- Il n'a pas conscience de ce qu'il est. Il a oublié son ancienne vie. Il n'est plus qu'une chose, un instrument. Il nous faut trouver celui qui lui a fait ça.

Retournant dans la salle où les attendaient les soldats, Connor se planta devant eux.

- Je pars en ville, dites bien à la reine de ne surtout pas s'approcher des cachots, elle ne doit pas se trouver près de cet homme. J'ignore encore de quoi il est capable. Compris ?
- Compris.
- Et si vous avez du nouveau, faites-le moi savoir.

Quand les hommes eurent hoché la tête, Connor remonta dans la cour et partit immédiatement pour Sohen. Si un mage se servait de personnes pour venir à bout de la reine, il devait forcément « s'approvisionner » en ville, il en était pratiquement convaincu. Lui-même devait sûrement s'y trouver. Car pour savoir que Connor et Sanya se rendaient dans les catacombes, il n'avait pas pu apprendre la nouvelle de son espion en se trouvant à plusieurs jours d'ici, étant donné que les deux jeunes gens n'avaient signalé leur absence que le jour même.

À moins qu'il fût si puissant qu'il était capable d'espionner la reine à tout moment en se trouvant loin du château. Mais Connor en doutait. Sanya lui avait dit un jour que l'on ne pouvait pas user de magie sur une trop grande distance. Aussi puissant soit-il, ce mage devait se trouver dans le coin. Et il n'y avait pas de meilleur endroit pour se cacher que Sohen.

Le jeune homme songea alors que s'il découvrait qui était le tueur, il pourrait peut-être en apprendre assez sur lui pour remonter jusqu'au mage. Mais il y avait tellement d'habitant que cela pouvait lui prendre plusieurs jours... sans rien donner.

Refusant de se décourager, il accéléra le pas. Sohen se dressait devant lui et des gens sortaient et entraient par la porte nord. D'instinct, il chercha des visages familiers, amis ou ennemis, mais ne reconnut personne. Il se mit alors à espérer de croiser Aela. Que n'aurait-il pas donné pour la voir débarquer devant lui, râlant qu'on eut pu croire qu'elle puisse se faire kidnapper.

Il se rappelait encore l'horreur des habitants de Bourgfier quand Sanya et lui leur avaient annoncé la nouvelle de la disparition de leur cheffe. Tous, hommes, femmes et enfants, avaient été pris d'une telle douleur et d'une telle haine que les deux jeunes gens en avaient eu le cœur fendu. Brandissant leurs armes en l'air, ils avaient juré de la retrouver et de la venger et il avait fallu à la reine plus d'une heure pour les convaincre de laisser Reva s'en occuper. Il était le meilleur pisteur qu'elle eut jamais rencontré et elle avait besoin du clan. Les attaques d'Eroll redoublaient, ses forces avançaient de plus en plus et de nombreux postes étaient déjà en sa possession. Sanya voulait que les guerriers d'Aela enquêtent sur la situation, lui apportant toutes les nouvelles qu'ils pouvaient glaner. Enfin, ils avaient un rôle important à jouer en tant que guetteurs et Sanya ne voulait pas se séparer d'eux.   Quand tous avaient enfin accepté, comprenant l'enjeu, Connor avait pu voir toute la douleur de ces gens, à l'idée que du mal soit fait à leur cheffe. Aela se vantait peut-être, mais il y avait de quoi. Elle était si appréciée par les membres de son clan, que même les enfants étaient prêts à donner leur vie pour elle. Savoir qu'elle était en danger, ou peut-être morte, les anéantissait. Ils n'avaient pas voulu aborder le sujet d'une possible succession.

- Personne ne peut la remplacer, avait susurré un homme, et tous avaient approuvé.

Ils comptaient sur Reva pour la retrouver, tout comme Sanya comptait sur eux pour les avertir en cas de danger.

Du côté d'Eroll, les recherches n'avançaient pas non plus. Si ça continuait comme ça, l'hiver prochain risquait d'être catastrophique.

Connor chassa ses pensées. Pour le moment, il devait se concentrer sur son but, trouver ce mage. En le trouvant, il éluciderait toute l'affaire, cela ne faisait aucun doute.

Ne sachant absolument rien sur le mystérieux agresseur, Connor commença par chercher aux tavernes et auberges. S'approchant du comptoir, il fit signe au tavernier qu'il désirait le questionner.

- Qu'est-ce que je peux faire pour vous ?
- J'ai rencontré un homme, il y a peu de temps. Le pauvre a dû avoir un accident et a perdu la mémoire. Vous n'auriez pas entendu des gens parler de la disparition d'un membre de leur famille ?
- Pas que je sache... Demandez à l'une de mes serveuses, elles en savent plus que moi.

Interceptant une jeune femme aux cheveux noires qui passait devant eux, il lui lança :

- Ce monsieur a quelques questions, occupes-toi de lui.

Et il se remit au travail. La jeune femme s'approcha craintivement, ayant sûrement l'habitude de « questions » déplacées. Connor n'ayant pas mis son armure, personne ne savait qu'il était un Maître des Ombres, au moins, ce n'était pas cela qui effrayait la jeune femme.

- J'aurai aimé savoir si vous n'aviez pas entendu parler d'une disparition, ces derniers temps. J'ai rencontré un homme ayant perdu la mémoire, je voudrais retrouver sa famille.

La jeune femme parut visiblement soulagée que Connor ne s'intéresse pas à elle pour des choses plus... personnelles. Elle réfléchit en caressant une mèche de cheveux.

- Je n'ai pas entendu de telles choses. La ville est grande vous savez. Vous devriez vous rendre aux temples ou à la nécropole, c'est généralement là que les gens signalent un disparu. Votre homme est-il avec vous ?

- Non, je regrette.

- Quelle apparence a-t-il ?

- Un peu plus petit que moi, élancé, de longs cheveux noirs qui lui tombes aux épaules et des yeux foncés. À première vue, il paraît chétif, un peu malade. Enfin, c'est l'impression qu'il me donne, peut-être n'est-ce lié qu'à l'accident qu'il a eu. Il doit avoir une bonne trentaine d'année.

- Ça ne me dit rien. Nous avons à peu près toujours les mêmes clients, vous savez, et aucun ne correspond à cette description. Et je ne crois pas qu'il en manque un. Si j'en sais davantage, je vous le ferais savoir, si vous le désirez. Où puis-je vous trouver ?

- Je travaille au château. Je suis domestique. Si vous avez du nouveau, dites au garde que Connor vous a fait venir. Il me connaisse, vous n'aurez pas de problèmes. Et je vous payerai, bien entendu.

- C'est noté.

Si la jeune femme avait des doutes, elle n'en montra rien et reprit son service après avoir adressé un sourire au jeune homme.

Bredouille, Connor quitta la taverne. Pendant plusieurs heures, il déambula dans la ville à la recherche d'indices. Ni la nécropole ni les temples n'avaient eu vent d'une disparition, et aucune taverne ou auberge ne lui avaient fait par de telles rumeurs.

En revanche, il finit par apprendre la mort d'une femme, récemment, dans des conditions étranges. Apparemment, on n'avait pas retrouvé le corps. Un marchand était en train d'en parler discrètement à un client, quand Connor l'avait entendu. Bousculant l'attroupement qui se formait autour de l'étalage, le Maître des Ombres avait tiré l'homme à lui, se fichant des réactions des autres. Son regard suffit à faire taire toutes protestations.

- Vous venez de parler de la mort d'une femme. Que s'est-il passé ?

- Je... je ne sais pas..., bégaya l'homme, mal à l'aise. Un beau jour, elle n'est plus venue, sa famille m'a dit qu'elle était morte dans des circonstances inconnues. Ils n'ont pas retrouvé le corps. C'était il n'y a pas si longtemps...

- Où vit sa famille ?
- Pas très loin... vous continuez tout droit, et vous prenez une rue sur la droite, là où il y a un cordonnier. Leur maison est la deuxième à gauche de la boutique.

Connor le lâcha en le remerciant et prit la direction de la maison. Les gens, apeurés, se poussaient sur son chemin. Le jeune homme réussit à arriver à destination sans trop de difficultés et frappa à la porte en espérant qu'on lui ouvrirait.

Il entendit des pas, puis le bruit d'une clé qu'on tourne dans une serrure, et la porte s'entre-bailla. Le visage d'une vieille femme apparut.

- C'est pour quoi ? grinça-t-elle.
- J'ai entendu parler de la mort d'une femme de votre famille. Votre fille, je suppose. Je voulais...
- Allez-vous en !
- Attendez ! J'ai peut-être une idée de ce qui lui est arrivé !

La vielle femme hésita. Une main se referma alors sur son épaule, la tirant en arrière, et son mari apparut, plutôt fort pour son âge.

- Si vous ne déguerpissez pas, j'appelle la garde ! La mort de notre fille ne vous concerne pas !
- Appelez la garde si ça vous chante, mais la mort de votre fille concerne peut-être la sécurité de la reine. Je vous laisse deux solutions, ou on discute calmement tous les trois sans ébruiter l'affaire, ou vous appelez la garde et vous devrez parler devant eux.

L'homme blêmit.

- Ma fille n'a rien à voir avec la reine...
- Ce n'est pas sa faute, mais sa mort a peut-être contribué à la mettre en danger. Si vous me dites ce que j'ai besoin de savoir, je vous expliquerai tout.

Le vieil homme hocha la tête et le fit entrer. Connor pénétra dans un petit salon et la vieille femme le conduisit jusqu'à un fauteuil pour qu'il puisse s'asseoir. Prenant place devant lui, ils oublièrent les formules de politesse pour entrer dans le vif du sujet.

- Que savez-vous sur notre fille ?
- Je n'ai aucune certitude. La reine a subi deux tentatives de meurtre, récemment. Ces tentatives viennent d'un mage. La première fois, il a créé un spectre et la deuxième fois, il a envoyé un assassin sur lequel on a fait des expériences magiques. Je cherchais

des informations sur cet assassin, quand j'ai entendu parler de la mort mystérieuse de votre fille. J'ai alors pensé qu'elle était peut-être liée à la première tentative de meurtre.

Le couple en eut le souffle coupé.

- La reine pense que la chose qui l'a attaqué la première fois est une matérialisation. En bref, un spectre, crée à partir d'un fragment d'âme d'un défunt. C'est une magie très occulte qui est à l'œuvre, une magie interdite. Votre fille est morte récemment, je me trompe ? Et personne n'a retrouvé le corps.

Le mari et la femme hésitèrent.

- Ce n'est pas tout à fait vrai, souffla l'homme. Nous avons retrouvé le corps... mais il y avait des traces, faites avec un couteau... cela formait des dessins géométriques, absolument partout, même sur le visage. Et le visage de ma fille... (Un sanglot secoua le vieillard) Tellement de douleur sur ce visage.

- Je suis tellement navré pour vous et je sais combien cela doit être dur. Mais la mort de votre fille correspond avec l'apparition du spectre. Je pense que ce n'est pas une coïncidence qu'un mage apparaisse en ville pour tuer la reine et que votre fille soit retrouvée morte avec des étranges signes sur elle. Il est probable que le spectre ait été créé à partir de l'âme de votre fille.

La vieille femme poussa un cri horrifié et éclata en sanglot sur l'épaule de son mari. Ce dernier ne respirait plus, les poings si serrés que ses jointures blanchirent.

- Ma pauvre, ma douce... non...

- Ecoutez, nous avons tué le spectre. Je pense donc à présent que l'âme de votre fille a pu se restituer et gagner le royaume des morts. (Il en doutait, mais la famille avait besoin d'espoir) S'il vous plaît, j'ai encore besoin de vous.

Saisit par un peu d'espoir, tous deux acquiescèrent.

- Que voulez-vous savoir ? demanda la femme.

- Votre fille a-t-elle rencontré un homme ou une femme étrange ces derniers temps ?

- Non mais... peu après sa mort, son mari a disparu...

- Disparu ?

- C'est un bon garçon, il ne lui aurait jamais fait de mal ! gronda l'homme.

- Je ne l'ai jamais pensé. Hier, la reine a subi une nouvelle tentative de meurtre. Par un homme, cette fois-ci.

- Non ! Ce pourrait-il que...

- Je crois que le mage qui tente de tuer la reine s'est servi de votre fille et de son mari pour arriver à ses fins. Est-il grand, élancé, avec des cheveux noirs qui lui tombes aux épaules ?

- Oui, c'est bien lui...

La femme était anéantie. Connor se pencha vers elle.

- Il est toujours vivant, mais le mage a fait sur lui des choses dont nous n'avons pas idées, pour le modifier. Ecoutez, je sais que c'est dur de l'entendre, mais votre gendre n'a d'humain que l'apparence. Il ne se rappelle de rien, seulement la mission dont l'a chargé le mage. Si jamais nous trouvons une solution pour l'aider, je vous jure qu'on fera le nécessaire. Êtes-vous certains que ni l'un ni l'autre ne fréquentaient quelqu'un d'étrange, de nouveau en ville ?

- Non. Et puis vous savez, notre fille Myriam ne venait pas tous les quatre matins. Elle travaillait pour un marchand du coin, demandez-lui donc.

- Des amis ?

- Elle côtoyait beaucoup une autre jeune femme, une dénommée Syvie. Elle habite près d'une auberge *Le tigre trébuchant.* Quant à Faen, son mari, il travaillait pour le serrurier du coin, un certain Ingus. Ce sont les seules personnes de notre connaissance.

Connor les remercia avant de se lever.

- Je suis vraiment navré pour votre fille et votre gendre. Si j'ai du nouveau pour lui, je vous le ferai savoir. Surtout, n'ébruitez pas l'affaire, dans l'intérêt de la reine mais aussi dans votre intérêt. Le mage court toujours, je ne veux pas qu'il fasse d'autres victimes.

Les deux époux hochèrent la tête. Les laissant à leur chagrin, il quitta la maison, désolé d'avoir semé tant de douleur. Il mit un moment à trouver l'amie de la défunte, et il n'apprit rien d'intéressant. Myriam n'avait apparemment rencontré aucun homme ou femme étrange, du moins, elle n'en avait jamais parlé et n'avait jamais été vu avec. Le jeune homme obtint le même résultat pour le mari.

Remonter au mage allait s'avérer difficile.

Alors qu'il errait dans les rues en réfléchissant, il vit plus loin le roi Kalim, marchant seul parmi la foule. Il ne semblait pas se soucier d'être suivi ou non, au contraire, il était très détendu, comme s'il s'agissait là d'une routine. Pourtant, Connor refusait de le laisser filer sans rien faire.

Sans se faire voir, il commença à s'approcher pour le suivre, quand il capta un mouvement suspect. Habitué à devoir surveiller ses arrières, Connor n'avait aucun mal à repérer un espion, et celui-là en était bien un.

Il étouffa un cri quand la personne tourna la tête vers lui... et qu'il reconnut Sanya !

19

La jeune femme ne l'avait pas vu, aussi s'approcha-t-il par derrière, surveillant Kalim du coin de l'œil. Sanya se tenait immobile à l'angle d'une rue, cachée de la vue du roi.
- Qu'est-ce que tu fais là ?
La reine sursauta violemment et sa main vola instinctivement vers sa dague. Elle se détendit en reconnaissant Connor.
- Ne t'avises plus jamais de me faire peur de la sorte ! gronda-t-elle.
- Tu ne réponds pas à ma question.
- Je fais ce que j'ai à faire. D'ailleurs, je pourrais te demander la même chose.
Alors qu'elle jetait un coup d'œil vers Kalim, Connor se plaça près d'elle pour l'imiter sans être vu.
- As-tu dis à quelqu'un ce que tu faisais ?
- Non.
- Sanya, ce n'est pas un jeu !
- Je sais, figures-toi ! Je suis loin de m'amuser. J'ai à faire, si tu ne veux pas m'aider, laisse-moi tranquille, nous en parlerons ce soir !
- Hors de question que je te laisse.
La jeune femme se calma quelque peu, aussi Connor revint à la charge.
- Tu aurais dû prévenir quelqu'un ! S'il t'arrivait malheur, comment saurais-je ce qui t'est arrivée ? Je ne veux pas qu'il t'arrive la même chose qu'Aela ! Perdre une amie est suffisamment douloureux, je n'ai pas besoin de perdre ma compagne !
- Je n'ai pas eu le temps de prévenir qui que ce soit et depuis ces

deux tentatives d'assassinats, je ne fais plus confiance à grand monde. Et je te signal, au cas où tu aurais oublié, que je sais me défendre ! Qui t'a appris à te battre ?

Connor ne répondit pas tout de suite. Alors que la jeune femme s'apprêtait à continuer dans sa lancée, elle s'interrompit.

- Viens, il repart !

Ils suivirent Kalim sans qu'il ne le remarque, se comportant comme un couple banal qui marchait tranquillement en ville. Comme beaucoup de femmes, Sanya avait noué un foulard autour de ses cheveux, autant pour protéger ses oreilles du vent frais que pour ne pas attirer les regards sur elle.

Quand le roi tourna dans une rue beaucoup moins bondée, Connor prit les choses en main. Se faufiler d'ombre en ombre aurait été un jeu d'enfant s'il ne devait pas s'occuper de Sanya. La tirant par le bras, il lui montrait les endroits où se cacher, lui disant à quel moment elle pouvait sortir de sa cachette et quand elle devait se cacher. Au moins, la jeune femme lui obéissait, se remettant entièrement à son jugement, ce qui lui facilitait la tâche. D'ailleurs, il songea avec un sourire que Sanya et lui formait une bonne équipe et quand il la regarda se pencher pour observer Kalim, il se dit qu'il était agréable de travailler avec elle, pour une fois.

Pressant légèrement son épaule, il lui fit comprendre qu'il était temps de bouger. En silence et sans éveiller le moindre soupçon, ils parvinrent à suivre Kalim jusqu'au moment où il entra dans une auberge.

- Si on entre, il nous reconnaîtra ! se lamenta Sanya.
- Ne t'inquiètes pas, je sais comment faire.

Alors qu'il s'apprêtait à l'entraîner quelque part, quelqu'un l'interpella.

- Connor, c'est toi ? Qu'est-ce que tu fais ici ?

Les deux jeunes gens firent volte-face pour se retrouver nez à nez avec Mia, qui affichait toujours son sourire malicieux. Sans crier gare, elle serra Connor dans ses bras.

- Ça faisait longtemps que je ne t'avais pas vu ! Tu devrais passer au repère un peu plus souvent.
- J'étais pas mal occupé. Mia, je n'ai pas trop le temps de discuter.
- À quoi tu joues ?
- Je ne joue pas, c'est important. Et dangereux.
- Parfait. Je vais te filer un coup de main.
- C'est hors de question !

- Tu n'as rien à m'ordonner. Bon, qui veux-tu que j'espionne ?

Connor soupira et adressa un regard impuissant à Sanya.

- Le roi Kalim, annonça la jeune femme. Il nous reconnaîtra si on entre dans la taverne, mais toi non.

La jeune fille blêmit et se mit à trembler. Réalisant que Connor l'observait intensément, elle se reprit en quelques secondes.

- D'accord.

- Mia, fais très attention. On cherche à savoir s'il est de mèche avec un mage. Mais tu sembles le connaître, non ?

- Ne t'en fais pas pour moi. Je reviens vite.

Rejoignant l'arrière de la taverne, elle disparut sans rien ajouter. Le jeune homme eut alors très peur pour elle, car la mention du roi l'avait mise dans tous ses états et il craignait qu'elle ne le connaisse personnellement.

- Les Maîtres des Ombres viennent de partout, lui rappela Sanya. Peut-être vient-elle de Teyrn et que Kalim a fait des choses contre son village, qui sait. Elle est assez grande et je ne doute pas qu'elle connaisse ses limites. Ne t'inquiète pas pour elle.

Pendant qu'ils attendaient impatiemment son retour, Connor révéla à Sanya tout ce qu'il avait appris, ne négligeant aucun détail. La reine fronça les sourcils, inquiète.

- Il y a donc un puissant sorcier en ville que se sert des habitants pour m'atteindre. Si nous trouvons pour qui il travaille, cela pourrait régler bien des problèmes. Pour le moment, notre seule piste est le prisonnier. Si on pouvait le faire parler...

- Même s'il le voulait, je ne sais pas s'il le pourrait. Il est complétement fou.

- Il faudrait que j'aille le voir...

- Non ! coupa Connor, plus sèchement qu'il ne l'aurait venu.

Sanya le fusilla du regard, les poings sur les hanches.

- Dis donc jeune homme, je ne me souviens pas d'un lien de parenté entre nous qui te donnerait le droit de me commander.

- Sanya, je ne voulais pas... Pardonne-moi. Je ne veux pas t'ordonner quoi que ce soit, mais je suis ton garde du corps et j'ai tellement peur pour toi.

La jeune femme prit sa main dans les siennes.

- Je sais et je te suis reconnaissante de prendre soin de moi. Mais je suis capable de me protéger. Connor, j'ai besoin que tu aies confiance en moi. C'est important. (Elle baissa les yeux.) Je me sens si faible et vulnérable depuis qu'Abel m'a tout pris. J'ai besoin de me prouver qu'il n'en est rien et ta confiance en moi compte beaucoup.

- Je sais de quoi tu es capable, mon amour, et j'ai confiance en toi. Après tout, c'est toi qui m'a enseigné à me battre, et combien de fois m'as-tu mis au tapis ? Mais cet homme... enfin cette chose... nous ne savons rien de lui, de ce qu'il est capable.

- Nous verrons ça en temps voulu.

Ils attendirent encore pendant une vingtaine de minutes jusqu'à ce que Mia finisse par revenir. Pas inquiète le moins du monde, elle semblait juste... déçue.

- Bon, je l'ai épié pendant un bon bout de temps. Il ne fait que boire et manger un peu, tout en parlant à une servante. Je crois qu'il essaye d'obtenir ses faveurs, soit dit en passant. Il n'a parlé avec personne d'autre, il n'a pas fait transmettre de mot, rien. Il venait de payer, quand je suis sortie. Je crois qu'il retourne au château, vous devriez le suivre.

Sanya hocha la tête, remerciant chaleureusement la jeune fille. Connor la dévisagea longuement.

- Tu connais Kalim ?

Mia hésita, se tordant nerveusement les mains.

- Oui, mais je n'aime pas trop en parler. J'étais toute petite, et il m'a arrachée à ma mère pour me séquestrer. Il me terrifiait, mais ma mère me disait qu'elle allait tout arranger. Elle venait me voir, pas plus d'une heure par semaine, et je n'étais heureuse que quand elle était là. Et puis elle a fini par ne plus venir. J'avais quatre ans, mais j'ai compris qu'elle était morte. Alors j'ai réussi à m'enfuir.

- Et ta mère ? Tu l'as revu ?

- Non, cela fait onze ans que n'ai pas de nouvelles. Elle est morte Connor. Et le pire de tout, c'est que je ne me souviens même plus de son visage. Kalim me l'a arraché, il l'a tué et je n'ai aucun souvenir d'elle pour l'honorer... Je ne sais même pas pourquoi Kalim la voulait. J'ai réussi à trouver des gens qui se sont occupés de moi et à mes onze ans, j'ai entamé une vie solitaire jusqu'à ce que Darek me trouve.

- Je suis navré Mia.

- S'il s'avérait être un ennemi, tue-le de ma part.

- Je n'y manquerai pas. Retourne au repère maintenant, et ne fait rien d'irréfléchi !

- Hé ! Je ne suis pas comme toi, moi ! le taquina-t-elle.

Mais alors qu'ils s'apprêtaient à partir, Mia prit la main de Connor dans la sienne.

- N'oublie pas que tu me dois un service Connor ! Je saurais te trouver le jour venu.

Elle lui adressa un regard malicieux. Connor lui ébouriffa gentiment les cheveux.

- Tu ferais mieux de rentrer, préviens les autres d'être prudents. Nous cherchons un sorcier, qui doit se cacher dans la ville et nous voulons aussi savoir si cet homme ou femme a un lien avec Kalim. Dis leur bien d'être très vigilants, ce mage veut tuer Sanya, et pour ça, il utilise les habitants de la ville.

Mia afficha un profond sérieux, sûrement pour cacher sa crainte.

- Bien sûr, je vais leur dire sur le champ. Veille bien sur Sanya. Oh, et n'oublie pas de passer nous voir ! Kelly a repris sa place parmi nous et le petit Ralof est adorable !

Et elle s'en fut, guillerette comme à son habitude. Quand elle fut hors de vue, Connor et Sanya reprirent la route du château.

- Je crois qu'elle s'est enamourée de toi, glissa la jeune femme à son compagnon.

- Qu'est-ce qui te fais dire ça ?

Sanya lui adressa un clin d'œil complice.

- Je connais très bien les effets que tu peux avoir sur une femme... je le vois à la lueur dans ses yeux chaque fois qu'elle te voit, le ravissement qu'elle éprouve quand tu t'inquiètes pour elle ou que tu la prends dans tes bras. C'est presque attendrissant.

- Presque ? la taquina Connor.

- Eh bien, attendrissant ou non, tu restes mon compagnon et je ne te partage avec personne ! lança-t-elle en se serrant contre lui.

Ils rirent ensemble, pour leur plus grand plaisir. La dernière fois qu'ils avaient ri leur semblait loin, ils n'étaient plus tellement d'humeur à plaisanter avec tout ce qui se passait. Sanya regrettait ces soirs où blottie dans les bras de son amant, elle avait mal au ventre à force de rire des stupidités qu'ils pouvaient dire ensemble Elle adorait la complicité qui la liait au jeune homme, ils pouvaient se comprendre d'un simple regard et quand Sanya avait l'envi subite de se moquer de quelqu'un, Connor le savait immédiatement et il se retenait à grande peine de ne pas pouffer.

Elle espérait un jour pouvoir vivre rien qu'eux deux, en toute quiétude, pouvoir profiter d'être ensemble, prendre le temps de s'aimer et de rire.

Décidant qu'elle devait prendre tous les moments de tranquillité que lui offrait la vie, Sanya lança des petites piques à son amant, auxquelles il répondit avec un grand sourire. Et durant tout le trajet qui les conduisit au château, ils ne cessèrent de se taquiner et de rire ensemble.

Quand ils arrivèrent au château, Kalim était apparemment déjà rentré, pourtant ils ne le croisèrent nulle part, pas même dans la cour d'entraînement où il avait l'habitude de se rendre.

- Viens, j'aimerais que nous parlions aux conseillers de ce que tu as découverts, lança la reine à son compagnon.

Se lâchant la main pour ne pas attirer l'attention, ils remontèrent pour gagner le bâtiment résidentiel. Alors qu'ils arrivaient dans le hall d'entrer, le roi Kalim apparut, s'inclinant bien bas devant la reine.

- Majesté, je suis heureux de vous voir.
- Tout le plaisir est pour moi.

Il lui embrassa la main avant de plonger son regard dans le sien.

- Ma reine, j'ose espérer que vous avez réfléchi à ma demande. Vous avoir comme femme me rendrait profondément heureux et je saurais m'occuper de vous comme il le convient. Vous pourriez rester ici, évidemment. Mais j'ai besoin d'une compagne, pour m'épauler. Vous êtes une femme merveilleuse. Je jure devant tous les dieux que jamais vous ne serez malheureuse à mes côtés.

Connor serra si fort les poings que ses phalanges blanchirent. Si le roi le vit, il n'en montra rien. Sanya eut un sourire triste.

- Je suis navrée, mais avec tous les problèmes qui m'accablent en ce moment, je n'ai malheureusement pas eu le temps de réfléchir. Vous m'en voyez désolée. Dès que j'aurai ma réponse, je vous la dirai sur le champ.

- Bien sûr, Majesté, j'attendrai.

Et après avoir embrassé sa main une dernière fois, il tourna les talons et disparut.

Le cœur battant sourdement, Sanya sentit des picotements sur sa peau, là où les lèvres du roi s'étaient posées. Elle n'avait qu'une envie, ne plus avoir affaire avec cet homme...

20

La ville n'était pas spécialement grande, mais beaucoup de monde semblait y vivre. Mille personnes peut-être, ce qui était déjà bien pour une ville du coin.

Aela ne savait pas exactement où elle était, mais elle voyageait depuis suffisamment longtemps pour comprendre qu'elle se trouvait dans un coin reculé d'Eredhel, là où peu de monde y mettait les pieds. Evidemment, aucun soldat ne venait dans le coin, personne ne pourrait la reconnaître. Elle était assez loin de Sohen, dans une ville qui lui était totalement inconnue, seule pour affronter elle ne savait quoi.

Alors que le groupe de bandits qui l'avait capturé se frayait un chemin parmi la foule qui s'amassait autour d'eux, Aela n'eut aucun mal à comprendre que toute la population n'était qu'un ramassis de la pire espèce. Voleurs, bandits, assassins, mercenaires, et peut-être mêmes des criminels, recherchés ou non. Elle ne trouverait personne susceptible de l'aider.

Ils avançaient toujours fièrement à cheval, mais le chef des bandits, nommé Laron, avait pris Aela sur sa selle, où elle avait eu le droit de s'asseoir normalement. Toujours ligotée bien sûr, mais au moins, elle était assise et souffrait moins.

Ignorant les hommes qui la lorgnaient avec intérêt, les enfants qui criaient sur son passage et les femmes qui lui jetaient des regards assassins, Aela observa la ville. Les maisons étaient amochées, s'écroulant presque les unes sur les autres, les ruelles étaient sales et puantes, et qui sait ce qu'on pouvait y trouver. Les commerces ne semblaient pas florissants et les marchands ambulants qui se tassaient-là n'avaient rien d'attrayant.

Les cavaliers devaient approcher du centre-ville, car les rues se faisaient plus larges. Ils débarquèrent devant un impressionnant édifice, un genre d'arène à ciel ouvert. Plusieurs bâtiments y étaient reliés. C'était d'ailleurs la partie la plus entretenue de toute cette maudite ville. Et Aela avait peur de comprendre ce que cela signifiait.

Quand ils arrivèrent devant la large porte de ce bâtiment, la foule se dispersa enfin. Se tournant vers ses acolytes, Laron déclara :

- Vous pouvez vaquer à vos occupations, les gars. Je m'occupe de tout.

Tandis que ses hommes s'éparpillaient dans la ville, Laron prit Aela par l'épaule et la força à descendre de selle et à avancer. Il confia son cheval à un garçon d'écurie et ils entrèrent dans l'impressionnant bâtiment pour emprunter plusieurs couloirs jusqu'à s'arrêter devant la porte de ce qui semblait être un bureau. Le bandit frappa et quand une voix d'homme lui dit d'entrer, il entraîna Aela avec lui.

La pièce était effectivement un bureau, petit et assez désordonné. La jeune femme sentit son ventre se nouer. Qu'est-ce qu'on pouvait bien lui réserver encore ?

- Ah Laron ! Ça faisait un moment !

Aela tourna la tête vers la voix. Un homme était installé à son bureau, en train de compter un étalage de pièces d'or. Il la dévisagea longuement, cherchant à l'évaluer comme une vulgaire marchandise.

- Tu viens l'inscrire ?
- Oui.
- J'espère qu'elle sera mieux que les autres. Tu n'as pas eu de chances avec les trois derniers.
- Avec celle-là, je sens que la chance va tourner. Elle a tué pas mal de mes hommes quand j'ai voulu la capturer.
- Bien, bien...

Cherchant parmi une liasse de papier, l'homme trouva enfin un parchemin, trempa une plume dans l'encre et commença à écrire.

- Comment tu veux l'appeler ?
- J'ai déjà un nom, je vous remercie ! s'emporta Aela, furieuse qu'on la considère comme un objet.

L'homme ne lui prêta aucune attention.

- Son ancien nom lui convient bien. Aela la Guerrière.
- Très bien. Elle est à partir de ce jour, une concurrente. Le

premier tournoi aura lieu demain. Je vais vous montrer sa chambre.

- Ma cellule, vous voulez dire, répliqua Aela.

Encore une fois, l'homme ne lui daigna aucune attention, comme si elle ne valait pas plus qu'un animal qu'on venait d'acheter. Ils parcoururent donc les couloirs en silence, croisant de temps en temps quelques personnes. Des hommes, pour la plupart. Certains étaient fiers de se trouver là, comme si leur emprisonnement était la meilleure chose qui leur soit arrivée. Ceux-là pouvaient se balader seuls sans leur « maître », mais la présence de nombreux mercenaires qui montaient la garde dissuadait toute tentative d'évasion. La plupart des gens qu'ils croisaient étaient craintifs, tremblant de tous leurs membres comme des animaux effrayés. Ils avaient les poignets liés par de solides chaînes et leurs maîtres n'étaient jamais bien loin. Les lieux sentaient la peur, la mort et la maladie. Aela grimaça de dégout.

- C'est ici.

Sortant une clé de sa poche, l'homme ouvrit une porte en bois pour les faire entrer dans une cellule miteuse. Le lit n'était qu'une paillasse à même le sol, et comme équipement, il n'y avait qu'un pot de chambre. La fenêtre était minuscule, presque une meurtrière. Le sol était humide et boueux et à certains endroits, il y avait même des flaques d'eau. Et bien sûr, il y avait des relents d'urine et de crasse. Aela, bien qu'habituée, eut la nausée.

- Bon, je te laisse lui expliquer ce qu'elle doit savoir, lança l'homme en sortant de la pièce.

Aela évalua rapidement ses chances de s'enfuir si elle lui courrait après, mais elle dû bien admettre qu'elles étaient nulles. Elle avait les poignets et les chevilles liés, et il y avait pas mal de garde.

- Ici, ce sont les dortoirs, expliqua Laron en venant lui barrer le chemin. C'est ici que tu passeras une bonne partie de ta journée.

- Génial.

- Tu pourras améliorer tes conditions, bien sûr. Si tu fais ce qu'il faut pour, bientôt tu pourras avoir une belle résidence, les hommes se battront pour que tu les choisisses, les gens te vénéreront.

- Merveilleux... Si tu me disais ce que je dois savoir maintenant ?

- Et que veux-tu savoir ?

- Qu'est-ce qui m'attend, pour commencer ?

- La gloire.

- Ne tourne pas autour du pot ! Parle !

Laron sourit de toutes ses dents, avançant la main pour toucher le visage de la jeune femme. Celle-ci se déroba, se retenant de ne pas lui sauter à la gorge.

- Ceci est une arène. C'est là que le peuple peut assister aux plus grands combats de l'histoire.
- Illégaux, je suppose.
- Aucune importance, personne ne vient jamais ici. Et maintenant, tu es une concurrente !
- Super, tu m'en vois ravie. Que devrais-je combattre ?
- Des hommes et des femmes, qui tout comme toi, lutte pour la gloire et la renommée.
- Des gens que vous avez forcé à se battre, oui !
- Quelle importance ? Ils n'ont plus qu'une chose en tête, tuer encore et encore !
- Parce que ce sont des combats à morts ? De mieux en mieux !

Laron semblait ravi de sa fougue.

- Ne te fais pas de soucis, tu triompheras. Il y aura aussi des monstres, et je dois dire que ce sont les combats les plus palpitants. Tu vas nous faire rêver, je le sens !
- Tu as déjà servi ce discours à bien d'autres concurrents, je suppose. Je ne suis pas la première. Que leur est-il arrivé ?
- Eh bien, ils n'étaient pas assez forts et déterminés. Ils sont morts. Ce n'étaient pas de bons combattants, je ne tirais aucun profit d'eux. Mais avec toi, ça va changer ! Tu vas tout gagner ! Tu seras une reine, indétrônable, et moi, je vais devenir riche ! Toi aussi d'ailleurs.
- Si tu tiens tant que ça à ces combats, tu n'as qu'à concourir toi-même, comme ça, j'aurai le plaisir de t'égorger de mes mains ! Ce manège ne durera pas éternellement. Bientôt, mais amis viendront.
- Comme si j'avais peur.
- Tu devrais. Ils sont puissants.
- Vraiment ? J'ai cru comprendre que l'un d'eux était un Maître des Ombres, je me trompe ?

Aela blêmit. Comment savait-il ça ?

- J'aimerais beaucoup le rencontrer.
- Je ne parlais pas d'un Maître des Ombres.
- Bien sûr.

Laron se dirigea vers la sortie.

- Reprend des forces, demain, tu combattras. Je viendrais t'apporter à manger et de quoi te laver. Et ne songe pas à t'enfuir. Tu ne pourrais pas.

Et il referma la porte, laissant Aela seule avec son malheur.

Le lendemain, Aela était d'une humeur exécrable. Elle avait mal dormi, sa paillasse était très inconfortable, et elle avait eu froid toute la nuit. Quand Laron arriva, prise d'une envie subite de le tuer, elle lui envoya son pot de chambre au visage. L'homme l'esquiva en souriant. Il portait plusieurs pièces d'armure pour sa prisonnière, ainsi qu'un pantalon et une chemise propre. Une épée pendait à sa taille.

- Il est temps de te préparer.

Il déposa tout son équipement devant la jeune femme qui ne fit aucun geste pour s'en emparer.

- Et si je refuse de combattre ?
- Tu mourras.
- Aucune importance.
- Ah ? Moi je ne crois pas. Tu iras dans l'arène, que tu le veuilles ou non. Quand la bête sera sur le point de te tuer, tu réagiras.
- Qu'est-ce qui te fait dire ça ?
- Parce qu'au bout d'un certain nombres de victoires, on pourra te rendre la liberté.

Aela releva malgré elle la tête vers son geôlier.

- Une règle récente. Elle stimule beaucoup nos concurrents, je dois dire. Je ne les ai jamais vu combattre avec autant de fougue. Devient une championne, et je te rendrai ta liberté. Je crois savoir qu'il y a un homme qui n'attend que ton retour, je me trompe ?

La jeune femme serra les poings. Ce bandit en connaissait beaucoup trop sur elle et ses amis, il ne l'avait donc pas capturé par hasard.

- Tu ne me rendras pas ma liberté. Ce serait contraire à tes ordres.
- Tu crois ça ?
- Oui. Tu n'es pas tombé sur moi par hasard. Tu savais où m'attendre. Qui te l'a ordonné ?
- Te le dire ne rentre pas dans mes prérogatives.

Aela réfléchit. Eroll n'avait pas d'intérêt à la faire capturer, surtout qu'entre en contact avec des bandits alors qu'il était sur un autre continent, semblait délicat. Kalim en revanche était plus apte à le faire. Quant à la faire capturer, cela lui permettait d'affaiblir Sanya. Avec Connor, elle formait une sorte de rempart contre lui. En l'effaçant du tableau, il ne restait plus que Connor. Il divisait la menace par deux, ce qui n'était pas négligeable. Cela ne pouvait qu'être lui.

- C'est cet avorton de Kalim qui a monté ce coup. Qu'est-ce qu'il t'a donné, en échange de ma capture ?

Laron sourit de toutes ses dents, ravi de l'intelligence de la jeune femme.

- Il m'a contacté il y a quelques temps, me disant qu'il souhaitait se débarrasser de quelqu'un. Le jour venu, il m'a indiqué la route que tu empruntais, et que je devrais te capturer. En échange, il m'a donné la certitude que je serai riche et célèbre grâce à toi. Quand il m'a donné l'identité de ma cible, j'ai vite compris qu'il ne bluffait pas. Tu es réputée. Je n'avais jamais envisagé de capturer une femme comme toi, notamment par peur de représailles de ton clan, mais il m'a assuré qu'il couvrirait mes arrières.

Aela sentit l'angoisse l'envahir. Ainsi, elle avait vu juste. Kalim était un traître. Il en voulait à Sanya, il en voulait à son royaume. Il avait un plan pour annexer Eredhel. Elle représentait une menace, aussi l'avait-il éliminé. Connor serait sûrement le prochain sur la liste et elle ne pouvait pas les prévenir. Savoir qui était Kalim et ne rien pouvoir faire la rendait folle.

- Donc tu ne me libèreras pas, annonça-t-elle platement.

Laron s'approcha d'elle pour lui souffler à l'oreille :

- Combat pour moi, et je serai effectivement riche et célèbre. Ensuite, je te libérerai. Pas pour te faire plaisir. Mais parce que j'apparaitrai ainsi comme le meilleur entraîneur qui y ait, et tout le monde voudra combattre pour moi.

- Et que fais-tu de Kalim ? Tu ne lui désobéiras pas.

- Je ne sers que mes propres intérêts, il aurait dû le comprendre avant de m'engager. Combat pour moi, et je te rendrai la liberté.

Aela réfléchit à toute vitesse. Reva s'était peut-être lancé à sa poursuite, il fallait attendre. Mais si elle refusait de combattre, elle mourait. Or elle voulait vivre avec lui. Et elle ferait ce qu'il fallait pour ça. De plus, elle devait prévenir Sanya. Kalim était un traître qui voulait la tuer. Elle en avait la preuve à présent. Peu importe que Laron bluff ou non, elle devait combattre et survivre, coûte que coûte, pour tenter de prévenir sa reine et de rejoindre Reva. Pour eux deux, pour avoir une chance de les retrouver, elle se battrait.

- Donne-moi une très bonne épée. Tu as besoin de moi, et j'ai besoin de toi. Fournis-moi le meilleur équipement, et tu auras bientôt plus d'or que tu ne peux en compter.

Laron tendit sa main et Aela la serra pour sceller leur accord.

Elle ferait ce qu'il fallait pour retrouver Reva et prévenir Sanya.

Puis elle se baissa pour examiner les pièces d'armure qu'il lui avait apporté. Il devait se douter de l'accord qu'il passerait, car c'était du solide. Une bonne armure, solide et légère, comme les aimait Aela. Elle entendit alors un bruit et redressa la tête.

Laron venait de décrocher le fourreau d'une deuxième épée, cachée dans son dos. La jeune femme eut le souffle coupé en reconnaissant sa propre lame.

- Dépêche-toi, le combat débute bientôt.

Et il sortit pour lui laisser un peu d'intimité.

Aela lui trouvait un comportement étrange. Il avait plus de moyen de pression sur elle qu'elle n'en avait sur lui, il pouvait se permettre de rester là à la regarder se déshabiller – et les dieux savaient à quel point il en avait envie – pourtant il ne faisait rien. De tous les bandits qui l'avaient capturée, il était le seul à lui avoir témoigné une sorte de respect et de... tendresse. À sa façon, bien sûr.

La jeune femme avait encore souvenir de leur rencontre avec quelques marchands alors qu'ils voyageaient pour rejoindre la ville, et Laron les avaient pillés sans aucun état d'âme. Pourtant, alors que ses compagnons avaient pris grand plaisir à les terroriser, Laron n'y avait pas pris part, se contentant de récupérer sa part. Il avait même interdit à ses acolytes de tuer les paysans. Pourtant, il avait plusieurs fois tué de sang-froid quand des hommes téméraires les avaient menacés.

Il avait beau être de la plus vile espèce, n'être qu'un bandit, un criminel, Aela lui trouvait un air... noble. Il était mystérieux, étrange, pourtant elle commençait à douter qu'il soit vraiment cruel, comme il se plaisait à le dire. Mais qui sait s'il ne lui mentait pas...

Ne pouvant rien changer, Aela revêtit son armure et accrocha son épée à sa hanche. Quand elle fut prête, elle frappa à la porte pour que Laron vienne lui ouvrir. Puis tous deux se dirigèrent vers l'arène. Alors qu'Aela apercevait un peu la piste tout au bout du couloir, elle entendait déjà le rugissement de la foule et le fracas qu'ils faisaient avec leurs pieds et leurs mains.

Laron la fit arrêter juste à l'entrée. Une grille leur barrait l'accès à la piste. Aela l'étudia donc. C'était une grande arène circulaire faite de sable, et d'immenses gradins bondés de monde s'élevaient tout autour. Les gens criaient, frappaient des pieds et des mains pour encourager les combattants. Des familles se trouvaient là, et même des enfants, venant se régaler du spectacle, comme des gens normaux iraient voir une pièce de théâtre. Ils buvaient, mangeaient, riaient, encourageaient leur champion et huaient les perdants, s'enthousiasmant à la vue du sang, de la souffrance et de la mort.

Aela en fut révulsée. Elle adorait se battre avec d'autres personnes, mais toujours dans des combats amicaux ! Là, les deux guerriers cherchaient à s'entre-tuer, ils faisaient couler le sang, et plus ils blessaient l'autre, plus ils s'acharnaient ! On aurait dit des bêtes folles furieuses ! Le sable autour d'eux était rouge de sang, de terribles blessures recouvraient les deux hommes, et l'un avait même perdu son bras qui gisait un peu plus loin. Quant à l'autre, sa cuisse était si profondément lacérée qu'il avait presque perdu l'usage de sa jambe. Ils criaient de toutes leurs forces dans des tentatives d'intimidation, ne se souciant nullement de la façon dont ils allaient tuer. Mutilation, éviscération, une mort lente et douloureuse ne les ramenaient pas à la raison. Ils voulaient tuer, peu importe la méthode, et plus ils faisaient de terribles dégâts et plus leurs yeux s'enflammaient.

Ce n'était plus un combat mais une boucherie ! Aela ne doutait pas que ses prochains adversaires se comporteraient de la même façon. Ils n'étaient plus des hommes mais des monstres.

Soudain, le guerrier au bras tranché parvint presque à couper en deux son adversaire qui s'effondra en agonisant. Le vainqueur ne sembla même pas se rendre compte de ce qu'il venait de faire, plongeant un regard vide dans celui du vaincu, et il l'acheva comme s'il fut une misérable créature rampant à ses pieds. Tremblant, couvert de sang, les yeux pareils à ceux d'un démon, il quitta la piste sans un regard pour les spectateurs qui l'acclamaient, tandis qu'on tirait le cadavre ensanglanté.

- Plus qu'un combat, et c'est à toi, souffla Laron.

Deux hommes entrèrent de nouveau dans l'arène. Le premier semblait affolé, ne savant pas ce qu'il devait faire. Probablement un nouveau. Le deuxième en revanche, levait les bras pour se faire acclamer, souriant des vivats de son public. Quand il se mit face à son adversaire, Aela vit dans son regard une envie bestiale de tuer.

Pendant les premières minutes, il s'amusa à faire peur à son adversaire. Puis il commença à se déchaîner, cherchant à le tuer à petit feu. L'autre, terrorisé, criait de douleur au fur et à mesure que les coups devenaient de plus en plus cruels, sans parvenir à frapper son ennemi.

- Il s'appelle Horvat, glissa Laron à Aela. C'est un champion qui a refusé de retrouver sa liberté. Il préfère combattre. Personne ne l'a encore vaincu.

- Et tu veux que je le tue.
- Tue-le, et tu seras libre. Tu ne le combattras pas encore, mais prend garde. Il est fourbe, violent et stupide. Il n'hésitera pas à te blesser hors combat pour mieux te tuer pendant le combat. Il l'a déjà fait, et la direction ne dit rien. Regarde ses yeux. Il aime tuer, terrifier ses adversaires. Il ne vit que pour ça.
- C'est une bête sauvage.
- Probablement. Alors sois prudente, autant pendant les combats qu'en dehors. Il peut se balader librement et avoir accès à toutes les chambres.
- Je n'ai peur de personne. Le jour où on me vaincra n'est pas encore arrivé.
- Je l'espère.

L'adversaire d'Horvat gisait à présent par terre, terriblement blessé, criant de douleur en suppliant qu'on l'épargne. Horvat se pencha vers lui, sourit, et lui trancha la gorge.

La foule l'acclama encore plus fort et il fallut encore une dizaine de minutes avant qu'il ne parte, s'inclinant, frappant les mains, faisant monter un tonner d'applaudissement. Les enfants criaient son nom en donnant des coups à leur voisins.

- Ça va être à toi. Je ne sais pas ce que tu combattras, alors sois prudente.

La grille s'ouvrit et Aela pénétra dans l'arène. La foule l'accueillit en hurlant, trépignant d'impatience. La jeune femme analysa son environnement, ébloui par le soleil qui se reflétait sur le sable, mais rien ne semblait pouvoir l'aider. Elle devrait faire sans. Elle resta plantée au centre plusieurs minutes, le temps que les gens puissent l'étudier et voir s'ils voulaient parier sur elle. La jeune femme faisait coulisser son épée dans son fourreau en attendant, nerveuse et énervée. Elle prit une poignée de sable et se frotta les mains avec puis elle commença à s'étirer.

Jetant un coup d'œil aux loges administratives, Aela vit que Laron venait de rejoindre d'autres hommes. L'un d'eux se détacha pour s'approcher de la balustrade.

- Aela la Guerrière, la terrible concurrente de Laron !

Des vivats l'accueillirent.

- Et maintenant, voici la grande Trancheuse !

Aela n'aima pas ce nom. Que lui réservait-on ?

Une immense grille remonta en face d'elle dans un grondement assourdissant et un terrible rugissement retentit. Aussitôt, la jeune femme tira son épée, prête au combat.

Une créature immense apparut, une sorte d'araignée au corps velu, des yeux globuleux, huit pattes dont les deux premières étaient capables de se plier et de se détendre vivement comme celles d'une mante religieuse. Elles étaient recouvertes d'épines acérées !

En voyant sa proie, la bête poussa un cri terriblement aigu et se jeta sur elle.

Raffermissant sa prise sur son épée, la jeune femme bondit avant que les deux immenses pattes ne la taillent en pièce, et roula sous le corps de la créature. Elle frappa l'une de ses pattes arrière, puis s'écarta vivement, se campant solidement sur ses jambes.

Poussant un cri de douleur, la Trancheuse revint à la charge. Elle détendit sa patte droite avec célérité, mais Aela l'esquiva souplement, abattant sa lame sur l'articulation qui fut tranchée nette. Ivre de douleur, la bête assena un terrible coup à la jeune femme qui n'eut pas le temps d'esquiver : elle décolla du sol pour s'écraser plus loin. Du sang chaud coula sur son flanc, et elle comprit que sans l'armure, les pics de la créature l'auraient éventré.

Aela se leva laborieusement alors que la Trancheuse fonçait de nouveau sur elle, et esquiva plusieurs autres coups. Elle se jeta alors au sol et roula pour se retrouver proche des pattes arrière de la bête. Poussant un cri de guerre, elle abattit sa lame et en tailla plusieurs en pièce.

La bête hurla de douleur en s'écroulant sur le côté. Aela revint à la charge avant qu'elle ne puisse réagir, et évitant la patte avant qui se dépliait pour lui arracher la tête, elle planta son épée dans le crâne de la créature. Il y eut un geyser de sang vert qui lui éclaboussa le visage.

La Trancheuse fut prise d'un dernier spasme avant de demeurer immobile sur le sable.

Essoufflée, Aela essuya son épée et jeta un coup d'œil à la foule. Les gens s'étaient levés pour l'acclamer, stupéfaits mais ravis d'un tel spectacle. Dans la loge, Laron hocha la tête, satisfait. Aela lui rendit son salut.

Elle ne savait pas pourquoi elle ne témoignait pas de haine envers cet homme et elle s'en fichait. Il formait une équipe à présent. Lui deviendrait riche grâce à elle, et elle deviendrait libre grâce à lui. Il n'avait aucune raison de lui nuire, aussi n'avait-elle pas raison de le détester pour l'instant. Il l'avait capturé, certes, mais s'il tenait parole, elle serait bientôt libre, et elle avait ce qu'il fallait pour coincer Kalim. Volontairement ou non, il lui avait donné l'occasion de coincer ce roi félon.

Un ballet mortel avait commencé, et ils étaient tous deux au centre.

21

Connor dut bien s'avouer qu'il était heureux d'arpenter de nouveau les sombres couloirs de la confrérie. Il avait l'impression de ne pas être venu depuis des années et en même temps, il avait l'impression que quelque chose avait changé. Il ne se sentait plus comme un novice qui découvre le repère... mais comme un véritable Maître des Ombres. Comme Sanya était occupée avec ses conseillers et que le roi Kalim ne faisait rien de louche, le jeune homme en avait profité pour s'entraîner et il n'avait pas eu besoin de l'aide de Darek. Aujourd'hui, sentir et utiliser l'Onde lui était aussi naturel que respirer. Comment avait-il pu faire de tels progrès en si peu de temps ? Cela semblait impossible. Il fallait en général plusieurs années à une personne pour devenir un véritable Maître des Ombre !

Ainsi, l'Onde de Nahele était vraiment en lui. Il ne pouvait plus ignorer ce que disait la prophétie sur lui. Il devait admettre qu'il était probablement le plus grand Maître des Ombres depuis Nahele. Restait encore à savoir comment il allait bien pouvoir sauver la confrérie. Et surtout, de quoi il allait la sauver.

Cela faisait un moment qu'il y réfléchissait et aucun élément de réponse ne lui venait à l'esprit. La prophétie parlait-elle de la guerre contre Eroll, ou de quelque chose d'autre ? Car les Royaumes Oubliés étaient également liés. Sanya lui avait dit de ne pas se torturer l'esprit pour rien, les prophéties étaient faites pour être comprises uniquement lorsqu'elles se réalisaient. Elle avait ajouté qu'elle avait confiance en lui, qu'il saurait faire face à toutes les situations le moment venu.

Toujours pensif, Connor rejoignit la salle principale, où la plupart des Maîtres des Ombres y étaient réunis. Ils l'accueillirent avec des cris de ravissement, s'empressant de le bombarder de question. Accrochée à son bras, Mia buvait ses paroles. Ravi de revoir ses amis, Connor répondit de bon cœur à toutes leurs questions, leur promettant qu'il viendrait passer plus de temps avec eux quand la menace qui pesait sur Sanya serait écartée.

Quand le jeune homme leur demanda ensuite des nouvelles sur le sorcier qui traînait en ville, tous se rembrunirent.

- C'est comme s'il n'existait pas, soupira Ysolda. Nous avons beau chercher partout, interroger tout le monde, personne ne semble l'avoir vu ! Pourtant nous sentons tous que quelque chose ne va pas, il y a quelques jours, un gamin a disparu dans des conditions pour le moins troublantes. Je suis persuadée que ce fichu sorcier est là, je peux le sentir, pourtant il nous est impossible de le trouver. Nous sommes désolés Connor, mais nous ne lâchons rien.

- Merci. Je n'ai pas de nouveau de mon côté. Sanya n'a pas subi d'autres tentatives de meurtre, et le prisonnier refuse toujours de parler.

- Et en ce qui concerne la demande de Kalim ? demanda Jon.

- Elle réfléchit, elle ne sait pas quoi penser de cette situation.

- Personne ne sait quoi penser... et avez-vous des nouvelles de votre amie disparue ?

- Aucune...

Connor baissa les yeux au sol. Aela lui manquait terriblement et il avait peur pour elle.

- Bon ça suffit ! Connor ne vient pas souvent ces temps-ci, ce n'est pas pour pourrir l'ambiance !

Fendant les Maîtres des Ombres, Kelly apparut devant lui, portant Ralof dans ses bras. L'enfant s'agitait en riant avec une petite poupée en forme d'oiseau et quand ses yeux se posèrent sur Connor, il gazouilla davantage.

- Darek aurait aimé te parler, mais il n'est pas là. Viens donc, ça faisait longtemps que je ne t'avais pas vu.

Ensemble, ils quittèrent la pièce principale pour rejoindre la salle qui faisait office de taverne. Les deux jeunes gens se servirent un peu d'hydromel avant de s'installer à une table. Alors que sa mère portait sa chope à ses lèvres, Ralof agita les bras pour l'attraper et la jeune femme faillit s'étouffer.

- Sale garnement ! ria-t-elle.

Connor le lui prit des bras. Ravi, il débita des mots que seul un bébé pouvait comprendre en riant et en tirant les joues du jeune homme.

- Alors, qu'est-ce qui t'amène ici ? demanda Kelly.
- Je ne sais pas trop... Sanya est en réunion avec ses conseillers, elle en a pour un moment, aussi a-t-elle voulu que je m'aère l'esprit un moment. Je ne voulais pas la laisser seule, mais Breris m'a assuré qu'il ne la quitterait pas d'un pouce. J'ai eu envie de passer ici.
- Quelque chose te tracasse ?
- Non, enfin... Je ne sais plus quoi faire, la situation me dépasse, mais je ne crois pas que ce soit ça qui m'inquiète depuis quelques jours.

Kelly posa une main sur son bras.
- Alors quoi ?

Connor ouvrit la bouche pour répondre quand Ralof renversa la chope du jeune homme, riant à s'en faire mal au ventre.
- Dis donc toi !

Se levant, Connor souleva le garçon et le tint au-dessus de sa tête.
- Ça t'amuse de tout renverser ?

Ralof éclata de rire en agitant les bras et quand Connor fit mine de le lâcher, il ria de plus belle. Vaincu, le jeune homme le posa par terre, et à quatre pattes, le bambin se mit à explorer la pièce sous l'œil attentif de sa mère.

- Alors, reprit Kelly, qui a-t-il ?
- Eh bien, tu sais que je m'entraîne presque tous les soirs à sentir l'Onde en moi. Et... enfin, même si je n'ai pas eu de leçons depuis je ne sais combien de temps, j'y arrive ! Je veux dire, utiliser l'Onde est devenue aussi naturel que de respirer ! J'ai peine à y croire, ça me semble impossible. En si peu de temps, comment ai-je pu...
- L'Onde de Nahele pulse en toi, Connor. Tu es un grand Maître de Ombres, plus grand que nous tous réunis. Lui aussi a appris à sentir l'Onde en un temps record. Il n'y a rien d'étonnant, tu ne dois pas t'inquiéter, au contraire, tu peux être fier.
- Mais du coup, j'ai repensé à la prophétie...
- Elle t'inquiète ?

Le jeune homme hocha la tête.
- J'ai peur de ne pas être assez fort pour vous protéger.
- Ne te sous-estime pas. Tout le monde a droit à des erreurs, mais à la différence des autres, toi, tu as le potentiel de réussir. Je ne me

tracasse pas, tu sais. Le moment venu, tu comprendras et tu sauras quoi faire.

- Et si ce n'est pas le cas ?
- Personne ne t'en voudra.
- Mais elle dit aussi que j'apporterai la connaissance.
- Là aussi, un jour viendra où tu sauras.

Connor sourit.

- Kelly, j'aimerais retourner à la salle Obscure.
- Tu cherches des réponses, n'est-ce pas ?
- Je veux savoir qui sont réellement les Maîtres des Ombres. Nous ne sommes pas nés avec ce don par hasard. Et je pense que cette pièce est le début de l'énigme.
- Je serai dans la salle principale, quand tu auras fini. Bonne chance.

Connor hocha la tête et quitta la taverne. Il ne savait pas lui-même ce qu'il avait en tête, il n'avait aucune idée de comment percer les ténèbres de la salle Obscure. D'ailleurs, il n'avait aucune certitude que ce soit le début de la réponse. Mais c'était pour le moment le seul endroit de sa connaissance où il pouvait espérer apprendre quelque chose.

Quand il arriva, il inspira à fond et entra dans la pièce. Le noir se fit total autour de lui et comme la dernière fois, ses yeux ne purent percer les ténèbres. Stupidement, Connor espéra qu'il se passerait quelque chose, mais évidemment, rien ne se produisit.

Il tâtonna le mur à la recherche d'une solution, se creusant l'esprit pour trouver un moyen de révéler les secrets de cette pièce. Soupirant, il dut bien avouer que cela ne servait à rien. D'autre était passé avant lui, la solution ne pouvait pas être quelque chose d'aussi simple. Connor était l'homme de la prophétie, celui qui apporterait la connaissance, alors il devait avoir quelque chose de spécifique, quelque chose qui la salle reconnaîtrait, mais que les autres n'avaient pas. Qu'avait-il d'unique comparé aux autres Maîtres des Ombres ? Enfin, pas si unique que ça. Si Nahele était bien enterré dans la crypte et si la salle était l'accès à la crypte, alors lui aussi avait cette spécificité...

L'Onde !

Connor éclata de rire devant sa propre stupidité. Evidemment ! Nahele et lui avaient une Onde unique, c'était forcément ça.

Fermant les yeux, il laissa l'Onde l'envahir, comme il le faisait lors de ses entraînements. Mais cette fois-ci, il la fit grandir en lui, de plus en plus fort, jusqu'à se noyer dedans. Une expérience inédite et il eut un moment de peur en sentant sa perception de ce qui l'entourait changer, comme s'il était lui-même en train de changer. Il n'avait plus à forcer, l'Onde pulsait si fort en lui qu'il n'entendait plus que ça, comme si elle cherchait à sortir de son corps pour se répandre dans toute la pièce !

Connor la laissa faire, certain que c'était la solution. L'Onde s'amplifia et il en eut le souffle coupé. Il avait l'impression de voir la scène à travers les yeux d'un autre... ou plutôt, comme s'il était partout à la fois !

Était-ce ça que les dieux ressentaient ?

Une lumière éclata dans la salle et les ténèbres se dispersèrent aussitôt. Connor en eut le souffle coupé. Les murs étaient tapissés d'étranges symboles qui s'illuminaient un à un au fur et à mesure que l'Onde se répandait, et bientôt, toute la pièce fut baignée dans cette douce lumière. Stupéfait, le jeune homme regarda tout autour de lui, découvrant pour la première fois cette salle qui était restée dans l'obscurité pendant mille ans, sans que personne n'ait pu l'admirer.

C'était époustouflant ! Des filaments lumineux couraient sur les murs, les symboles semblaient s'animer devant ses yeux.

Ils paraissaient vivants !

Un déclic retentit, comme si un mécanisme se mettait en place, et Connor sentit le sol trembler sous ses pieds. Il s'écarta pour découvrir qu'une portion du sol coulissait lentement dans un grondement sourd pour découvrir un escalier en spirale qui descendait dans les profondeurs de la terre.

L'Onde se calma en lui, mais la lumière ne s'éteignit pas pour autant. Connor s'engagea dans l'escalier. Il n'avait jamais été autant stupéfait de toute sa vie !

La descente ne fut pas longue et il débarqua dans une autre pièce. Aussitôt, les filaments de lumières s'y répandirent pour révéler toute la salle sous son grand jour.

Le jeune homme faillit tomber à genoux ! Devant lui se dressait la crypte que les Maîtres des Ombres avaient cherché pendant presque mille ans, la crypte légendaire où était enterré Nahele ! Elle n'était pas très grande, mais quelqu'un l'avait aménagé pour qu'elle soit accueillante. On y avait déposé toutes sortes d'objets, des armes, des livres, des bibelots datant de mille ans, des vêtements, des parchemins. Sans doute toutes les affaires ayant appartenus à Nahele.

Et au fond de la pièce trônait l'imposant cercueil du grand Maître des Ombres. Fait de marbre, il était resplendissant. Le visage de l'homme qui y reposait était gravé sur le couvercle.

Connor fit le tour de la salle, fasciné, touchant du bout des doigts les objets ayant appartenus à son ancêtre. Il jeta un coup d'œil aux livres et découvrit que la plupart relatait des évènements datant de mille ans. Faran serait sûrement content de pouvoir les étudier. Sur des parchemins, deux portraits étaient dessinés, celui d'une femme et celui d'un jeune homme. Probablement sa femme et son fils. Ils étaient très beaux tous les deux.

En s'approchant des vêtements, Connor n'osa pas les toucher, de peur qu'ils tombent en poussière. Ce que Nahele avait dû être beau là-dedans.

Son regard tomba alors sur deux dagues, posées devant le cercueil. Deux dagues en Idril, encore plus belles que celles de Darek ! Le pommeau était finement sculpté, et malgré le temps, les deux armes ne montraient aucun défaut.

Connor n'osa pas les prendre, même s'il en bouillonnait d'envie. Ces dagues avaient appartenu au grand Nahele, fondateur de la confrérie, l'homme qui avait découvert le secret de l'Onde !

Le jeune homme n'en revenait pas. Il y avait mille ans, son ancêtre s'était tenu ici. Doucement, il s'approcha du cercueil et contempla le visage qui y était gravé. Connor fut frappé par sa propre ressemblance avec Nahele ! Il avait les mêmes traits de visages. En revanche, son ancêtre paraissait plus vieux sur cette gravure, ses cheveux étaient plus longs, mais le sculpteur avait réussi à faire vivre son regard. Connor avait l'impression que malgré le temps, Nahele rivait toujours ses yeux sur lui.

Toujours aussi stupéfait, le Maître des Ombres jeta un autre coup d'œil à l'ensemble de la pièce. Il vit alors un morceau de parchemin qui lui avait échappé, coincé dans une fissure dans le mur. Très délicatement, Connor l'en extirpa, prenant garde de ne pas l'abîmer et le déroula.

Une très belle écriture le recouvrait et l'encre n'avait nullement été altérée par l'âge, chose très étrange.

« Si tu lis ces lignes, c'est que je suis mort depuis bien longtemps, et que toi, tu es mon descendant, le plus grand Maître des Ombres de ton temps. J'ai caché cette lettre, pour que toi seul puisse la lire le moment venu. Nos secrets sont trop importants pour que n'importe qui y ait accès. Sache que tu as un rôle à jouer dans notre survie. Si moi je n'ai rien pu faire, toi, tu auras ce qu'il faut pour nous faire prospérer. Car une femme m'a dit un jour que tu viendrais au monde et que tu sauverais la confrérie, et plus encore... Tu ignores qui nous sommes réellement, et il te faudra l'apprendre. J'aurai voulu combattre pour la même cause que toi, hélas je ne le pouvais pas, car c'est ton destin. Mais aujourd'hui, malgré la barrière du temps, j'ai fait ce qu'il faut pour que tu puisses achever ta mission et faire revivre les nôtres. Nos destins sont étroitement liés. Je sais que tu dois apporter la connaissance, mais tu comprendras que pour préserver l'équilibre des choses, il y a des choses que tu devras probablement taire. J'ai foi en toi. La prophétie dit que tu sauveras la confrérie, mais ce n'est qu'une partie de la prophétie. Tu accompliras plus que ça. Je ne puis te révéler l'endroit où nos secrets sont gardés, car cette lettre pourrait tomber entre de mauvaises mains, et toi seul doit être au courant. Sache seulement que lorsque le moment sera venu, lorsque le froid s'abattra sur toi pour t'emporter, utilise l'Onde, et la vérité s'ouvrira à toi. »

Un peu plus bas, un post-scriptum était rédigé une dernière note.

« Le petit journal noir, non loin de toi, te permettra de traduire certains symboles qui tapissent les couloirs de la confrérie. Un fragment de vérité. »

Connor pouvait presque entendre la voix de Nahele, comme s'il avait vraiment été là pour lui parler. Incroyable. Comment avait-il su qu'un jour, il se tiendrait ici ? Comment connaissait-il la prophétie, comment savait-il ce qu'il allait accomplir ? Tant de questions et pas de réponses. Nahele lui avait dit qu'il apprendrait tous les secrets des Maîtres des Ombres. Pourtant, certaines choses devraient être tues. Quels genres de choses ?
- Incroyable !
Connor se tourna brusquement. Kelly se tenait là, contemplant la crypte avec la plus grande fascination. Ralof n'était pas avec elle.
- C'est formidable ! Connor, comment as-tu réussi ?
Le jeune homme s'approcha pour éviter qu'elle ne parle trop fort.
- Kelly, écoute-moi bien, c'est très important. Ceci est la crypte de Nahele, il m'a laissé des informations pour que je puisse un jour percer les secrets de la confrérie. Je n'en sais pas plus, mais dans la lettre qu'il m'a laissée, il a dit que moi seul devait être au courant. Je

te fais confiance Kelly, aussi je peux tout te révéler, mais surtout, n'en parle à personne d'autre que Darek.

Comprenant, la Maîtresse des Ombres hocha la tête. Connor plaçait toute sa confiance en elle, il pouvait se permettre de lui dire. Il lui montra donc la lettre de Nahele. Quand elle eut fini, elle en revenait à peine.

- Nous vivons un tournant décisif de l'histoire et tu es au centre de tout ça. Je sais que tu réussiras Connor, même si je ne sais pas en quoi.

- Moi non plus, à vrai dire.

- Mais tu le sauras bientôt. Le moment venu, tu comprendras. Nahele est décidément un grand homme, mais mystérieux. Et cette histoire de traduction ?

Connor lui tendit le petit journal noir et Kelly le feuilleta rapidement.

- Oui... cela risque de me prendre un peu de temps, mais je crois être capable de décoder quelques symboles. Peut-être que ça t'éclairera. Je vais m'y mettre rapidement, ne t'en fais pas.

- N'en parle à personne.

- Bien sûr que non.

Kelly regarda de nouveau la crypte.

- Alors c'était vrai. Tout ceci appartenait à Nahele ?

- Oui.

- Et la gravure, c'est lui ? Bon sang ce que tu lui ressembles ! Et ces dagues ! Je n'en ai jamais vu d'aussi belles. Darek n'en reviendra pas. C'est merveilleux !

Kelly ressemblait à une petite fille qui découvrait le monde. Connor sourit d'amusement, car lui non plus n'avait pas dû être mieux en découvrant cet endroit fascinant. Se dire que le plus grand Maître des Ombres était venu ici et lui avait laissé une lettre était renversant ! Il fallait qu'il en parle à Sanya, à elle, il pouvait tout lui dire.

Tandis que Kelly faisait le tour de la crypte, Connor rangea sa lettre là où il l'avait trouvé. Avec tous les problèmes qu'il y avait au château, elle serait plus en sécurité ici.

- Kelly, je crains que le passage ne se referme lorsque je m'en irais, avoua Connor.

- Je m'en doutais aussi. Je regarde encore un peu, et nous partirons. Je vais garder le journal, pour traduire les symboles que je pourrais. Je te ferai part de mes découvertes. Et encore une fois, ne te fais aucun soucis, Darek, toi et moi seront les seuls au courant de ça.

- Merci Kelly. Je n'aime pas cacher des choses ainsi aux autres, mais Nahele voulait que je révèle tout uniquement le moment venu.

- Je comprends. Il a dû découvrir des choses sur nous, qu'il vaudrait mieux que certaines personnes ne sachent jamais. Dire qu'il savait tout sur nous ! Et nous, nous ne savons rien de lui.

Ils étudièrent encore un long moment cette crypte restée secrète pendant mille ans, avant de rejoindre le repère. Comme s'y attendait Connor, dès qu'il eut quitté la salle Obscure, tous les filaments lumineux et les symboles s'éteignirent, le sol coulissa pour masquer de nouveau les escaliers, et en quelques secondes, les ténèbres régnaient de nouveau.

Ainsi la légende était vraie. Nahele reposait bien ici, juste sous leurs pieds, et avec lui tous les secrets des Maîtres des Ombres.

22

Sanya tourna vivement la tête sur le côté, les sourcils froncés. Instinctivement, elle s'arrêta et porta la main à sa dague qui pendait à sa ceinture. Elle fouilla les lieux sans rien trouver ni sentir. Pourtant, il y avait quelqu'un ou quelque chose qui l'épiait, elle en était sûre !

- Sanya, vous allez bien ? s'inquiéta Tamara en jetant un coup d'œil autour d'elle.
- Oui, enfin non... Vous ne sentez rien ?
- Que devrais-je sentir ?

Tamara semblait visiblement inquiète, non pas à cause d'une présence qui la surveillait, mais par le comportement de la reine.

- Il n'y a rien ici. Juste nous. Et puis les gardes qui ne doivent pas être bien loin.
- Non, j'ai l'impression qu'il y a autre chose. Et ce n'est pas la première fois. Il y a quelqu'un, ou quelque chose, qui me surveille, qui m'espionne.

Tamara tressaillit.

- Nous ne devrions pas traîner alors. Connor n'est pas là ?
- Non, il est parti espionner Kalim.
- Raison de plus pour ne pas s'attarder. Venez !

Anxieuse, la jeune femme prit le bras de la reine et la tira à sa suite. Depuis la mort de son époux, elle était plus craintive et redoutait à chaque instant qu'Eroll ne vienne la chercher pour venger la mort de son fils. Savoir que quelqu'un l'espionnait ne l'aidait pas à se sentir mieux.

Sanya se laissa entraîner mais ne relâcha pas sa vigilance, sa main toujours posée sur le pommeau de sa dague. Elle avait subi deux tentatives de meurtres qui avaient failli très mal tourner, hors de question qu'elle se laisse avoir une troisième fois !

Quand les deux femmes arrivèrent devant la salle des stratèges, Sanya prit les mains de Tamara dans les siennes.

- Je ne peux pas vous laisser seule avec cette chose qui parcours le château. Venez avec moi.

Tamara ne se fit pas prier et entra avec elle. Les généraux et les stratèges étaient tous réunis autour d'une grande table en bois et Breris adressa un sourire à Tamara en la voyant entrer. La jeune femme lui rendit son sourire et se plaça près de lui.

- Majesté, saluèrent tous les hommes.

N'ayant pas une minute à perdre, Sanya entra dans le vif du sujet sans tarder. Ses généraux lui apprirent que les troupes d'Eroll étaient de plus en plus importantes et faisaient de plus en plus de dégâts. Elles s'aventuraient également plus loin sur le territoire et Dryll commençait à être sévèrement touché. Il n'y avait aucune amélioration quant aux caravanes, et si ça continuait ainsi, l'hiver prochain s'annonçait très dur.

Positionnant des pions sur la grande carte, les stratèges montrèrent à la reine tous les endroits où Eroll avait attaqué.

- Plusieurs de nos forts les plus importants subissent des sièges et nos hommes ne sont pas assez nombreux pour lutter. Majesté, cette zone est stratégique, nous ne pouvons pas nous permettre de la perdre. De plus, ses troupes avancent, il faut les stopper. Nous nous sommes tous concertés et nous n'avons pas le choix. Il faut envoyer des renforts immédiatement avant que les choses ne soient irréversibles !

Sanya réfléchit.

- Si nous envoyons nos troupes là-bas pour lutter contre l'invasion, Sohen sera plus vulnérable.

- Il restera suffisamment de bataillons pour défendre la ville, Majesté, affirma Breris.

- Sauf si Kalim joint son armée à celle d'Eroll.

- Nous serons en mesure de les repousser. Majesté, je crains que nous n'ayons pas le choix, si nous n'agissons pas, beaucoup de nos hommes mourront et l'empereur s'emparera de nos forts les plus stratégiques. Il formera une barrière entre Dryll et Eredhel, afin de nous isoler. Nous ne pouvons pas le laisser faire. Si nous ne l'arrêtons pas maintenant, ses forces seront trop grosses pour être repoussées, et trop bien protégées, nous serons fichus.

La reine consulta tous ses hommes. Ils faisaient l'unanimité. Et elle dut bien s'avouer qu'elle n'avait pas vraiment de choix, ne rien faire permettrait à Eroll de prendre possessions de zones stratégiques, et plus tard, elle s'en mordrait les doigts. Il fallait agir avant qu'il ne soit trop tard. Pourtant, elle avait l'horrible sensation que les mâchoires d'un piège se refermaient sur elle. Si Kalim la trahissait, elle aurait du mal à défendre sa capitale contre Teyrn.

- Faites donc, souffla-t-elle enfin. Mais je veux que suffisamment de troupes restent ici pour protéger Sohen.

- Bien sûr, Majesté.

Ils discutèrent donc ensuite des stratégies à adopter pour la reconquête des forts et les avant-postes, et surtout, bouter l'ennemi hors du territoire. Sanya donnait de temps en temps son avis, mais son esprit était occupé par autre chose.

Depuis un moment, elle sentait de nouveau cette présence mystérieuse. Plus faible, comme si elle regardait la scène de plus loin, mais bien présente.

Et puis soudain, la reine eut l'impression que la personne était dans la pièce, à ses côtés. Un frisson lui remonta le long de l'échine et elle jeta des coups d'œil inquiet tout autour d'elle. Il n'y avait personne, évidemment, et ses hommes ne semblaient pas être perturbés le moins du monde.

Tendue, la jeune femme appela à elle le peu de magie qu'elle possédait encore afin de sonder la pièce. La chose devait être bien plus puissante qu'elle, car la reine ne put la percer à jour. Des yeux la dévisageaient, c'était certain. Elle pouvait même sentir le poids d'un regard sur elle...

Faisant volte-face, le souffle court, Sanya aurait juré qu'on s'était approché d'elle en douce.

- Altesse, vous allez bien ?

La reine se rendit compte que tous ses hommes, ainsi que Tamara, la contemplaient avec inquiétude.

- Vous ne sentez rien ? souffla-t-elle.

- Sentir quoi ?

- J'ai l'impression... (Elle se ravisa.) Non, ce n'est rien. Je suis fatiguée, mon imagination me joue des tours.

Devenait-elle folle ? En tout cas, elle ne voulait pas révéler à ses hommes qu'elle était – si faible soit-elle – une magicienne, et qu'elle pouvait sentir des choses qu'ils ne sentaient visiblement pas.

- Nous avons fini, de toute façon, et il se fait tard. Vous devriez monter vous reposer.

- Oui. Mais avant, je dois vous demander une chose. Ne parlez plus de nos stratégies à haute voix, je crois que quelqu'un nous espionne. Nos rendez-vous devront être fait le plus « clandestinement » possible. Est-ce clair ?

Les hommes échangèrent des regards intrigués entre eux mais ne répliquèrent rien, trop habitués à des événements de la sorte. Il n'y avait rien d'étonnement à ce qu'un espion se trouve au château en temps de guerre.

- Très clair, Majesté. Soyez sans craintes. Nous serons également prudents, afin de débusquer ce traître.

La reine hocha la tête et lorsque ses hommes se furent inclinés devant elle, elle prit congé. Breris lui emboîta aussitôt le pas, suivi de Tamara.

- Qui y-a-t-il ? demanda-t-il.

- Je sens que quelque chose m'observe, depuis un moment. Soyez très vigilant, général.

- Je le serai, affirma-t-il en se tapant la poitrine du poing.

Dehors, la nuit venait de tomber. Tous trois rejoignirent donc la salle à manger, où on leur servit un délicieux repas, quoique beaucoup moins copieux qu'avant. Connor les rejoignit un peu plus tard, bredouille, comme d'habitude, et voir Sanya l'apaisa. Ne voulant pas l'accabler plus qu'il ne l'était déjà, la reine passa sous silence ce qui lui était arrivé, se contentant de parler de tout et de rien en plaisantant.

Faran et Il'ika faisaient le centre de l'attention, ce qui les troublait autant que ça leur plaisait, et ils rayonnaient d'une joie que ni Connor ni Sanya ne leur avaient vu.

Ils montèrent ensuite se coucher sans plus s'attarder. Faran, Il'ika, Damian et Carina vinrent leur souhaiter une bonne nuit, soufflant ensuite tout bas qu'ils garderaient l'œil ouvert et qu'ils ne cessaient de réfléchir aux meilleures résolutions à prendre. Se savoir aussi soutenue rassura la reine.

- Alors, que me caches-tu encore ? demanda le jeune homme quand ils furent seuls.

Sanya resta un moment sans voix.

- Comment...

Il éclata de rire :

- Je t'ai déjà dit, je te connais par cœur. (Retrouvant son sérieux, il s'approcha d'elle et lui prit les mains.) Alors ?

- J'ai encore cette impression d'être épiée, c'est de plus en plus fréquent, et de plus en plus insistant. Personne hormis moi ne le sens. L'espion surveille tous mes faits et gestes, et je crois qu'il a accès à mes stratégies de guerre, aussi ai-je réduit mes réunions militaires au strict minimum. Connor, je n'aime pas la tournure que prend les choses !

- Moi non plus, je n'aime pas ça. Quelqu'un veut ta mort ou se servir de toi, cela ne fait aucun doute. Reste à savoir si c'est l'œuvre de Kalim ou Eroll. Peut-être même des deux. Maintenant arrête de t'inquiéter. Tu as beaucoup à faire, tous les Maîtres des Ombres sont sur le coup. Nous surveillons Kalim et traquons le sorcier. Nous ne pouvons rien faire de plus pour le moment. Et virer Kalim n'arrangera pas la situation, je le crains, alors ne te fais pas souffrir pour rien.

Sanya hocha la tête. Connor avait raison, elle le savait.

Quand il commença à la dévêtir, elle le laissa faire et fit de même avec ses vêtements. Puis il la déposa doucement sur le lit où ils s'abandonnèrent à de tendres étreintes.

Sanya avait froid. Elle tremblait de tout son corps, puis finit par réaliser qu'elle avait peur. Elle était dans le noir complet, elle transpirait à grosse goutte et elle avait une envie dévorante de hurler à sans rompre les cordes vocales.

La folie n'était pas loin.

Puis sa vision s'éclaircit, elle découvrit qu'elle était à moitié nue dans une cellule crasseuse et froide. Plusieurs hommes l'entouraient, ricanant et lui jetant des regards lubriques. Sanya recula laborieusement pour leur échapper, mais son dos butta contre le mur.

Elle était prise au piège !

Haletante, terrorisée, elle contempla les soldats s'écarter pour laisser place à Thorlef. Le général la dévisagea longuement.

- Je suis tellement heureux de te revoir, ma chérie.

Sanya voulut hurler, appeler à l'aide, mais aucun son ne sortait de sa bouche. Elle essaya encore, en vain, et chaque fois, l'échec la terrorisait davantage.

Seule, elle était complètement seule, sans défense ! Le cauchemar allait recommencer !

Elle sentit que sa raison la quittait doucement quand Thorlef lui décrivit la façon dont il allait la torturer, puis elle tenta encore de s'échapper et de hurler quand il se mit à l'œuvre. Hélas, rien ne changeait, elle était comme paralysée !

Elle se réveilla en sursaut, luisante de sueur, le cœur manquant de s'arracher de sa poitrine, et quand elle sentit quelqu'un appuyer sur son dos, elle poussa un nouveau cri en se débattant ! Elle tenta de lui flanquer un coup en se dégageant, comme une démente et tomba à moitié du lit.

Tiré de son sommeil, Connor écarquilla les yeux d'incompréhension avant de réaliser ce qu'il se passait.

- Sanya, calme-toi, c'est moi, c'est Connor. Tout va bien, c'est fini.

Elle recula contre le mur, sa poitrine se soulevant et s'abaissant à un rythme effrayant.

- Mon amour, c'est moi.

La porte s'ouvrit subitement et deux gardes apparurent, l'épée à la main. Sanya poussa un cri de désespoir en les découvrant et se cacha la poitrine des mains.

- Non, sortez ! cria Connor. Tout va bien, elle fait une crise nocturne.

- Mais...

- Tout va bien, je vous dis. Vous lui faites plus peur qu'autre chose. Ça va aller, je m'occupe d'elle. Je vous assure que ce n'est que les conséquences de ces cauchemars.

Les deux hommes hésitèrent, puis voyant l'état de leur reine, ils décidèrent de laisser Connor agirent. Ils quittèrent la pièce sans broncher.

Connor se tourna alors vers sa compagne. En plongeant un regard dans le sien, il comprit qu'elle était encore à moitié dans son rêve, sa raison n'était pas entièrement revenue, et elle ne savait pas où elle était. Elle se pressait contre le mur, apeurée.

- Sanya, c'est moi. C'est Connor. Tout va bien, c'est fini. Tu as fait un cauchemar. Tu es à Sohen, avec moi, Eroll et Thorlef sont très loin d'ici. C'est fini, tout est fini. Tu es en sécurité. Chez toi.

Il enfila son pantalon, et sans mouvement brusque, tenta de s'approcher de sa compagne. Elle eut d'abord un mouvement de recul, mais quand il recommença à lui parler tendrement, il vit dans ses yeux qu'elle revenait lentement à elle. Elle battit alors des paupières, dévisagea Connor, et éclatant en sanglots, elle se jeta dans ses bras.

- Connor pardonne-moi...

- Tu n'as rien à te faire pardonner.

Il s'assit sur le lit, l'attira contre lui et la berça longuement. Quand il la sentit frissonner, il s'allongea avec elle et rabattit la couverture sur eux, sans cesser un instant de la serrer dans ses bras.

- C'était horrible, souffla-t-elle enfin. J'étais de nouveau là-bas, il y avait Thorlef, et...
- Calme-toi, tout est fini maintenant. Ce n'est qu'un cauchemar.
- Oui...

Il la cajola longuement jusqu'à ce qu'elle fût calmée. Lentement, elle releva la tête pour le contempler.

- J'espère que je ne t'ai pas fait mal. Mais quand je t'ai senti sur moi, j'ai cru que j'étais encore dans mon rêve...
- Tu as de la force, mais tu ne m'as pas fait mal, rassure-toi. J'ai eu plus peur qu'autre chose. Tu m'as surpris !
- Je veux bien le croire. Oh mon amour, quand guérirais-je ?
- Quand Thorlef et Eroll seront morts, je pense que tout rentrera dans l'ordre. Tu as besoin d'une certitude que ce temps est révolu, que rien ne t'arrivera plus. Et comme certitude, je pense que les tuer sera des plus efficaces.
- Je pense, oui...
- Allez, repose-toi maintenant.

Il l'embrassa doucement avant de lui caresser les cheveux. Sanya posa sa tête sur son épaule et ferma les yeux. Soudain, elle se redressa vivement.

- Qu'est-ce que...

Elle lui appliqua une main sur la bouche pour le faire taire. Surpris, Connor tendit l'oreille, mais n'entendit rien. D'ailleurs, il ne voyait rien non plus. Il sentit alors quelque chose, comme une présence, non loin d'eux, qui les épiait. Echangeant un regard avec Sanya, il lui fit savoir qu'il avait compris. Lentement, il tendit la main pour récupérer sa dague et se redressa. Scrutant la pièce de ses yeux perçants, il ne vit rien, mais quelqu'un les observait, c'était certain. N'ayant nul besoin de lumière, il fit le tour de la chambre, cherchant dans chaque recoin, ouvrant chaque placard. Il vérifia même sous le lit. Puis il alla voir sur le balcon.

Personne.

- Il doit nous épier à distance, souffla le jeune homme. Je ne vois que ça comme explication.
- Ou par les yeux d'un autre.

Connor lui tourna un regard surpris.

- Il n'y a que nous dans la pièce.
- J'ai connu des sorciers capables de regarder à travers les yeux d'animaux. Une souris, une araignée. Qui sait ce qui peut bien se cacher dans la chambre ?

Connor vint s'asseoir près d'elle.

- Dans ce cas, il va falloir que l'on fasse très attention. S'il peut nous voir n'importe où, nous devrons révéler le moins d'informations possible. Et il va falloir redoubler d'efforts pour coincer ce misérable sorcier.

23

  Aela se sentait vidée de ses forces alors qu'elle se levait par un matin gris pour combattre une dernière fois. Et pas n'importe qui ! Aujourd'hui, elle allait combattre le champion de l'arène !
  La jeune femme n'en pouvait plus de combattre jour après jour, elle était vidée de ses forces, car jamais jeux n'avaient été aussi violents et éprouvants. Aela conservait encore des blessures fraîches qui la faisaient souffrir. Laron avait beau lui fournir toutes sortes de remèdes, elle avait toujours mal.
  Ses victoires à répétition lui avaient valu une belle chambre, dans laquelle elle dormait mieux, elle avait droit à des soins spéciaux et des repas de qualité. Pourtant elle faiblissait. La guerrière soupçonnait d'être tombée malade, et elle craignait pour sa survie.
  De plus, elle était lasse. Lasse de tuer des innocents qui n'avaient rien demander, des créatures arrachaient à leurs forêts, perdus dans un monde qui n'était pas le leur. La plupart de ses adversaires n'avait rien demandé, et pourtant Aela devait les tuer. Elle n'avait pas le choix, si elle voulait partir et avertir Sanya.
  La jeune femme se leva péniblement pour s'habiller. Quelqu'un frappa à la porte.
  - Entrez.
  Laron entra, un peu gêné.
  - Je peux repasser.
  - C'est bon.
  - Je t'ai apporté à manger. Tu dois avoir faim. Et j'ai de quoi désinfecter tes blessures.

- Merci.
- Nous avons un accord, souviens-toi.
- Je sais.

Laron s'assit sur le lit pendant qu'Aela enfilait son armure. Il la contemplait avec des yeux doux qui la gênaient de plus en plus.

Depuis qu'elle était là, il s'occupait d'elle avec plus de tendresse, il ne la considérait pas comme une prisonnière, mais plutôt comme une partenaire. Il venait souvent la voir, parfois juste pour discuter de tout et de rien. Aela trouvait ce comportement bizarre, mais ça lui plaisait. Elle se sentait moins seule, et Laron n'avait rien de menaçant. Il semblait juste un peu épris d'elle.

Un jour, alors qu'elle avait eu le droit de sortir en ville, plusieurs hommes étaient venus, pensant pouvoir s'octroyer son corps. Laron n'avait pas hésité une seule seconde, infligeant une terrible correction à ses importuns. Ils avaient détalé sans demander leur reste, trop intimidés par ce chef bandit.

Une autre fois encore, il avait surpris Horvat qui venait voir Aela dans sa chambre pour l'intimider, peut-être même lui faire du mal et il l'avait aussitôt flanqué à la porte.

Et Aela devait bien avouer que même si Laron était son ravisseur, elle commençait à l'apprécier et il lui arrivait parfois de l'inviter à manger avec elle. Ils riaient ensemble, ce qui était agréable.

Mais en même temps, Reva lui manquait terriblement et la présence de Laron rendait son absence plus cruelle.

- Allez, ça va être à ton tour, la pressa finalement Laron.

Aela rangea son épée dans son fourreau et respira un grand coup.
- Tu vas gagner.
- Je suis lasse de tuer des gens qui n'ont rien demandé, Laron.
- Horvat n'est pas de ceux-là. Lui aime tuer. C'est ton ennemi.
- Je serai libre après ça ?
- Oui. Alors tiens le coup.

Pour Reva. Elle devait tenir, pour lui. Et pour Sanya. Accompagnée de Laron, la jeune femme se rendit aux portes de l'arène. Horvat était déjà sur la piste à se faire acclamer par son publique. Un tonnerre d'applaudissement retentissait.

- N'oublie pas que tu es l'une des plus puissantes femmes de ce royaume, souffla Laron à son oreille.

Surprise, Aela se tourna vers lui. Il la prit alors subitement dans ses bras avant de la relâcher tout aussi vite.
- Allez ! Remporte cette victoire.

Et il disparut, la laissant seule pour rejoindre sa loge. Aela était encore stupéfaite par ce geste. Elle n'aurait jamais cru ça d'un ravisseur !

Mais elle ne devait pas se poser de question là-dessus pour le moment. Elle avait un dernier combat à mener et elle devait le gagner, malgré ses blessures qui la faisaient souffrir.

Elle entra donc dans l'arène, serrant le pommeau de son épée dans sa main. Un cadeau de Reva. Une façon de l'avoir près d'elle, de combattre à ses côtés. Horvat se tourna vers elle, impatient de découvrir la femme dont on lui avait tant parlé. Il avait hâte de se mesurer à elle, et surtout, hâte de la vaincre.

- Alors ma belle, prête à mourir aujourd'hui ? ricana-t-il.

Aela ne prit même pas la peine de lui répondre, plongeant un regard glacé dans le sien en tirant son épée. En temps normal, elle lui aurait ri au nez, mais elle n'en avait pas la force. Elle n'avait plus aucun doute, les infections de ses précédentes blessures s'étaient rependuses, l'affaiblissant considérablement. Si elle pouvait vaincre presque n'importe qui, elle craignait à présent pour sa vie. Ça ne lui était pas arrivé depuis des années...

Quand on sonna le début du combat, Aela frappa aussi vite qu'elle le pouvait, décidée à prendre l'avantage dès le début. Un sourire aux lèvres, Horvat répliqua avec pas moins de puissance et de précision.

Il était un bon combattant, sûrement un ancien guerrier capturé. Les techniques qu'il employait ressemblaient beaucoup à celles de Teyrn. Il était en pleine forme et ne souffrait d'aucunes blessures, Aela devait le vaincre avant qu'elle ne soit trop épuisée. Et vu comme son épée pesait sur son bras, elle se doutait qu'elle ne tiendrait pas très longtemps.

Horvat avait senti qu'elle faiblissait, aussi attaqua-t-il plus fort et plus rapidement. Aela répliqua comme elle le pouvait, grimaçant de douleur tant son corps lui faisait mal. Du coin de l'œil, elle vit que Laron s'inquiétait.

Elle parvint à blesser copieusement Horvat, de quoi attiser encore plus sa fureur et il lui rendit ses coups, la blessant à son tour. Et quand elle lui flanqua un coup de poing qui l'envoya valdinguer, il se mit à souffler comme un taureau en se redressant pour bondir sur elle.

Le combat s'éternisa. Aela se maudit en songeant qu'elle aurait pu vaincre cet avorton très simplement, si elle avait été en bien meilleur forme. Sa tête commençait à la faire souffrir, elle haletait comme jamais, ses bras étaient terriblement lourds. La fièvre était en train de la terrasser. D'un geste impulsif, elle tenta de faucher la jambe de son adversaire qui bondit en arrière avant de répliquer. Horvat parvint à la frapper à la tempe avant de la percuter de plein fouet, la soulevant de sol. Les poumons d'Aela se vidèrent et elle atterrit lourdement par terre. Elle roula au sol pour esquiver un deuxième coup avant de se redresser laborieusement. Horvat revenait déjà à la charge.

Les coups fusèrent, Aela ne se laissait pas vaincre aussi facilement que son adversaire l'aurait voulu. Si elle devait mourir aujourd'hui, qu'il voit donc ce qu'était un véritable guerrier ! Malgré les blessures et infections qui la terrassaient, elle était toujours en mesure de le mettre en difficulté !

Pourtant, la situation se renversa. Horvat parvint à percer sa défense grâce à une botte remarquable, et avant que la jeune femme ne puisse réagir, il l'avait mis à terre.

- Et voilà comment tu vas mourir, gronda-t-il.
- Reva je t'aime, souffla la jeune femme.

Elle ne regarda pas Horvat lever son épée.

*

Quand Reva arriva dans le village, il fut surpris de ne trouver personne. Pas un chat. Une ville fantôme. Attentif, il s'enfonça dans les rues, la main sur son épée, prêt à s'en servir. Quelque chose n'allait pas. Lui tendait-on un piège ? Non, il était sûr que personne ne savait qu'il traquait des bandits depuis des jours. Alors pourquoi n'y avait-il personne ?

Les traces d'Aela et de ses ravisseurs menaient ici, mais elles avaient été effacées par celles des villageois. Villageois qui étaient introuvables. Il avait peiné comme pas possible à retrouver la piste des ravisseurs, plusieurs fois effacée avec soin. Il avait également perdu beaucoup de temps à chevaucher que de jour alors que ses adversaires chevauchaient aussi de nuit. Plusieurs fois il s'était retrouvé bloqué, ne sachant plus où aller, avant de réussir à retrouver un indice qui lui permettait de reprendre sa route.

Il entendit alors une grande clameur et les vivats d'une foule. Les applaudissements retentirent, et certains se mirent à siffler. Reva se tourna aussitôt pour découvrir ce qui pouvait provoquer autant de réjouissance. Il ne tarda pas à rencontrer un immense bâtiment circulaire, d'où s'échappaient les cris joyeux des habitants. Voilà donc où ils se trouvaient tous.

S'assurant que personne ne l'épiait, il entra dans le bâtiment. Un garde l'interpella. Enfin, il ressemblait plus à une sorte de mercenaire chargé d'une garde dont il ne voulait probablement pas.

- Faut se dépêcher l'ami, si tu ne veux pas tout rater. C'est un combat prometteur.
- Oui, c'est sûr.

Il ne savait pas de quoi il parlait, mais il ne voulait pas paraître suspect. Le garde lui indiqua un couloir sur sa droite.

- Tourne à gauche à la première intersection, puis monte les escaliers. Il ne reste de la place qu'ici.
- Merci.

Suivant les indications de l'homme, Reva arriva dans les gradins d'une grande arène, où une foule immense s'était rassemblée, criant des encouragements à tue-tête. Le jeune homme baissa les yeux sur la grande piste circulaire, où deux guerriers étaient en train de se battre. Un combat à mort, cela ne faisait aucun doute. Le premier était un homme de solide carrure, grand et puissamment bâti, tandis que le second était une femme aux cheveux auburn...

Reva hoqueta en reconnaissant Aela !

Il resta paralysé d'effroi un moment. Sa bien-aimée livrait un combat à mort et elle semblait sur le point de le perdre ! Elle était blessée et paraissait malade. Elle était à bout de ses forces. Il devait la secourir, et vite !

Quand l'homme parvint à mettre la jeune femme à terre, Reva n'eut plus le temps de réfléchir. Le cœur battant à tout rompre, il sentit sa gorge se serrer à l'idée de perdre Aela. Il hurla la première chose qui lui passa par la tête :

- L'armée ! L'armée est là !

L'effet fut immédiat. La foule se mit à pousser des hurlements terrifiés, se ruant vers les sorties en se bousculant et en se piétinant. Une émeute pouvait permettre à Reva de sortir sa compagne de ce piège sans attirer l'attention.

Tandis que les gens courraient en tous sens comme une nuée d'insectes que l'on venait de déranger, Reva perdit de vue Aela. Se frayant un chemin parmi les gens qui le poussaient de tous les côtés, le jeune homme descendit les marches pour rejoindre la piste, priant pour arriver à temps. Se tordant le cou, il essayait de voir ce qui se passait, mais il ne vit pas Aela.

La peur au ventre, il lutta contre une marée humaine pour rejoindre sa bien-aimée.

*

Alors que l'épée allait s'abattre sur elle, une voix avait retenti dans les gradins, attirant l'attention des deux combattants :

- L'armée ! L'armée est là !

Était-il possible que Sanya ait envoyée du renfort pour l'aider ? Impossible, elle ne savait pas où elle était. Et cette voix... Aela aurait juré que c'était celle de Reva ! Elle avait tenté de l'apercevoir, mais la masse de personne l'en avait empêché.

Tandis qu'Horvat restait pétrifié, Aela saisit sa chance. Se redressant d'un bond, elle mit toutes ses forces dans un dernier coup et son épée fusa en direction de sa tête. La lame décapita l'homme avant même qu'il ne comprenne ce qui lui arrivait et sa tête vola dans les airs dans un geyser de sang avant de rouler plus loin. Tout le corps d'Horvat s'effondra dans un dernier soubresaut.

Se tournant vers les gradins, Aela hurla :

- Reva ! Je suis là !

Elle n'avait aucune certitude, pourtant elle était convaincue qu'il était là. Il l'avait suivi à la trace depuis le début pour la secourir !

Une main se referma sur son bras et elle fit volteface. Elle fut quelque peu déçue en découvrant Laron.

- Aela, tu dois partir !
- J'en avais l'attention !
- Non, je voulais dire, les hommes qui employaient Horvat sont furieux, ils veulent de tuer !

Une sueur froide coula le long de l'échine de la jeune femme. Se laissant entraîner par Laron, elle jeta un dernier coup d'œil dans les gradins pour essayer d'apercevoir Reva. En vain.

Main dans la main, tous deux détalèrent pour quitter la piste et s'enfuir avec les autres habitants. Se mêler à la foule était leur unique chance d'échapper aux assassins. Hélas, ils ne furent pas assez rapides.

Jaillissant devant eux, trois hommes leurs bloquèrent la route, épée à la main.

- Toi espèce de garce, tu ne vas nulle part !

Aela se prépara à se battre, mais ce qui suivit la laissa sans voix.

Laron venait de tirer son sabre et bondit sur ses adversaires. Il engagea un combat acharné, se mouvant avec rapidité, frappant avec force et précision. Il tua le premier homme en lui perforant la poitrine et reçu en récompense une estafilade dans le dos.

La jeune femme voulut lui venir en aide, mais il parvint à la repousser rudement en arrière, attirant toute l'attention des deux assassins sur lui.

- Laron, espèce de traite !
- Vous ne la toucherez pas !

Et il rugit en se jetant sur les deux hommes restants. Son épée siffla, faisant jaillir le sang, mais ses adversaires étaient tout aussi puissants que lui. Après avoir reçu plusieurs coups, il parvint à trancher la tête du second homme.

Mais alors qu'il se tournait pour achever le troisième, la lame siffla et il n'eut pas le temps de parer. Elle s'enfonça profondément dans son abdomen et il s'écroula dans un râle sourd.

Furieuse, Aela se jeta sur le meurtrier, et après quelques passes acharnées, elle lui faucha la jambe avant de lui perforer le cœur. L'homme voulut se retenir à elle, mais elle le laissa choir pour se précipiter vers Laron.

La tunique de l'homme était maculée de sang et il respirait très difficilement, du sang perlant aux commissures de ses lèvres. Il avait le teint livide et frissonnait de froid. Aela en eut les larmes aux yeux, le prenant contre elle.

- Pourquoi as-tu fait ça ? souffla-t-elle, sincèrement touchée par ce sacrifice.
- Parce que... je ne voulais pas que tu meures... (Il toucha son visage du bout des doigts.) J'ai d'abord obéi à Kalim... avant d'être touchée par toi... Ta force, ta beauté... Je ne m'étais jamais senti aussi... bien... merci du bonheur que tu m'as apporté... par ta présence...

Il attira son visage à lui et l'embrassa tendrement. Aela lui rendit son baiser, plongée dans un état second. Elle ne parvenait pas à réaliser ce qui s'était produit.

- Tu dois partir... avant qu'on te repère... va-t'en vite... sois libre...
- M'aurais-tu rendu ma liberté ?
- Oui. Pardonne-moi de ne pas l'avoir fait plus tôt. Je le voulais. Mais j'avais peur de te voir partir. Je sais que tu as un autre homme dans ta vie. Va le rejoindre, et vit heureuse pour moi...
- Jamais je n'oublierai ce que tu as fait pour moi, Laron. Ton nom

ne sera jamais oublié parmi mon clan, je te le jure.

- Alors je peux être en paix... Va-t'en vite...

Il ferma les yeux, et en quelques secondes, sa poitrine cessa de se soulever. Des larmes pleins les yeux, Aela se redressa, répugnant à laisser le corps de celui qui l'avait sauvé, un ami, aux mains de ses barbares. Mais elle ne pouvait plus rien pour lui et si elle voulait que son sacrifice ne soit pas vain, elle devait partir sur le champ.

Abandonnant le corps de Laron, elle s'enfuit en courant, se mêlant parmi la foule pour sortir de l'arène. Ça se bousculait en tous sens et elle dut lutter pour ne pas être renversée. Si elle tombait, on la piétinerait et elle mourrait avant d'avoir pu retrouver Reva. Elle le chercha du regard mais ne le vit pas. Alors elle se mit à l'appeler, espérant qu'il l'entendrait. Mais vu les hurlements effrayés des gens, elle doutait qu'il puisse l'entendre.

Quand elle fut sortie de l'arène, Aela se détacha de la foule et partit en courant dans les ruelles de la ville. Il était clair que l'armée n'était pas là et elle devait avoir gagné la forêt avant que les gens ne s'en aperçoivent. Aller le plus loin possible de cette ville et attendre que Reva la retrouve. Car il la retrouverait.

Soudain, elle remarqua plusieurs hommes qui la suivaient. Se criant des ordres, ils la coursaient l'épée à la main, déterminés à la tuer. Horvat avait beaucoup d'allier !

Malgré la lourde fatigue qui pesait sur elle, Aela courut plus vite, les poumons douloureux et le cœur battant sourdement, cherchant à semer ses ennemis. Elle ne pouvait pas les combattre, sa seule issue était la fuite.

Les assassins, derrière elle, ne se laissaient pas distancer, et quand elle s'enfonça enfin dans la forêt, ils se déployèrent pour la coincer plus facilement.

Jetant des coups d'œil furtifs tout autour d'elle, Aela courut à en perdre haleine, ignorant la douleur de son corps. Elle n'avait plus qu'une seule idée en tête, fuir le plus loin possible. Slalomant entre les arbres, bondissant au-dessus des racines, elle chercha un endroit où il lui serait facile de semer ses ennemis. Elle n'hésita pas à se jeter par-dessus des bosquets ou à foncer dans des ronces, si cela pouvait s'avérer utile. Elle manquait de force, il fallait qu'elle se sorte de là le plus vite possible.

Elle entendit les hommes crier derrière elle, mais elle ne les voyait plus. Elle ne s'arrêta pas une seule fois, bifurquant quand ça lui semblait judicieux, donnant tout ce qui lui restait de force pour semer ses ennemis.

Après une course qui lui parut interminable, elle dut s'arrêter, à bout de force. Elle tomba à genoux, reprenant bruyamment son souffle. Elle vomit dans l'herbe, l'estomac retourné. Elle avait dépassé ses limites.

Elle tendit alors l'oreille. La jeune femme n'entendit rien hormis les gazouillis des oiseaux et le bruissement des feuilles. Avait-elle réussi à semer ses adversaires ? Ou bien se tapissaient-ils tout près ?

Affolée, elle voulut se redresser, mais ses jambes se dérobèrent. Elle ne pouvait pas aller plus loin. Si les assassins arrivaient, elle était fichue.

Un craquement retentit derrière elle. L'adrénaline l'envahit, lui donnant les dernières forces nécessaires pour se retourner en tirant son épée. Dans un ultime effort, elle abattit son arme... et s'arrêta à temps en reconnaissant Reva !

Aela resta pétrifiée. Elle n'en revenait pas. Son bien-aimé était là, il avait réussi à la retrouver !

- Doucement, souffla-t-il. Ne me tue pas.
- Jamais de la vie.

Elle se jeta dans ses bras, et pour la première fois depuis de longues années, elle éclata en sanglots.

- J'ai cru que je t'avais perdu, souffla son amant à son oreille.
- Et je croyais ne jamais te revoir. Oh Reva, pardonne-moi de ne pas t'avoir écouté ! Je n'aurais pas dû partir seule...
- Ne pense plus à ça. Tout est fini.
- Et les assassins ?
- Je m'en suis occupé.

Aela lui coula un regard débordant de reconnaissance et de tendresse. Reva lui sourit en caressant son visage, puis il l'assit doucement par terre. Il la dévisagea alors de la tête aux pieds.

- Tu es blessée et malade. Je vais m'occuper de toi, ensuite nous repartirons.
- Reva, Kalim a organisé mon enlèvement ! C'est lui le traître, il va tenter de tuer Sanya pour s'emparer de la couronne !
- Connor est auprès d'elle. Nous partirons le plus vite possible et je te promets que nous gagnerons Sohen rapidement.

Aela nicha sa tête dans le cou du jeune homme.

- Comment m'as-tu trouvé ?
- Comme je ne te voyais pas rentrer, je suis parti à ta recherche. Je suis un pisteur, ne l'oublie pas. J'ai suivi tes traces et j'ai traqué

tes ravisseurs jusqu'ici.

- Tu as risqué ta vie pour moi.

- Ma vie n'aurait aucun intérêt sans toi.

Il glissa une main dans les cheveux de sa compagne. Il eut un sourire narquois.

- Je ne pouvais pas te laisser filer avant que tu me donnes une réponse !

Alors Aela jeta ses bras autour du cou du jeune homme et l'embrassa avec passion. Il lui rendit ses baisers avec pas moins d'ardeur, la serrant contre lui. Ils retrouvèrent l'ivresse de leurs premières étreintes et se perdirent longuement dans ce bonheur.

- Oui, souffla finalement la jeune femme entre deux baisers. Je ne veux plus attendre. Je veux t'épouser. Je t'aime tellement.

- Moi aussi, mon amour.

Bizarrement, pour quelques baisers supplémentaires, Aela retrouva vite un peu d'énergie.

24

Sanya eut toutes les peines du monde à se lever. Elle se sentait faible et lasse. Elle avait également mal à la tête. Couvait-elle quelque chose ? Reposant la tête sur l'oreiller, elle songea sérieusement à se rendormir. Ses yeux se refermaient d'ailleurs d'eux-mêmes.
Une main lui caressa doucement les cheveux.
- Tu vas être en retard, souffla Connor à son oreille.
- Laisse-moi..., gémit-elle.
Le jeune homme l'embrassa dans le cou, la serra contre lui et la laissa se reposer encore un peu. Sanya sombra aussitôt dans un sommeil sans rêve. Quand elle se réveilla bien plus tard, elle avait la désagréable envie de pleurer tellement elle était fatiguée. Elle ne se sentait pas capable du moindre mouvement !
Elle ouvrit faiblement les yeux et vit que Connor était assis près d'elle, déjà habillé.
- Tu vas bien ? s'enquit-il.
- Je veux dormir...
- Il est tard. Il sera bientôt midi.
Sanya se passa une main sur le visage. Que lui arrivait-il ? Elle n'avait jamais autant flâné au lit, même quand Connor la tenait éveillée une bonne partie de la nuit, et surtout, elle se sentait très mal. Epuisée, à bout de force, alors qu'elle n'avait rien fait ! Elle doutait que ses jambes puissent la porter.
- Tu dois être malade. Je vais chercher Faran, si tu veux.
- Non... Non ça ira. Je vais me lever.
Elle se redressa laborieusement en grimaçant. Elle avait des

courbatures dans tout le corps ! Elle lut alors beaucoup d'inquiétude dans le regard de son amant.

- Quoi ?
- Tu as le teint vraiment pâle, et de grosses cernes. On s'est couché tôt pourtant. Tu ne veux vraiment pas que j'aille voir Faran ?
- Qu'il me prépare un remède alors, j'ai déjà trop tardé. J'ai des doléances à examiner.
- Tu n'es peut-être pas en état.
- Ça ira. Va le chercher pendant que je m'habille.

Connor hocha la tête, l'embrassa sur le front et quitta la pièce. Sanya eut alors une envie impérieuse de se recoucher et de se rendormir. Non, il fallait qu'elle reste éveillée !

Elle se leva paresseusement et enfila sa robe avant de brosser ses cheveux. Une dizaine de minutes plus tard, Connor revint avec son frère. Ce dernier écarquilla les yeux.

- Sanya, tu n'as vraiment pas l'air bien. Je peux t'examiner ?
- Si tu veux...

Elle s'assit sur le lit et Faran vint l'ausculter.

- Tu as de la fièvre. Des courbatures, mal à la tête ?
- Oui.
- Tu dois avoir une grippe. Il y en a pas mal en ce moment. Repose-toi, ça vaudrait mieux.
- Non, j'ai à faire. Donne-moi quelque chose qui face tomber la fièvre et m'aide à tenir.

Faran sortit de sa sacoche une feuille qu'il demanda à la reine de mâcher, puis quand elle eut fini, il lui fit boire une potion.

- Ne force pas trop. Si ça ne va pas, retourne te coucher. Le repos est la meilleure des choses.
- Merci.

Après s'être assuré qu'il n'avait rien raté, Faran quitta la chambre. Connor posa une main sur l'épaule de sa compagne.

- Je resterai avec toi aujourd'hui. Si ça ne va pas, dis-le-moi.

Les deux jeunes gens quittèrent donc la chambre pour rejoindre la salle du trône où les attendaient divers représentants du royaume. Sanya écouta avec une grande patience, s'efforçant de prendre les bonnes décisions malgré l'envie irrésistible de retourner se coucher.

Alors que la journée s'écoulait, son état empira. Elle commença par avoir des faiblesses, des vertiges, puis des nausées. La vue de n'importe quel aliment lui retournait l'estomac et dès qu'elle essayait de manger, elle vomissait juste après.

- Tu ne serais pas enceinte ? osa demanda Connor.
- Evidemment que non, grogna-t-elle.

Ses cernes se creusaient, son teint pâlissait davantage, et elle perdait des forces. Monter les escaliers s'avéra être une terrible épreuve et Connor dut la porter sur la fin.

Quand elle perdit connaissance, Connor décida qu'il était temps de prendre les choses en main. Même si elle revint à elle quelques secondes plus tard, il la força à remonter se coucher. Bizarrement, Sanya ne répliqua pas. Elle n'en avait plus la force. Il la porta donc jusqu'à leur chambre et la coucha dans le lit. Elle était en nage et mourrait de chaud. Encore un effet de la fièvre. Bientôt, elle mourrait de froid.

- Je vais chercher Il'ika, je reviens.

Sanya hocha la tête. Ce n'était pas une grippe qu'elle avait. Elle avait déjà été malade et jamais elle ne s'était aussi mal, aussi faible, comme si... la vie l'abandonnait. N'était-ce qu'une déprime ?

Connor ne tarda pas à revenir, Il'ika, Faran et Tamara sur les talons. Tamara avait apporté une bassine d'eau et tout ce qu'elle avait pu ramener des réserves des guérisseurs.

Sanya avait déjà eu l'occasion de revoir Il'ika depuis sa transformation, mais à chaque fois, la voir la fascinait. Elle était merveilleuse ! Cela lui donna le sourire.

- Reste tranquille, souffla la jeune femme en s'approchant. Je n'en ai pas pour longtemps.

Il'ika posa ses mains sur le front de Sanya et ferma les yeux. La reine sentit des picotements dans tout son corps, et elle se laissa porter par la magie de la fée. Leur magie l'avait toujours fasciné et apaisé.

Il'ika ouvrit subitement les yeux, étouffant un cri d'horreur.

- Même si j'ai perdu bon nombre de mes facultés magiques, je n'ai aucun doute. On l'a empoisonné !
- Quoi ?!

Fou furieux, Connor saisit Il'ika par les épaules.

- Qui ?! Qui a fait ça et comment ?!
- Tu me fais mal ! Je n'en sais rien moi ! Je sens le poison se rependre dans ses veines, mais je ne suis plus capable de l'identifier, ni même de le faire disparaître. Je suis tellement désolée, si je n'avais pas…
- Ce n'est pas ta faute Il'ika, tu as le droit de vivre, et tu ne pouvais pas savoir, la rassura Sanya.

- Je tuerai le coupable !

Voyant le désespoir dans le regard de son amant, Sanya parvint à se redresser. Lui saisissant la main, elle l'attira à elle pour le serrer dans ses bras.

- Ça va aller. (Se tournant vers Il'ika, elle murmura:) Combien de temps crois-tu qu'il me reste ?

- Je n'ai plus les moyens d'en être sûre. Quelques semaines, peut-être.

- C'est ce foutu sorcier ! rugit Connor. Pourquoi personne ne le trouve ?!

- Calme-toi...

- Non ! Il est en train de te tuer, et je ne peux rien faire ! C'est Kalim qui a dû lui ordonner !

- Connor, lança Tamara, il ne lui servirait à rien de tuer Sanya. Il n'a encore rien obtenu d'elle. Ou alors, il a l'attention se servir du poison pour arriver à ses fins. Et puis Eroll n'est peut-être pas étranger à tout ça.

Le Maître des Ombres serra alors très fort Sanya dans ses bras, puis il se leva vivement.

- Ça ne peut plus durer. Je vais trouver ce meurtrier et vite ! Il regrettera le jour où il est né ! Vous trois, restez auprès de Sanya, faites tout ce que vous pouvez pour arrêter le poison. Je vous envoie un guérisseur.

- Connor...

- Ne t'inquiète pas Sanya, je ne laisserai personne te prendre.

Et il quitta la chambre d'un pas furieux. La discrétion n'avait rien donné, il n'avait rien trouvé et les dieux savaient qu'il avait cherché, espionné. Il était temps de revenir à la bonne vielle technique : aller droit au but. Il allait trouver Kalim et mettre les choses au clair.

Alors qu'il descendait d'un pas précipité pour rejoindre sa chambre, un soldat accourut vers lui, essoufflé.

- Monsieur, le prisonnier demande à vous voir... il veut vous parler... il s'est mis à crier d'un seul coup, et maintenant, il agonise...

Connor le remercia et partit aussitôt en courant vers les cachots. Son cœur battait à tout rompre à l'idée de ce qu'il allait bien pouvoir découvrir. Pourquoi le prisonnier agonisait et surtout qu'est-ce qu'il pouvait lui révéler ?

Le jeune homme espérait de tout son cœur que ce soit l'identité du sorcier et de son chef.

Quand il arriva dans les cachots, deux soldats l'attendaient, visiblement inquiets. Derrière la porte, des cris désespérés retentissaient.

- Ça fait une dizaine de minutes, il ne s'est pas calmé...

Connor ouvrit la porte et accourut jusqu'à la cellule du prisonnier. Tirant sa dague, il entra dans la pièce toujours aussi sombre. Pendu à ses chaînes, l'homme hurlait à la mort en se débâtant.

Le Maître des Ombres avait pensé un instant que le tueur simulait, mais en le découvrant, il eut la certitude que c'était faux. Du sang coulait par ses oreilles, ses yeux et sa bouche, et il criait comme si on le torturait. Ses yeux, qui exprimaient habituellement de la malice, n'étaient que le reflet de sa terreur. Quand il vit Connor approcher, le prisonnier éclata en sanglots en le suppliant :

- Faites que ça cesse !
- Cesser quoi ?
- La douleur ! Elle me tue ! Elle est en train de me tuer pour que ne parle pas ! Pourquoi ? Je... je me souviens...

Connor n'en revenait pas.

- De quoi vous souvenez-vous ?
- De Myriam... ma femme...

Le jeune homme prit son visage pour le forcer à le regarder dans les yeux.

- Racontez-moi !
- J'ai trop mal !
- Je sais, je sais. Mais vous devez me raconter ! Pour faire honneur à votre femme.

Le tueur hocha la tête, les joues baignées de sang et de larmes.

- Il est venu... un soir... un étrange personnage masqué... il n'a rien dit... il a tué ma femme... puis il m'a capturé.
- Où ?
- Je ne sais pas. Mais il a fait sur moi des expériences. Il voulait me changer, pour que je puisse tuer Sanya ! Je crois que je n'étais qu'un essai, il voulait faire d'autres... choses comme moi. Ma mémoire me revient, mais ma vie me quitte. Aidez-moi !
- Ecoutez, je suis navré de ce qu'il vous arrive, mais je ne peux rien faire. Celui qui vous a fait ça est trop puissant, il vous a trop altéré pour qu'on vous sauve...
- Alors tuez-moi, que la torture cesse.
- Cet homme, savez-vous qui sait ?
- Pas un homme... une femme...
- Pour qui travaille-t-elle ?

- Je ne sais pas !

L'homme hurla à s'en rompre les cordes vocales ! Connor serra sa dague et la plaça sur le cœur de l'homme.

- Avez-vous quoi que ce soit à ajouter ? N'importe quoi !
- Elle a dit... qu'elle créerait une race de... de Maîtres des Ombres, encore mieux...

Connor sentit une sueur glacée descendre le long de son dos.

- C'est tout ?
- Oui ! Tuez-moi !

Connor hocha la tête. Un regard empli de compassion pour l'homme à qui on avait tout arracher, il lui enfonça sa lame dans le cœur. Le tueur cessa alors de hurler, de se débattre, et quand son dernier souffle quitta sa bouche, un sourire soulagé naquit sur ses lèvres.

Le Maître des Ombres appela alors les gardes.

- Détachez-le, que son corps soit nettoyer pour être présenté à sa famille.

Le cœur douloureux, Connor sentit alors une haine sans nom s'emparait de lui. Cette femme, cette sorcière, avait tenté de tuer cet homme à distance dès que le pronostique de Sanya était tombé, pour qu'il n'en révèle pas trop, mais ça avait échoué. Elle avait voulu créer un Maître des Ombres, or pour ça, elle avait dû avoir un original pour l'étudier.

Cela ne pouvait signifier qu'une seule chose.

Fou de rage, Connor courut rejoindre la cour d'entraînement en espérant y trouver Kalim, mais on l'informa qu'il était remonté dans les jardins. Toujours au pas de course, Connor remonta à son tour.

Il découvrit le roi qui s'apprêtait à entrer dans le château.

- Vous ! tonna Connor.

Il se précipita sur lui et sans réfléchir, lui assena un solide coup de poing qui l'envoya s'écraser contre le mur.

- Espèce de..., grogna Kalim en se redressant.
- Qu'avez-vous fait d'Odge ?! Je sais que c'est vous qui avez envoyé les deux tueurs après de Sanya, vous qui commandez cette maudite sorcière !

Kalim sourit mais Connor la plaqua contre le mur, l'étranglant à moitié.

- Je vous avait dit de ne pas vous mêler des affaires de la confrérie. Vous allez payer cher, croyez-moi !
- Ah oui ? Et que comptes-tu faire ?

Kalim, malgré sa lèvre éclatée, souriait de toutes ses dents. Visiblement, il n'avait pas peur. Connor songea qu'il devait préparer quelque chose, qu'il était en train de commettre une terrible erreur, pourtant il n'arrivait pas à prendre le dessus sur sa fureur.

- Vous avez tué Odge !
- Il m'a supplié de l'achever !
- Sale monstre ! (Connor le frappa de nouveau.) Espèce de...
- Que crois-tu pouvoir me faire ?
- Je vais vous dénoncer, pour commencer !
- Vraiment ? Quelle preuve as-tu ? Ton prisonnier est mort, si je ne m'abuse. Personne, hormis toi, ne sait ce qui s'est passé.
- Vous avez empoisonné Sanya !
- Et comment le prouverais-tu, jeune idiot ?
- Vous allez...

Connor s'interrompit. Plusieurs gardes venaient d'apparaitre, l'épée tirée. Mais le jeune homme sentit l'Onde le prévenir du danger.

Avant de réaliser ce que cela voulait dire, les soldats se jetèrent sur lui. Trop abasourdi, Connor ne réagit pas.

- Qu'est-ce que...
- Nous venons de trouver ça dans vos affaires ! rugit un homme.

Il agita sous le nez du Maître des Ombres un sachet contenant de la poudre blanche.

- C'est le poison qui a servi à empoissonner la reine !
- Non ! Ce n'est pas moi ! Le roi...
- Faites-le enfermer, lança Kalim en ajustant son manteau. Désolé Connor, mais tu ne peux plus rien pour ta chère et tendre. Ce jeu a assez duré. Tu aurais dû réagir plus vite.

Alors Connor comprit. Il avait corrompu les gardes et glisser le poison dans ses affaires pour le faire accuser ! Il avait tout manigancé depuis le début ! Lui qui commandait la sorcière, lui qui avait voulu tuer Sanya, lui qui avait fait disparaître Aela ! N'ayant rien pu obtenir de la reine par la ruse, il prenait ce qu'il voulait par la force !

- Kalim ! rugit Connor alors qu'on le tirait vers les cachots, je jure de te tuer ! Crois-moi, tu n'as pas encore gagné, loin de là !
- Mais j'ai déjà gagné. Maintenant si tu permets, je dois rejoindre ta chère et tendre.

Un sourire cruel s'afficha sur ses lèvres et il tourna les talons.

Maintenant, lui, Kalim, allait de nouveau reformer l'empire de Teyrn. Ensuite, il materait Eroll, et personne ne pourrait plus contester son pouvoir !

25

Sanya se redressa laborieusement sur ses oreillers quand la porte de sa chambre s'ouvrit brusquement. Il'ika, Tamara et Faran sursautèrent.

Kalim avança dans la pièce, encadré par trois de ses soldats. Il affichait un air triomphant et ravi, mais il avait également une lèvre éclatée. Aussitôt, Sanya sut ce qui se passait. Le roi était le traître, cela ne faisait aucun doute, il venait ici pour l'éliminer.

Alors qu'elle tendait difficilement le bras vers sa dague à cause du poison, Kalim l'en dissuada d'une voix ferme.

- Je te déconseille de faire ça.

Ses hommes se déployèrent avant que quiconque puisse réagir, immobilisant tout le monde. Trop faible pour se défendre, Sanya tempêta :

- Espèce de chien, tu mériterais que je te tue de mes mains !
- Comme si tu en étais capable. Ton chéri lui-même n'a pas réussi.

Sanya blêmit.

- Qu'as-tu fait à Connor ?!
- Pas tout de suite.

Il s'approcha du lit et s'assit à côté de Sanya. De sa poche, il sortit un rouleau de parchemin, une plume et une bouteille d'encre. Sans se presser, il posa le tout sur la table de chevet, déboucha la fiole d'encre et y trempa la plume.

- Tu es très malade, ma pauvre Sanya. Bientôt, tu ne seras plus de ce monde. Avant de t'éteindre, il te faut songer à ta succession.
- Parce que tu crois être en mesure de reprendre mon trône ?!

- Bien sûr. Tu n'as pas d'enfant.
- Damian prendra ma succession, pas toi. Ou Connor.
- Hélas ma chère, si tu ne fais pas ce que je te dis, ni l'un ni l'autre ne sera en mesure de le faire.

Sanya avala en silence ces menaces.

- J'oubliai ! Tu peux crier si tu veux, appeler à l'aide. Personne ne t'entendra. Les gardes qui surveillent tes quartiers, ont été... éliminés. Mes soldats les remplacent. Alors inutile de gaspiller tes forces. De plus, mon sorcier a jeté un sort à ta chambre, personne de l'extérieur ne peut entendre ce qui se passe à l'intérieur. Tu comprends ?
- Qu'est-ce que tu veux de moi ?
- Ton royaume. C'est le seul but de ma visite. Tu as refusé de signer le traité que j'avais minutieusement préparé. Il m'aurait permis de m'emparer de la couronne sans aucune effusion de sang. Eroll n'était qu'un pion. Je lui ai fait miroiter une alliance, lui ait fait croire que je te prendrai Eredhel pour le lui donner. Ainsi, je lui aurais laissé croire à une victoire facile, mais au dernier moment, une fois le piège en place, je l'aurais trahi et nous lui aurions mis une belle raclée, tu te serais retrouvée endettée face à moi, et au bout du compte, j'aurais annexé le royaume de manière passive. Tu aurais conservé ton statut de reine, mais en étant réellement tout au plus qu'un seigneur. Nous serions restés alliés quelques temps, de façon à endormir les doutes des autres, puis j'aurais attaqué. Une fois l'empire de Teyrn reformé, jamais Eroll n'aurait pu venir nous menacer. Mais tu n'as rien voulu de tout ça, tu as refusé mon traité. Tu as été maline je l'avoue, tu as compris, malgré mes belles tournures de phrases, que quelque chose n'allait pas. Tu as voulu jouer à la plus maline en me forçant à tout revoir dans mes accords. Et du coup, tu m'as forcé à adopter une autre stratégie. Maintenant, tous les morts qu'il y aura, pèseront sur ta conscience. Car ma chère, ceci est un coup d'état. Quiconque se dressa entre moi et la couronne sera tué.
- Qu'as-tu fait de Connor ?
- Disons qu'il n'est pas en état de t'aider. Vois-tu, ce pauvre homme est accusé de ton empoisonnement. Et quand viendra le procès... ma foi je serai le roi d'Eredhel, et personne ne m'empêchera de le tuer.
- Espèce de monstre !
- Tiens ta langue, belle reine. Tu ne peux plus rien. C'est fini. Ce

royaume n'est déjà plus le tien.

— Si !

— Je ne crois pas. J'ai fait venir plus de soldats que tu le croyais, petite idiote. Ils sont partout à présent, et à mon signal, ils seront prêts à éliminer tout obstacle. D'ailleurs, il y a des traîtres parmi tes rangs. Tu es fichue, Sanya.

La reine serra les dents. Pourquoi ce maudit poison l'empêchait d'agir ?!

Kalim prit le rouleau de parchemin et la plume et les déposa dans les mains de la reine.

— Signe ceci. Ton testament, où tu stipules que je prendrai ta succession.

— Je refuse.

— Dommage. J'obtiendrai la couronne. À toi de voir si tu préfères que tous tes amis meurent, ou si tu veux les sauver. Car voilà les deux choix qui s'offrent à toi : laisser tes amis mourir et perdre la couronne, ou perdre la couronne mais voir tes amis vivre. Connor est en prison. Je le ferai tuer si tu refuses, et je t'apporterai sa tête. Ensuite, ce sera au tour de tes amis ici présent, puis à tes conseillers, et enfin tes généraux. Alors, que décides-tu ?

— Pourquoi ce testament ?

— Il est mieux que mon ascension au trône paraisse légale. C'est plus simple pour tout le monde. Même si je peux y arriver sans, ce testament m'évitera au moins d'avoir trop de problèmes à régler, comme une résistance. Autant te dire que tu n'as donc aucun moyen de pression sur moi.

Les yeux larmoyant de rage et de désespoir, Sanya serra la plume dans ses doigts.

— Sanya..., gémit Faran. Non...

— Je n'ai pas le choix. Il vous fera tous tuer sinon.

— Exactement. Maintenant, signe.

La reine n'eut pas d'autre choix, et d'une main tremblante, elle signa. Et par ce simple griffonnage sur un bout de papier, elle venait de tout perdre...

— Parfait ! (Kalim rangea le parchemin dans son manteau.) Je vais le montrer à tous, pour que tous me jurent allégeance. C'est plus simple comme ça, plutôt que de devoir combattre pour éliminer toute résistance, tu ne crois pas ? Ensuite, je serai le nouveau roi d'Eredhel !

— C'est toi qui a envoyé les deux tueurs.

- Oui. Deux sublimes créations de mon mage. Comme tu ne voulais pas signer le traité, j'ai voulu t'y contraindre. Faire tuer Connor, faire passer ça pour un acte d'Eroll. Histoire de te mettre la pression, que la mort de ton amour te pousse à bout et que tu acceptes n'importe quelle aide pour éviter une autre tragédie. Mais il a triomphé. Heureusement d'ailleurs. Car en toute honnêteté, je n'avais vraiment pas prévu qu'il oublie mes ordres et essaye de te tuer. Du coup, j'ai dû me rabattre sur autre chose, le mariage. En t'épousant, j'avais la main mise sur le royaume. La seconde tentative d'assassinat avait pour but de me « racheter » à tes yeux. Ça a presque marché. Mais comme tu n'as pas voulu de moi et que le temps pressait, j'ai dû passer au grand moyen. T'empoisonner, faire accuser Connor, et te forcer à signer. Et nous y voilà ! Merveilleux, non ? Grâce à ça j'obtiens ton royaume. J'amène Eroll dans un piège pour l'éliminer, je gagne la confiance des deux autres royaumes, et quand ils s'y attendent le moins, je les annexe à leur tour.

- Tu as enlevé Aela !

- Cette petite garce, oui. Je ne pouvais pas me permettre de l'avoir en face de moi pendant mon coup de d'état, elle est beaucoup trop imprévisible. Il me fallait supprimer cette… variable aléatoire. Gérer les Maîtres des Ombres n'est pas facile, je n'avais pas besoin d'elle en plus sur mon dos, elle et tout son fichu clan ! Je l'ai faite capturer. À l'heure qu'il est, la pauvre ne doit plus en avoir pour longtemps à vivre. Si elle n'est pas déjà morte ! Mais trêve de discussion, j'ai des choses importantes à accomplir. Il faut que je montre à tous que tu m'as désigné comme roi à présent. Quiconque ne se soumettra pas sera tué. Ensuite... (il désigna Faran, Il'ika et Tamara.) Tous les trois, je vais vous faire enfermer. Comme ça, vous ne me causerez aucune difficulté. Et enfin, Sanya, je sais que tu es faible, et pour cause ! Le poison te détruit de l'intérieur, mais il n'est pas pressé, rassure-toi. Tu vas pouvoir venir avec moi. J'ai quelque chose à te montrer.

Alors qu'il faisait signe à ses soldats d'emmener les prisonniers qui se débattirent en criant, il empoigna Sanya et la leva sans ménagement.

- Suis-moi sans un mot.

Trébuchante, la jeune femme obéit. Elle constata avec horreur que Kalim avait dit vrai : ses hommes avaient pris possession de ses quartiers !

- Ma belle reine, je vais montrer à tous le traité que tu as signé.

Si tu veux que Connor vive, ainsi que tes amis, il te faudra être d'accord. Bien sûr, tu peux provoquer une rébellion en avouant la vérité, mais tu ne battras pas mes hommes. Et sache que mon sorcier se chargera de tuer Connor si tu fais ça. Tu as compris ?

- Oui...

Quand ils parvinrent dans la cour, Sanya faillit s'écrouler. Elle était à bout de force, le poison la tuait. Tous les soldats s'attroupèrent autour d'eux, surpris d'une telle irruption.

- Mes chers amis, j'ai de bien tristes nouvelles à vous faire part. Les rumeurs sont exactes, notre reine ici présente a bien été empoisonnée ! Et ce par Connor !

Un murmure horrifié parcourut la foule.

- Nous avons trouvé le poison dans ses affaires, il n'y a aucun doute. C'est une bien triste nouvelle… Si nous ne trouvons pas de remède, elle mourra bientôt. Mais notre reine n'a pas d'héritier. Aussi a-t-elle signé ce testament, stipulant que si elle meurt, je deviendrai son successeur.

Il exposa la signature à la vue de tous, et les soldats écarquillèrent les yeux.

- Je jure de prendre grand soin du royaume !

Il se tourna vers Sanya, attendant sa déclaration.

La jeune femme hésita. D'un signe discret, Kalim lui fit comprendre ce qui se passerait si elle niait tout ce qu'il venait de dire. Sanya était désespérée, mais pour rien au monde elle ne désirait voir Connor mort.

- Le roi dit vrai. Je vais bientôt mourir, et sans héritier, c'est à lui que je confie mon royaume, en espérant qu'il parvienne à bien mener la guerre contre Eroll. Veuillez lui témoigner tout le respect d'un roi.

Kalim bomba fièrement le torse. Les soldats échangèrent un à un des regards interrogateurs, puis, sans grandes convictions, ils se prosternèrent. Ils avaient dû comprendre, eux aussi, qu'ils ne pouvaient rien faire pour le moment. Sanya était un otage, s'ils faisaient mine d'attaquer, le roi la tuerait. De plus, il était évident que Kalim n'était pas seul, pour réaliser un coup d'état, il avait dû corrompu bon nombre de soldats et certains de ses propres hommes devaient également être là, prêt à écraser toute tentative contre leur roi. Il fallait attendre, trouver un meilleur plan, avant que la reine puis tous ses fidèles soient exécutés pour étouffer l'affaire.

Quand l'annonce fut faite et que tous eurent bien en tête que Kalim serait le nouveau roi d'Eredhel, ce dernier entraîna Sanya vers les cachots.

*

Faisant les cents pas dans sa cellule, Connor bouillonnait de rage. Comment avait-il peu en arriver là ?!

Il venait de voir Faran, Il'ika et Tamara se faire enfermer à leur tour dans des cellules, et ils lui avaient appris ce que le roi avait fait. Kalim, ce roi félon, avait planifié tout ça depuis le début ! Il avait fait empoisonner Sanya, pour pouvoir le faire accuser ! Il aurait ainsi un moyen de pression pour la forcer à signer ce testament !

Le roi avait réussi son coup, il s'était emparé de la couronne, et aux yeux de tous, c'était légal ! Après ceci, il était très probable qu'il élimine tous ceux qui restaient fidèles à la reine, ainsi, il n'y aurait plus aucun témoin sur la réelle nature des évènements.

Il ne sut depuis combien de temps il était là quand il entendit la porte des cahots s'ouvrirent. Il alla donc s'appuyer au barreau de sa cellule pour voir qui arrivait. Il s'attendait à voir débarquer Kalim, mais pas Sanya !

- Connor !

Sans se soucier du poison qui la rongeait, elle accourut vers lui, serrant ses mains dans les siennes.

- Oh mon amour...
- Sanya pardonne-moi, je n'aurai pas dû agir de la sorte.
- En effet jeune homme, emporté par ta fougue, tu t'es laissé avoir comme un débutant.

Connor foudroya le roi du regard.

- Garde ! appela-t-il. Qu'on m'amène des chaines.

Deux soldats accoururent, mais quand ils comprirent ce qui se passait, ils hésitèrent à donner les chaînes.

- Qu'est-ce que vous faites ? souffla Sanya.

Sans un regard pour elle, Kalim gronda :

- Allons messieurs, donnez-moi ceci, si vous voulez que votre nouveau roi soit clément.
- Mais...

Celui qui avait parlé n'eut pas le temps de réagir qu'il se retrouva avec une épée en travers de la poitrine. Satisfait, Kalim se tourna vers le deuxième homme.

- Maintenant, donne-moi ces chaînes, et déguerpis.

Le soldat refusa. Il voulut tirer son épée, mais la lame de Kalim revint à la charge, lui tranchant net la tête qui roula sur plusieurs mètres. Le corps s'effondra. Sanya poussa un cri d'horreur.

- Il faut tout faire soi-même.

Prenant les chaînes dans ses mains, Kalim se tourna vers Connor.

- Tourne-toi, et tends tes mains.
- Non.

Haussant les épaules, Kalim attira Sanya contre lui, lui appuya son épée à la base du cou. Dans leur cellule, Faran, Il'ika et Tamara étouffèrent un cri d'horreur.

- Je te le redis, tourne-toi et tend tes mains.

Vaincu, Connor s'exécuta. Quand il eut les mains liées dans le dos, Kalim ouvrit la cellule pour le laisser sortir.

- Qu'est-ce que vous faites ? s'écria Sanya.
- Tu verras, jeune dame, tu verras.

Se pressant contre Connor, la reine essaya de ravaler ses larmes. Tous trois remontèrent donc dans la cour, où les soldats les dévisageaient avec stupéfaction. Comprenant que la reine était autant l'otage du roi que Connor, personne ne fit rien pour les empêcher de passer. De plus, les hommes de Kalim avaient investi les lieux, se dévoilant au grand jour, ils contrôlaient la situation. Le roi menait la situation, il lui suffisait de tuer les hommes qui refusaient de se plier à sa volonté, et ensuite, aux yeux de tous, il serait un roi parfaitement légitime. Personne ne pourrait rien redire là-dessus, car les seuls témoins du coup d'état seraient morts ou de son côté. Car quand la reine ne serait plus là, le roi se débarrasserait de tous ceux qui lui étaient fidèles.

En pensant à cela, Sanya réalisa alors que Kalim n'avait pas l'attention de tenir sa promesse. Terrifiée, elle se serra davantage contre Connor. Il allait tous les faire tuer !

Après que le roi eut récupéré quelques-uns de ses soldats, ils quittèrent l'enceinte du château et marchèrent une heure durant jusqu'à arriver au-dessus d'une cascade. Le fleuve, en contre bas se déchaînait depuis la débâcle.

Kalim fit signe à un soldat, qui s'empressa de venir ceinturer Sanya, lui mettant une dague sou la gorge. Puis il se tourna vers Connor.

- Avance.
- Pour quoi faire ?
- Tu verras. Si tu refuses, Sanya mourra sous tes yeux.
- Ne le fais pas Connor. Il me tuera de toute façon. Le poison

s'en chargera.

Connor réfléchit rapidement. Le soldat appuya plus fort sa dague et du sang perla dans le cou de la reine qui gémit de douleur. Le jeune homme capitula et s'approcha de sa compagne pour qu'elle le sert une dernière fois dans ses bras. Elle éclata en sanglots contre sa poitrine.

- Je survivrai, susurra-t-il à son oreille. Et je vais trouver le moyen de te sauver. Je te le promets. Fais ce qu'il te dit, survie jusqu'à mon retour.
- Connor...
- Je t'en prie, prend soin de toi. Je vais trouver un moyen de revenir.
- Jure-le moi.
- Je te le jure.
- Bon ça suffit !

Kalim saisit Connor par l'épaule pour le tirer loin de Sanya. Les yeux inondés de larmes, la jeune femme s'emporta :
- Vous aviez promis de le laisser !
- Ah oui ? Eh bien j'ai dû oublier.

Malgré son corps douloureux et ses faiblesses, Sanya voulut se jeter sur le roi, mais le soldat l'en empêcha. Elle se débattit comme une folle en hurlant désespérément.

- Toi, viens-là, grogna Kalim à Connor.

Le jeune homme s'avança et remarqua pour la première fois qu'une grosse pierre se trouvait là, attachée au bout d'une corde. Connor comprit ce qui l'attendait, et une sueur froide coula le long de son dos. Il s'ordonna au calme. Le roi lui attacha la corde aux chevilles et souleva la pierre dans ses bras musclés.

- Approche-toi du bord. Si tu refuses, n'oublies pas ce que je peux faire à ta bien-aimée.

Connor s'approcha donc et Sanya poussa un cri d'horreur derrière lui. Elle se débattit encore, refusant de voir son amant sombrer dans le fleuve.

- Non ! Non ! Connor !

Kalim sourit de toutes ses dents. Lentement, il leva la pierre au-dessus du vide.

- Dis-lui adieu.
- Connor !

Le roi lâcha la pierre. Et avant que le poids ne l'entraîne, le jeune homme sauta à sa suite.

Sanya poussa un cri d'horreur et quand le soldat la lâcha, elle se précipita au bord de la falaise. Tombant à genoux, elle éclata en sanglot.

- Connor !

En contre-bas, elle voyait encore le remous de l'eau, là où il était tombé. Il n'était pas remonté...

- Je vous hais !

Se redressant péniblement, elle se jeta sur Kalim pour le frapper. En temps normal, elle ne doutait pas ses chances de réussite, mais le poison l'affaiblissait trop : Kalim l'envoya valser à terre sans aucune difficulté.

Touchant sa mâchoire douloureuse, Sanya cracha du sang.

- Ce que tu ressens m'importe peu.
- Il vous tuera !
- Ah oui ?

Tirant Sanya par les cheveux, il la força à regarder de nouveau en contre-bas.

- Alors ? Tu le vois, pauvre idiote ? Il ne remontra pas ! Ton cher et tendre est mort !

Sanya laissa ses larmes ruisseler le long de ses joues. Pas Connor... C'était impossible, pas lui. Elle avait tant besoin de lui.

Kalim la força à le regarder.

- C'est terminé. Maintenant, je vais te faire enfermer dans ta chambre, jusqu'à ce que le poison te tue. En attendant, je vais... discuter avec tes généraux et tes conseillers. S'ils sont avec moi, ils vivront, sinon, ils mourront.

26

Connor perdit presque connaissance tellement l'impact fut douloureuse. S'il n'avait pas d'os brisés, c'était un miracle. Mais de toute façon, quelle importance ? La pierre l'avait entraîné vers le fond et il ne pouvait pas remonter.

Le courant l'avait propulsé contre une roche, l'assommant à moitié, et par chance, il avait réussi à ne pas laisser échapper l'air de ses poumons. Il voyait la surface, au-dessus de lui, sans pouvoir la crever. Il allait mourir noyer au fond du fleuve.

Rassemblant tout ce qui lui restait de forces, il essaya de dénouer la corde à ses chevilles, mais n'y parvint pas. De plus en plus énervé et stressé, il essaya encore. Kalim avait fait le nœud trop serré, il n'en parvenait pas à le défaire !

Ses poumons commençaient à brûler, dans peu de temps, il allait perdre connaissance, puis il allait mourir, noyé. Il s'acharna, de plus en plus désespéré, mais ses forces commençaient à l'abandonner, le manque d'oxygène lui faisait tourner la tête, l'empêchant de réfléchir, d'agir.

Il continua, mais ses doigts cessèrent de s'agiter, il relâcha les dernières bouffées d'air qu'il avait, et incapable de résister, il se laissa ballotter par le courant, perdant lentement connaissance. C'était fini. Il ne reviendrait jamais vers Sanya.

Les lueurs du jour, au-dessus de sa tête, lui apparaissaient de plus en plus loin...

Soudain, la corde qui le maintenait au fond de l'eau céda, comme coupée nette et le jeune homme remonta à la surface.

Il inspira bruyamment, se remplissant les poumons d'air et fut de nouveau submergé par l'eau et se retrouva balloter par la force du courant, incapable de remonter. Il perdit toutes notions du temps, s'acharnant à revenir à l'air libre, battant frénétiquement des bras et des jambes.

Il sentit alors quelque chose frôler son ventre, puis le tirer vers la surface par le bras. Remontant de nouveau, Connor resta stupéfait en découvrant Kalena, nageant péniblement à côté de lui, ses mâchoires refermées sur ses vêtements pour le tirer vers la rive. Le jeune homme se tourna faiblement vers elle pour se placer sur son dos, et la louve donna toutes ses forces pour rejoindre la rive. Trop faible, Connor fut incapable de l'aider.

Quand ils furent plus loin de la cascade, le courant se fit plus calme, Kalena sentit enfin le sol sous ses pattes. Elle se tourna, attrapa Connor par ses vêtements et le traîna sur la plage de galet.

Elle s'écroula à côté de lui, à bout de souffle. Allongé sur le dos, la vision brouillée et haletant, Connor posa doucement sa main sur le pelage de la louve, soulagée de la savoir sauve. Et surtout, il était débordant de gratitude.

- Tu m'as sauvé ma belle. Merci...

Pour toute réponse, elle approcha sa truffe pour lui lécher le visage. Se secouant pour chasser l'eau de son pelage, elle se coucha contre le flanc de son maître pour le réchauffer. Se sentant en parfaite sécurité auprès de la louve, Connor ferma les yeux et sombra dans l'inconscience.

Ce fut l'odeur d'un feu de camp qui tira le jeune homme de son sommeil. Il eut du mal à ouvrir les yeux, encore faible après ce qui lui était arrivé. Rien n'entravait ses chevilles ou ses mains, il n'était donc pas prisonnier, mais sa vigilance ne retomba pas.

Il tourna faiblement la tête mais n'aperçut rien.

- Tu te réveilles, lança une femme derrière lui.

Cette voix lui était familière même s'il n'arrivait pas à remettre de visage dessus. Il s'assit en grimaçant, et vit Kalena qui remuait joyeusement la queue en le contemplant. Elle vint lui lécher le visage avant de s'en aller d'un pas tranquille.

Le jeune homme la suivit des yeux et découvrit enfin sa sauveuse. La femme se tenait assises sur un tronc d'arbre couchée devant un feu crépitant, touillant une cuillère dans un bol de soupe. Elle était rayonnante de beauté, ses cheveux aussi flamboyant que le feu, ses yeux aussi dorés que les flammes.

Connor la reconnut aussitôt et il resta sans voix un moment.

- Tu l'as échappé belle. Sans moi pour couper cette corde, tu serais mort au fond du fleuve.

- Merci...

Elle désigna le feu de camp du menton.

- Je ne l'ai pas fait pour rien.

Comprenant où elle venait en venir, le jeune homme se déshabilla, gardant uniquement ses braies, et vint se réchauffer devant le feu, étalant ses vêtements près de lui pour les faire sécher. La déesse du feu lui tendit alors son bol de soupe.

- Bois. Ça te fera du bien. Ne me demande pas ce que c'est, je ne te le dirai pas.

Connor hocha la tête et but sa soupe sans broncher. Le goût était un peu amer, pas très bon à vrai dire, et il ne reconnut aucun légume, aucune plante. Que lui avait donc donné Fal ?

Il refoula ses questions quand les douleurs de son corps s'estompèrent doucement, et qu'il retrouva des forces.

- Pourquoi m'avoir sauvé ? osa-t-il demander.

Fal plongea un regard intense dans le sien. Aucune émotion n'y était lisible.

- Je ne l'ai pas fait pour toi, ni pour Sanya. Mais ta mort, ainsi que celle de ton amie, n'auraient pas arrangé Abel, bien au contraire. Kalim est un félon, et même s'il compte trahir Eroll, il est trop changeant pour qu'on lui laisse le contrôle de la totalité du continent. Baldr pourrait s'en servir.

- Pourquoi ne pas l'avoir éliminé directement ?

Fal soupira, comme s'il était un élève à qui elle répétait mainte fois la même leçon.

- Les dieux n'interviennent jamais directement dans les affaires des mortelles. Je pensais que Sanya te l'aurait dit. Abel veut que Kalim meurt, ou sois chassé d'ici, mais nous ne pouvons pas le tuer nous-même. Vous, pauvres mortels, n'êtes là que pour servir nos intérêts, agir à notre place.

- Des pions.

- Bien résumé.

Connor afficha alors un sourire arrogant.

- Où est le Quilyo ?

- Qu'est-ce qui te fait croire que je le sais ?

- Vous êtes le bras droit d'Abel, vous étiez forcément là quand il a tué la reine Liana.

- Et pourquoi te le dirais-je, si je le savais ?

- Pour aider Sanya. Vous ne faites pas tout ça uniquement pour vous et Abel, mais aussi pour elle. Au fond, elle est votre amie, et vous ne voulez pas la laisser tomber.

- Qu'est-ce qui te fait croire ça ?

- Sanya voulait la paix. Abel prétend la vouloir également, or, il l'a dépouillée. Sanya est la seule qui puisse mettre à terme à toutes ses guerres, et vous le savez.

- Ce qu'il manque à ta logique, cher Connor, c'est que je n'ai nulle intention d'aider les humains. Nous vaincrons Baldr sans l'aide de Sanya, et une fois fait, je n'aurais pas à respecter la vie des humains, comme Sanya voudrait qu'on le fasse.

- Elle a besoin de vous ! insista le jeune homme. Vous savez où est le Quilyo !

Fal eut un rictus amer.

- Si je le sais, ne crois pas que je te le dirai. Maintenant cesse de jacasser, et finit ta soupe. Je ne reviendrai pas sur le sujet, et rien de ce que tu pourras dire ne me fera changer d'avis. Une rude épreuve t'attend. Sanya est en grand danger. Le poison de Kalim la tue à petit feu. Si tu veux la sauver, et ainsi sauver le royaume, il te faut récupérer le seul remède existant.

- Mais ?

- Reyw le garde. Si tu veux sauver ta reine, tu devras le tuer.

Le jeune homme eut un frisson le long de l'échine. Tuer un dieu. C'était impossible. Pourtant Fal semblait croire le contraire. Elle devait savoir ce qu'elle faisait. Il devait croire en lui. Il devait croire en l'Onde.

Pour Sanya, il ferait n'importe quoi, même combattre un dieu, quitte à mourir.

- Au yeux de tous, tu seras mort, lança Fal. Alors ne me demande pas de voir quelqu'un avant notre départ. L'effet de surprise sur Kalim sera ta meilleure arme.

Quand il eut fini sa soupe, il se rhabilla, et Fal lui tendit ses deux dagues, qu'elle avait dû récupérer pendant qu'il dormait. Avec un sourire, elle tendit la main. Plus petite et plus fine que Connor, elle n'apparaissait pas moins impressionnante.

- Si tu es prêt, nous pouvons y aller. Je te mènerai à Reyw. Le reste, tu devras te débrouiller seul.

Kalena gémit, mais Connor la rassura d'un regard, lui demandant de se cacher et d'être vigilante au moindre appel de Sanya.

Puis, sans un mot, le jeune homme posa sa main dans celle de la déesse, et ils disparurent dans un magnifique brasier.

*

Kalim avançait d'une démarche fière, éprouvant une grande hâte alors qu'il avançait dans les rues de Sohen. Bientôt, on apprendrait la mort de la reine et son désir de laisser le royaume entre ses mains. Les généraux et les conseillers qui refuseraient de se soumettre mourraient, comme ce stupide Maître des Ombres. Le frère et la fée mourraient également, bientôt, il n'y aurait plus aucun obstacle entre lui et le trône. Il lui suffirait d'un beau discours dont il avait le secret, et tout le peuple serait conquis, l'acclamant comme leur nouveau roi ! Et nul ne saurait jamais la supercherie, aux yeux de tous, cette ascension serait parfaitement légale. Et quant à ceux qui douteraient, ou tenteraient une résistance ? Eh bien ceux-là, il allait leur montrer les pouvoirs d'un roi.

Il songea alors à la confrérie des Maîtres des Ombres. La mort d'un des leurs risquait de leurs faire sortir les griffes, mais son mage pourrait aisément s'occuper d'eux. Il faudrait néanmoins rester prudent. Quant au clan d'Aela, dès que les troubles au château serait fini, il les ferait massacrer.

Non, personne ne pouvait s'opposer à lui.

Le roi entra dans une taverne, relativement pleine et s'installa à une table au fond de la salle, là où il était dos au mur. Une servante vint commander sa boisson, avant de la lui apporter avec un grand sourire. Elle s'assit près du roi, heureuse de le revoir.

- Mon cher, cela fait plaisir de vous revoir ? Que désirez-vous en particulier aujourd'hui ?

Elle caressa sa barbe tendrement.

Kalim frissonna. Pas d'excitation, mais de peur. La tendresse des gestes de la jeune femme ne se communiquait pas à ses yeux, qui restaient toujours froids et vides de sentiments. Evidemment, ces marques d'affection étaient simulées, car en aucun cas on ne devait voir autre chose qu'un roi courtisant une jeune servant pour un petit moment de plaisir à la fin de son service. C'était le plan depuis le début. Mais tout de même, ne jamais voir de sentiment dans le regard de la jeune femme lui glaçait les sangs. Pas de crainte, de peur, de satisfaction, d'impatience, de ravissement. Rien.

- Tout se passe toujours bien pour toi ? chuchota le roi, faignant un sourire séducteur.

- Pas d'importun, si c'est ce que vous voulez savoir. Vous êtes mon seul soupirant.

Kalim hocha la tête. Les Maîtres des Ombres ne l'avaient donc pas encore trouvé. Il sourit. Ce qu'il avait fait, à leur nez et à leur barbe, le rendait tellement fier que son sourire s'élargissait en y pensant. Il avait introduit dans leur ville la plus grande mage qu'il ait jamais connu, elle avait œuvré pour lui, terrorisant le château, et les Maîtres des Ombres n'avaient jamais percé son identité. Evidemment, elle était bien trop puissante pour se laisser avoir. Mais surtout, grâce à leur petite combine aux allures très simpliste, ils n'avaient même pas fait le rapprochement entre cette jeune serveuse se faisant courtiser par un roi, la mage redoutable qui sévissait, et lui-même.

Comme on disait, les apparences étaient trompeuses. Qui aurait des doutes sur une serveuse passant ses journées dans une taverne à apporter de la bière ? Aux yeux de tous dans cette pièce, elle n'était qu'une fille que le roi avait séduite. Et pour des oreilles extérieures, leur conversation était tout à fait banale. Mais depuis le début, c'est ici même qu'ils avaient mis au point tous leurs plans.

- Ludmila, ta potion a été très efficace, je me sens beaucoup mieux, lança le roi.

- J'en suis ravie.

La encore, même après lui avoir annoncé leur triomphe, Ludmila n'exprimait aucun sentiment. Elle avait œuvré pour lui sans rien témoigner. Que ce soit en positif ou négatif. En cela, Kalim était effrayé par elle. Elle était si redoutable et froide, qu'elle en devenait imprévisible. Heureusement qu'il avait de quoi la convaincre de travailler pour lui, car elle était une ennemie qu'il n'aurait pas voulu avoir.

Quand on voyait la magie dont elle disposait, comment elle avait créé ces monstres chargés de tuer Sanya et Connor, comment elle avait réussi à espionner la reine à distance, il valait mieux pour lui qu'il sache parfaitement la contrôler. Mais son détachement effrayant pour tout ce qui se passait autour d'elle continuait de le faire douter, certains jours.

- Mais ce n'est pas assez. Ta potion agit trop lentement, j'ai besoin de quelque chose de plus rapide. Pour tomber dans le sommeil immédiatement.

- Ne pouvez-vous donc pas attendre simplement que les effets agissent ?

- Je crains que non.

- Vous allez devenir drogué à cette potion, vous savez ? Il ne faut pas en abuser, vous risqueriez de faire arrêter votre cœur.

- Je respecterai votre dosage, promis. Mais il y a si longtemps que je n'avais pas dormi aussi bien. Ne m'enlevez pas ça.

Ludmila hocha la tête. Arrêter un cœur. Kalim savait qu'elle avait parfaitement compris ce qu'il demandait. Et elle s'exécuterait sans poser la moindre question, et sans le moindre sentiment. Et ce serait efficace. Sa femme avait eu elle aussi des problèmes de sommeil, mais avait… abusé de cette potion. Le lendemain matin, son cœur avait effectivement arrêté de battre.

Ils savaient tous deux que dans la situation où ils étaient, il fallait agir vite. Plus on laissait de chances à l'ennemi, et plus la situation pouvait se retourner rapidement. Maintenant qu'il avait ce qu'il voulait, le roi devait mettre un terme à cette histoire.

Arrêter un cœur… N'était-ce pas une chose tragique qui arrivait bien souvent quand on souffrait d'empoisonnement ?

27

Connor mit un certain temps avant de comprendre où il se trouvait. Il avait d'abord été surpris de se retrouver perché aussi haut, avant de comprendre qu'il se tenait au sommet de la Montagne Brûlée. On racontait que le roi dragon de Teyrn l'avait gravi pour y affronter le plus terrible des dragons, le dernier de son espèce.

Le jeune homme avait une superbe vue sur le royaume, mais il n'était pas ici pour admirer le paysage.

- Alors, où est-il ?

À côté de lui, Fal lui désigna l'entrée d'une grotte, un peu plus loin.

- La seule fleur capable de soigner ta bien-aimée ne pousse que là-dedans. C'est là que Reyw t'attend. Il a tout intérêt à ce que Sanya meure.

- Je croyais que les dieux n'intervenaient jamais ?

- Effectivement. Mais étant donné que je t'ai sauvé la vie, Baldr a jugé bon d'envoyer Reyw contrecarrer tes plans. J'ai sauvé un humain, il tue un humain. Nous revoilà donc à égalité. C'est pourquoi tu dois tuer Reyw à ma place, pour que Baldr ne puisse pas prétexter une autre intervention de ma part pour lancer une attaque. Sois sans crainte, il n'agira pas davantage une fois que tu auras éliminé Reyw. Il aura tenté le coup, il aura perdu, c'est le jeu. Il ne pourra se venger de toi sans que je ne puisse à mon tour agir de nouveau. Maintenant que nous sommes à égalité, il ne voudra pas être le premier à lancer les hostilités. Il aime tout calculer. Il craint que la réplique d'Abel induise une "variable" dans son plan qu'il ne maîtrise pas. Et Abel ne saura pas que je vous ai aidé. Tout le monde s'y retrouve.

Connor hocha la tête. Son cœur battait sourdement à l'idée d'affronter un dieu ! Fal posa une main sur son bras, un sourire aux lèvres.

- Je ne fais rien à légère, si ça peut te rassurer. Je n'entame pas une bataille sans être sûre de la gagner.

- Je dois comprendre que vous êtes sûre que je vaincrai Reyw ?

La déesse eut un sourire énigmatique.

- Si mes suppositions sont exactes, je dirais que tu es taillé pour ça. Je dirai même que tu es né pour ça. Un jour, j'espère que tu me diras si mes intuitions étaient les bonnes. Ne crains pas Reyw, affronte-le férocement, et fais-lui comprendre sa douleur. Je reviendrai te chercher.

- Si je ne suis pas mort.

- Allons, un peu de confiance !

Et sans rien ajouter, Fal disparut, laissant Connor seul face au danger. Le jeune homme inspira à fond. Si Fal désirait qu'il meure, elle l'aurait laissé se noyer au fond de l'eau. Elle devait savoir des choses sur lui que lui-même ignorait. Il n'avait pas d'autre choix que de lui faire confiance. Il devait sauver Sanya.

Tirant ses dagues, il pénétra dans la grotte, attentif au moindre bruit. Reyw était là et il ne devait pas se laisser prendre par surprise. Il avança en silence dans un long tunnel sombre où régnait une grande chaleur. Connor comprenait pourquoi un dragon avait habité ici.

Il débarqua alors dans une grande salle naturelle où filtrait un peu de lumière par un trou dans la roche. Un peu d'eau ruisselait sur les murs, formant un petit bassin cristallin dans un coin. Et tout près de lui, poussait un parterre de fleurs mauves.

- Elles sont belles, n'est-ce pas ?

Reyw se matérialisa non loin de Connor. Il portait une armure aussi grise que les nuages d'orages, et l'atmosphère autour de lui crépitait d'électricité. Il tenait à la main sa puissante épée longue. Il ne portait en revanche pas de heaume.

Lentement, tel un prédateur, Reyw s'approcha de Connor.

- Nous revoilà de nouveau face à face.

- Cette fois-ci, je ne te laisserai pas t'en tirer comme ça.

- C'est ce que nous allons bientôt découvrir, pauvre mortel.

Il brandit son épée sur le jeune homme et sans crier gare, se jeta sur lui. Laissant le pouvoir de l'Onde parcourir son corps, Connor esquiva le premier coup avant de répliquer.

Reyw était puissant et rapide, ses pouvoirs divins lui permettaient d'anticiper les attaques de son adversaire et il faisait preuve d'une plus grande endurance. Son armure absorbait les coups sans jamais subir de dégâts. Il se délectait des efforts de Connor, savourant déjà sa victoire, impatient qu'il soit épuisé pour pouvoir lui porter le coup final. Il se régalerait de sa mort !

Mais le Maître des Ombres n'était pas près de se laisser vaincre. L'Onde pulsait en lui et il s'abandonna à elle. Ses coups n'avaient jamais été aussi précis et puissants, il esquivait souplement avant de répliquer. Un autre que Reyw aurait déjà succombé.

Usant d'un peu de magie, le dieu augmenta la difficulté du combat. Il lança un premier éclair assourdissant que Connor évita de justesse, puis un deuxième qui se fracassa à ses pieds dans un coup de tonnerre. Le jeune homme bondit mais le troisième coup fit mouche, le percutant à l'épaule.

Il poussa un cri de douleur en s'étalant par terre, tout le corps engourdi par la décharge.

- Allons, déjà fatigué ? Lève-toi, je n'ai pas fini de m'amuser, tu mourras plus tard, quand tu m'auras supplié de t'achever.

Connor se redressa, fulminant de rage contre le dieu.

- Voilà ! Allez, reviens danser avec moi !

Un grand sourire au lèvre, Reyw fondit sur lui. Le Maître des Ombres et le dieu des orages se battirent de toutes leurs forces, et malgré les efforts de Reyw, il ne put prendre l'avantage. L'Onde rendait Connor bien plus puissant et le dieu commençait à pâlir en découvrant le brasier qui brûlait dans le regard de son adversaire.

Aucun ne prit la main sur l'autre et le dieu commença sérieusement à s'inquiéter. Ce maudit humain souffrait peut-être de nombreuses blessures, mais il ne renonçait pas et se battait avec une force décuplée par la rage. Le dieu lui-même fut surpris quand il parvint à le blesser à plusieurs reprises, et le sang coula sur son corps.

Comment était-ce possible ? Un pauvre mortel, le blesser, lui ?

Essoufflés, les deux combattants s'écartèrent pour s'étudier. Reyw n'en revenait à peine. Plus la colère l'envahissait, et plus Connor esquivait ses attaques magiques et physiques facilement.

Il ne pouvait pas perdre contre un humain !

Décidant que le jeu avait assez duré, Reyw passa aux choses sérieuses. D'une main, il lança un puissant éclair, mais son adversaire l'évita une fois encore. Alors il bondit, abattant son épée de toutes ses forces.

Connor para le coup, sentant les muscles de ses bras crier grâce, puis il déroba pour se plaquer contre le dieu. D'un geste vif et précis, il planta sa dague dans la cuisse du dieu avant de viser les côtes.

Reyw lui flanqua un coup de poing dans le ventre qui lui coupa le souffle, puis un deuxième qui lui brisa une côte.

Incapable de crier, Connor resta plié en deux, essayant de reprendre son souffle. Il devait se ressaisir, il n'avait pas le droit à l'erreur !

Mais alors qu'il tentait une autre attaque, le dieu parvint à le toucher au poignet qui se rompit sur le coup. Le jeune homme poussa un cri de douleur en lâchant sa dague, se reculant d'un bond. Il essuya vivement le sang qui coulait sur son visage, se préparant déjà à un nouvel assaut.

- Tu es encore trop faible pour rivaliser avec moi ! Se matérialisant devant lui, Reyw parvint à le soulever avant que Connor ne puisse réagir, et malgré la taille et le poids du jeune homme, il le jeta contre le mur.

Le souffle coupé par l'impact, le Maître des Ombres s'écroula par terre, le corps atrocement douloureux. Il tremblait, sentant du sang chaud couler sur tout son corps. À bout de souffle, il essaya laborieusement de se relever, mais Reyw était là.

Il le roua de coup jusqu'à ce qu'il ne puisse plus faire un seul mouvement, des larmes de douleurs ruisselants le long de ses joues.

Immobile, incapable de crier, Connor contempla le dieu, la vision brouillée par la souffrance. Il devait se lever, il devait se battre.

Lentement, il se mit à genoux.

Reyw était un dieu, un simple humain ne pouvait pas le vaincre. Mais il était un Maître des Ombres. L'Onde pouvait le vaincre.

- Pauvre idiot, tu croyais pouvoir me tuer ? Tu m'as donné du fil à retordre, je te l'avoue. Tu es puissant. Mais pas assez pour me vaincre. Maintenant, contemple le dernier espoir de ta femme disparaître !

Et sous les yeux de Connor, il piétina les fleurs, l'unique remède de Sanya. La seule chose capable de la sauver fut réduite à néant en un rien de temps ! Connor poussa un hurlement plaintif, tremblant de tous ses membres à l'idée qu'il avait échoué. Sanya allait mourir parce qu'il s'était montré trop faible !

- C'est la fin !
- Non !

Le jeune homme ne pouvait pas permettre une chose pareille, il ne pouvait pas laisser Sanya mourir, il lui avait promis ! L'Onde de Nahele était en lui, il pouvait vaincre Reyw !

Se laissant emporter par la puissance de son pouvoir, il en oublia le reste, et bondit sur le dieu malgré la douleur lancinante avant qu'il ne détruise tout.

Celui-ci écarquilla les yeux de surprise. Les coups se mirent à pleuvoir, les deux hommes se battirent avec une hargne féroce, animale, ils criaient de rage autant que de douleur.

Reyw prit alors peur. Il n'aurait pas dû sous-estimer ce Maître des Ombres. Il était en train de prendre la main ! Le dieu ne parvenait plus à le toucher, il ne parvenait plus à esquiver les attaques de son adversaire tellement elles étaient rapides et précises.

Non, c'était impossible !

Connor désarma alors le dieu et avant que celui-ci ne puisse s'enfuir par téléportation, il lui ouvrit la gorge d'un coup sec.

Reyw resta stupéfait en tombant à genoux, sentant tout son sang se vider à travers ses doigts. Comment avait-il pu perdre ? Lui, un dieu !

Connor se pencha, plongea un regard glacé dans le sien.

- Que ta mort serve de leçon à ton panthéon ! grinça-t-il. Le prochain qui s'en prendra à Sanya le payera de sa vie !

Reyw ouvrit la bouche, voulut parler, mais seul un horrible gargouillis sortit d'entre ses lèvres.

- Je suis le descendant de Nahele, le plus puissant Maître des Ombres et je tuerai quiconque voudra toucher Sanya !

Les dernières forces de Reyw l'abandonnèrent, il s'écroula par terre, mort avant d'avoir pu transmettre ses inquiétantes nouvelles à Baldr.

Epuisé, Connor tomba à genou, tout son corps le faisant souffrir le martyre. Lentement, il rampa vers ce qui restait des fleurs. Des larmes de joies coulèrent sur ses joues.

- Sanya... ça va aller.

Il avait réussi à intervenir à temps. Quelques fleurs avaient survécu au massacre, et c'était plus que suffisant pour sauver sa bien-aimée.

- Je t'avais bien dit que tu étais capable de vaincre Reyw.

Le Maître des Ombres se tourna vers Fal qui venait d'apparaître, toujours aussi resplendissante et impressionnante.

- Quoique tu en as mis du temps !

- Merci du compliment...

- Allons, ne perdons pas de temps à jacasser. Sanya est en grand danger. Il faut que tu interviennes avant qu'il ne soit trop tard pour elle.

Fal s'approcha, aida Connor à se lever, puis posa ses doigts sur ses temps. Aussitôt, une vague curative déferla sur le jeune homme et la douleur le quitta, ses blessures se refermèrent, ses os se ressoudèrent.

- Ça devrait faire l'affaire pour le moment. Dépêchons-nous.

28

La porte s'ouvrit doucement, sans un bruit, et Kalim entra dans la pièce. Il souriait de toutes ses dents, ravi de ce qu'il allait accomplir. Il s'approcha à pas de loup et prit le temps de contempler la reine qui dormait.

Sanya transpirait et respirait fort, le poison ne lui laissant aucun répit, même dans le repos. Pourtant, elle avait encore quelques jours devant elle et le roi ne permettrait pas qu'elle vive aussi longtemps. Quelques jours étaient suffisants pour renverser une situation, il le savait. Il fallait en terminer une bonne fois pour toute.

Pourtant, malgré la fièvre qui la terrassait, Sanya n'en restait pas moins désirable et Kalim sentit l'excitation le gagner. Qu'il devait être agréable de prendre cette femme et de la faire crier, de plaisir ou non.

Un instant, il songea à s'exécuter, mais il ne devait pas laisser les plaisirs charnels prendre le dessus sur sa raison, pourtant il répugnait à ne jamais connaître le plaisir de prendre Sanya.

Tirant une fiole de sa bourse, il fixa le contenu qui allait la tuer en quelques secondes à peine. Ça irait très vite. Et dans quelques minutes, tout serait terminé. Il annoncerait demain que la reine était morte et il allait être proclamé roi.

Jubilant, il s'approcha de Sanya, débouchant la fiole. Alors qu'il tendait la main vers le visage de la reine pour lui ouvrir la bouche, celle-ci ouvrit subitement les yeux et lui donna une tape si forte au niveau du poignet que le roi poussa un grognement de douleur en laissant glisser le poison qui s'écrasa par terre.

- Avant d'attenter à ma vie, assurez-vous d'avoir toutes les cartes en mains ! gronda la reine en le toisant, prête à frapper de nouveau.

Stupéfait et furieux qu'elle ait pu s'attendre à sa venue, il s'apprêtait à lui décocher un solide coup de poing quand une voix retentit derrière lui :

- Astucieux comme plan. Très élaboré.

Kalim fit volteface et se tétanisa en découvrant Connor dans un coin de la pièce. Il ne l'avait même pas vue ! Son capuchon rabattu sur son visage, on ne voyait que sa cicatrice et son regard glacial. De quoi flanquer la chair de poule. Il ne l'avait même pas entendu entrer !

Sanya quant à elle, souriait comme une lionne ayant coincé sa proie.

- Comment... tu devrais être mort !
- Ah ? Et bien il faut croire que je ne le suis pas. Je n'en dirais pas autant de vous.

Quand le Maître des Ombres s'approcha, le roi fit un pas en arrière. Il devait trouver un plan de secours, et très vite, s'il ne voulait pas finir une dague en travers de la gorge.

- Eh bien, je crains que votre plan n'ait pas si bien fonctionné que ça, Majesté, lança la reine dans son dos, un sourire narquois aux lèvres.

Kalim jeta un regard haineux à la jeune femme.

- Alors Kalim, que comptiez-vous faire ? demanda Connor. Avec le testament de la reine, votre coup d'état n'en était plus un, et votre ascension au trône pouvait se faire en toute légalité. Il vous aurait ensuite suffit de tuer les loyaux de la reine pour étouffer l'affaire, ainsi, plus de témoin pour douter de votre légitimité. Mais vous vouliez accélérer la mort de Sanya, je me trompe ?
- Tu ne devrais pas être en vie !
- Ne planifiez jamais un plan sur des certitudes aussi futiles. Il en faut plus pour me tuer. Et je suis très rancunier quand il s'agit d'acte nuisant à Sanya. Vous auriez dû en prendre compte. Je dois avouer que votre plan était bien préparé.
- C'est loin d'être fini ! hurla le roi. J'ai plus d'un tour dans mon sac ! Ce château est déjà le mien, étant l'héritier du trône et Sanya n'était pas... disponible, personne n'a pu contester mes ordres. Je fais entrer de nombreux soldats ici qui m'avaient suivi en toute discrétion depuis Teyrn, et à ce moment précis, ils contrôlent tout. Vos alliés ne seront pas assez nombreux pour les battre. D'ailleurs, je vais vous donner un exemple simple. Garde !

Connor voulut se ruer sur lui, pour éviter que le roi ne rameute ses hommes, mais la porte s'ouvrait déjà.

- Ne vous donnez pas cette peine Majesté, je vous apporte certains de vos hommes.

Sanya et Connor restèrent sans voix.

Aela se tenait dans l'encadrement de la porte, laissant tomber à ses pieds trois têtes décapitées. Elle n'avait d'yeux que pour Kalim, ignorant les regards stupéfaits de ses amis.

- Alors, sale vermine, tu as voulu m'éliminer n'est-ce pas ? Me faire enlever, pour que je ne sois plus un obstacle à tes plans ? Tout en évitant d'attirer l'attention de mon clan sur toi ? Pas mal. Mais me tuer aurait été plus simple, non ?

- Comment as-tu... tu ne devais pas t'échapper.

- Ah ?

- Je serais revenu te chercher, et j'aurais fait ployer ton clan ! Tu aurais été un otage très utile.

- Navrée de décevoir tes plans alors. En attendant, trêve de discussion. Je tiens à t'annoncer que ton plan est officiellement réduit à néant. Tu as fait venir tes hommes dans ce château ? Eh bien tu sais quoi ? Moi aussi. Tout mon clan a pris les armes, et ils sont ici, combattant à ce moment même. Tes hommes n'en ont plus longtemps à vivre. D'autant plus qu'il me semble avoir vu la confrérie prendre part au combat.

Elle adressa un sourire à Connor. Ce dernier hocha la tête.

- Après ma petite excursion dans la rivière, je suis revenue auprès de Sanya, en toute discrétion. Nous nous doutions que vous ne perdriez pas de temps à la tuer, alors nous avons décidé de vous attendre, pour conserver l'effet de surprise. J'ai également prévenu ma confrérie, qu'ils se tiennent prêts à agir le moment venu. Je suis restée près de Sanya, pour vous tuer quand vous viendrez la voir, ce qui n'a pas manqué. Au moment où vous êtes entré dans cette pièce, ma confrérie a alors lancé l'offensive. Histoire d'être sûr que vous ne fileriez pas en douce. Ne me dites pas que vous n'entendez pas les combats ?

Kalim sentit son sang quitter son visage. Avec la confrérie et le clan d'Aela, ses hommes n'avaient aucune chance.

- Vous ne trouverez jamais mon mage, et il n'aura de cesse de vous tuer. Mon fils la contrôlera toujours.

- Ludmila ? lança Connor.

Kalim crut s'étrangler. Comment diable savait-il ?

- Effectivement, vous avez été brillant, nous avons été dans l'incapacité de la trouver et de faire le lien avec vous. Une serveuse, que vous courtisiez, toujours en public. Aucune phrase étrange. Parfait. Dommage seulement que ma confrérie soit… disons calée dans l'art de la torture. Vous avez commis l'erreur de mettre votre page dans la confidence. Il nous a tout avoué avant de trépasser.

Le roi sentit la fin approcher. Il avait joué avec les Maîtres des Ombres et le clan d'Aela, il avait perdu. Tirant son poignard de sa botte, il se jeta sur Sanya pour l'égorger et en finir une bonne fois pour toute. S'il devait mourir aujourd'hui, alors il emporterait cette garce avec lui !

Trop faible, la jeune femme étouffa un cri de frayeur, voulut se saisir de sa propre lame mais ne fut pas assez rapide à cause du poison.

Le poignard de Kalim fonça droit en direction de sa gorge et elle ne l'éviterait pas.

La lame s'arrêta à quelques centimètres de sa gorge et la reine reçut sur son visage des gouttes de sang qui n'étaient pas les siennes. La bouche ouverte, le roi restait figé au-dessus d'elle, incapable de reprendre son souffle. Une douleur insoutenable venait de se répandre dans tout son corps, l'empêchant de respirer ou de parler. Il voulut ouvrir la bouche mais seul du sang s'échappa de ses lèvres. Une lame se retira de son dos dans un bruit de succion et il tomba à genoux, le souffle toujours coupé par la douleur. Son poignard lui échappa des mains et le bruit de sa chute résonna longuement à ses oreilles comme un glas sourd.

Connor vint lui faire face, sa dague recouverte de sang dans la main. Son regard sans âme le transperça une fois de plus.

- Maintenant, vous savez ce qui arrive quand on me cherche.

Kalim le fusilla du regard. Plongeant dans ses dernières forces, il parvint à souffler :

- Vous êtes déjà morts... mon fils reviendra me venger... Teyrn sera à jamais votre ennemi... et vous tomberez...

Et il s'écroula au sol, mort avant d'avoir pu terminer sa phrase.

Les trois jeunes gens restèrent un moment silencieux, immobiles à contempler le cadavre de Kalim qui gisait dans une flaque de sang. Puis Connor se tourna vers Sanya, et avant qu'elle ne puisse se lever, il se précipita sur elle pour la serrer contre lui.

- Merci, souffla-t-elle, des larmes pleins les yeux en se blottissant contre sa poitrine. Même si je n'approuve pas la torture, je dois bien avouée que tu as bien fait. Sans ça, nous n'aurions pas su que Kalim projetait de me tuer cette nuit, ni qui était sa mage.

- C'est fini maintenant.

Ils se séparèrent pour se tourner vers Aela. Cette dernière n'avait toujours pas bougé. Elle n'était visiblement pas en forme, mais elle affichait toujours son petit sourire de triomphe.

- Aela, j'ai cru qu'on ne te reverrait jamais ! Que t'est-il arrivé ?! lança Sanya.

- Oh, des choses et d'autres. Des aventures de plus pour me la raconter, répondit-elle avec un clin d'œil. Mais il est évident que j'ai manqué beaucoup de choses.

La guerrière s'approcha et posa une main sur le front de la reine.

- Tu vas bien ?
- Très bien oui.

Sans laisser le temps à son amie de répliquer, elle la serra dans ses bras.

- Tu m'as manqué ma sœur.

Aela lui rendit ton étreinte.

- Toi aussi. Je n'ai tenu le coup que pour te retrouver et te prévenir que Kalim était derrière tout ça. Mais je vois que j'arrive trop tard.

- Au contraire ! Tu es pile à l'heure. Avec ton clan et les Maîtres des Ombres, les hommes te Kalim succomberont en un rien de temps.

- Il n'empêche que vous avez beaucoup de choses à me raconter tous les deux.

Sanya sourit. Puis elle se tourna vers Connor.

- D'ailleurs, tu ne m'as toujours pas dit comment tu as pu survivre. Tu es arrivé tout à l'heure comme une fleur, me donnant le remède que tu as trouvé je ne sais comment, et m'annonçant que tu avais confié aux Maîtres des Ombres la charge de torturer le page de Kalim.

- Et j'aurais eu le temps de te raconter si tu n'avais pas sombré dans le sommeil, plaisanta Connor.

- Tu ne réponds pas, là.

- Si je te disais que Fal est venue à me secours, me croirais-tu ?

Sanya hocha la tête.

- Elle m'a libéré, puis Kalena m'a sorti de l'eau. Quand je me suis réveillé, Fal était là, à me préparer à manger. Elle m'a dit que je devais faire vite si je voulais te sauver. Elle m'a mené au seul endroit où je pouvais trouver le remède qui te sauverait. Sauf que Reyw était déjà sur les lieux. Sanya, je l'ai tué ! J'ai tué un dieu !

La jeune femme resta sans voix. Puis elle sourit en se serrant contre son amant.

- Je crois que nous allons avoir une longue conversation.
- Plus tard.

Tous trois se regardèrent alors.

- Alors Kalim voulait vraiment le royaume, souffla Connor. Sa venue n'avait pour but que de reformer l'empire de Teyrn.
- Oui. Mais maintenant, grâce à toi et Aela, il n'y arrivera pas.
- C'est enfin fini, soupira-t-il.
- Pas vraiment, non. Son fils reprendra le royaume. Nous avons un nouvel ennemi. Nous devrons surveiller deux fronts en même temps. Car ils attaqueront, probablement ensemble. Eroll voulait annexer Eredhel par le biais de Kalim qui envisageait de le trahir au dernier moment. Maintenant, il va trouver autre chose. Conrag fera de même.
- Advienne qui pourra ! Eroll progresse, mais nos armées tiennent le coup. Que Teyrn essaye d'attaquer. Sohen est imprenable.
- Quel optimisme !
- Je sais. Kelly m'a dit un jour que malgré les ténèbres qui nous envahissent, malgré les catastrophes que nous subissons, un jour, tout fini par s'arrêter. Toutes les guerres ont un jour cessé, tout empire ou royaume conquérant finit par connaître le déclin. Il faut être patient. Même si nous devions perdre aujourd'hui, nous gagnerions demain. Et nous avons des alliés Sanya. Dryll combat déjà, et Jahama nous enverra des renforts. Il pourra s'occuper de Teyrn. Nous sommes peut-être coincés entre deux ennemis, mais Teyrn est coincé entre trois ennemis. Cesse donc de t'inquiéter tout le temps.
- Tu crois vraiment ce que tu dis ?
- J'en suis convaincu. Tu n'es pas seule, loin de là. Et qu'elle refuse de l'admettre ou non, je suis sûre que Fal t'épaulera le moment venu.
- Bon ! lança Aela. Non pas que votre amour ne soit pas touchant à voir, mais j'ai encore à faire avant d'aller dormir au moins une semaine durant ! Je serai en bas à finir les combats si vous me cherchez. Ou les exécutions.

Elle s'apprêtait à partir quand Sanya l'interpella.

- Avant de t'en aller... aurais-tu... aurais-tu l'obligeance de récupérer tes trois têtes que tu as laissé traîner dans ma chambre ?

Plusieurs jours s'écoulèrent et Sanya se remettait plutôt bien du poison. Connor et Tamara restaient près d'elle, et Faran et Il'ika venaient lui apporter ses herbes quand c'était nécessaire, veillant sur son état de santé. Mais la vie de la jeune femme n'était plus en danger.

Darek et Kelly étaient venus la voir, lui apprenant qu'avec l'aide du clan d'Aela, tous les fidèles de Kalim avaient été tué, sans exception, que le château ne risquait pus rien. Ils déploraient également que le mage se soit enfui quand ils avaient voulu l'attraper, après l'interrogatoire du page. N'étant pas au courant de tout ce qui s'était passé, ils tombèrent de haut en apprenant toute l'histoire de Connor. Kelly s'était même jetée dans les bras du jeune homme, tellement soulagé qu'il soit en vie après son affrontement avec un dieu. Plus réservé, Darek lui avait seulement dit qu'un dieu devait être un adversaire amusant.

Aela avait également fait son rapport, annonçant qu'elle avait envoyé des éclaireurs sillonner les environs pour s'assurer qu'il n'y avait pas de fugitifs et que rien d'autres ne s'apprêtaient à venir. Elle en avait également profité pour raconter toute son histoire. Ensuite, comme promis, elle avait tenu le lit plusieurs jours durant.

Quand Sanya fut entièrement remise, elle n'avait pas perdu de temps pour apprendre la trahison de Kalim, expliquant à tous ses généraux, conseillers et soldats que le roi l'avait forcé à signer le testament, qu'il l'avait empoisonné et fait accuser Connor, et qu'il était venu dans sa chambre pour la tuer. Beaucoup de ses généraux avaient effectivement compris la situation dès l'instant où Kalim leur avait annoncé l'empoisonnement de Sanya, mais sachant pertinemment qu'il la tenait en otage, ils n'avaient pas osé agir, de peur qu'il ne l'exécute. Honteux, ils demandèrent à être relevés de leur fonction, comme punition. Mais la reine avait souri.

- Personne ne peut vous blâmer. Kalim avait fait venir des hommes ici, et il avait Connor, Faran, Il'ika, Tamara et moi en otage. De plus, il avait beaucoup de soutien entre les murs de ce château, de part des soldats corrompus, et grâce aux hommes qu'il avait réussi à faire venir sans élever le moindre soupçon. Une rébellion de votre part n'aurait rien arrangé. Il nous aurait tué avant que vous ne puissiez faire quoi que ce soit, puis il vous aurait exécutés. Vous avez su rester calme et ne pas prendre de décisions hâtives, irréfléchies. En ce sens, vous avez été tous courageux. Teyrn est désormais notre ennemi, il faudra le combattre au même titre qu'Aurlandia. Et j'aurai besoin de vous tous. Vous ne serez pas relevés de vos fonctions, et à moins d'avoir coopéré avec Kalim, aucun de vous ne sera puni.

Reconnaissant, les généraux étaient tombés à genoux. Sanya les avait fait aussitôt relever. Cependant, elle n'avait pas fait preuve d'autant de clémence envers ceux qui s'étaient alliés à Kalim...

Savoir que le danger du roi était écarté allégea les cœurs de tous ceux résidant au château. Les domestiques avaient avoué avoir eu peur de ce que leur réserverait Kalim, et ils étaient tous soulagés qu'il ne soit rien arrivé à leur reine. Les soldats avaient relâché leur vigilance, heureux que ce félon ne soit plus de ce monde. La reine avait fait libérer tous ceux que Kalim avait emprisonné tandis qu'elle gisait dans son lit, et elle regrettait la mort des hommes qui avaient tenté de se rebeller. Des gardes avaient également péri durant le coup d'état. Le bilan était néanmoins faible, ce qui était un soulagement.

La reine avait ensuite ordonné la traque de la magicienne qui servait Kalim, mais la femme avait disparu peu après la mort de son souverain. Nul doute qu'elle était en route pour prévenir son futur roi. Elle était toujours vivante et l'étendue de ses pouvoirs inquiétait Sanya. Sa mort serait sans doute une priorité, car avec elle, Conrag ne serait plus un adversaire à prendre à la légère.

La reine envoya ensuite un message au roi de Jahama, l'informant de la situation. Elle l'implora de prendre garde à Teyrn et lui demanda s'il pouvait envoyer des renforts pour lutter contre les invasions qui sévissaient au nord. Dryll et Eredhel auraient besoin d'aide.

Connor, ainsi que les généraux, étaient confiants, affirmant que l'armée tiendrait le coup et parviendrait à repousser l'envahisseur, et cette confiance gagna Sanya, qui oublia une partie de ses craintes. Bien sûr, elle devait rester très prudente et ne rien négliger, mais mieux valait être optimiste que pessimiste.

Perchée sur un rocher face à la mer, Sanya restait perdue dans ses pensées depuis une paire d'heure. Son frère ne lui était pas apparu, mais elle pouvait sentir sa présence apaisante. Kalwen lui manquait et elle aurait bien eu besoin de sa compagnie.

- Encore à réfléchir ?

Sanya sourit sans se retourner. Elle s'était habituée à ne pas entendre son amant arriver.

- Non, je me détends.
- Enfin.

Il s'assit près d'elle, passant un bras autour de ses épaules.

- Moi j'ai beaucoup réfléchi, avoua-t-il.
- Réfléchir à quoi ?
- Au fait que je sois un idiot. Parce que je n'ai pas été assez rapide, Kalim aurait pu t'avoir. Je compte bien y remédier.
- Connor, de quoi me parles-tu ?

Elle le contempla, sincèrement surprise. Il la prit par les mains, la forçant à descendre de son rocher pour se mettre à genoux devant sa bien-aimée.

- Sanya, reine d'Eredhel, accepteriez-vous de me prendre pour époux, et de me laisser vous aimer et vous combler à jamais ? Ma vie sans vous n'a aucun intérêt et mon désir le plus cher est de vous rendre heureuse.

S'attendant à tout sauf à ça, Sanya resta sans voix. Connor fixait ses pieds, n'osant pas le regarder. Il se doutait de sa réponse, pourtant il ne pouvait s'empêcher d'avoir peur. Se marier à elle était la chose qu'il désirait le plus ardemment et il regrettait de ne pas l'avoir fait plus tôt. Mais si elle refusait...

- Oui.

Il leva la tête vers sa bien-aimée qui avait les yeux embués de larmes et il sentit les siennes couler sur ses joues tellement la joie l'envahit. Le jeune homme se redressa et Sanya se jeta dans ses bras.

- Oui, répéta-t-elle. Je veux être ta femme, vivre à tes côtés pour toujours.

Connor lui sourit et l'embrassa avec une passion nouvelle, tellement soulagé et heureux que sa reine veuille bien de lui comme époux. Il n'avait jamais rien désiré de la sorte, et n'avait jamais cru qu'une telle nouvelle puisse combler un homme ainsi.

La serrant plus fort contre lui, il se laissa gagné par l'ardeur des baisers de sa future femme et ils en oublièrent tout ce qui les entourait.

29

La nouvelle du mariage royal se rependit rapidement. Les habitants d'Eredhel étaient venus des quatre coins du royaume pour assister à l'événement. La reine allait enfin se marier.

Ne voulant pas faire traîner son mariage pendant des mois, estimant avoir suffisamment attendu, Sanya s'excusa auprès des rois Roald et Aldaron de ne pas les attendre pour la cérémonie. Bien qu'attristés, ces derniers n'y virent aucun inconvénient et envoyèrent tous leurs vœux de bonheurs à la future mariée.

Sanya se doutait que son mariage avec un homme issu du petit peuple ne faisait pas l'unanimité, mais elle s'en fichait comme d'une guigne. Connor était l'homme de sa vie, l'élu de son cœur, et les objections des nobles ne la feraient pas changer d'avis. N'ayant pas réussi à marier leurs fils à la reine, ils devaient en vouloir à un paysan d'avoir réussi à obtenir la main d'une reine. Cela faisait d'ailleurs bien rire Connor qui ne pouvait s'empêcher d'imaginer les têtes des jeunes nobles en voyant Sanya à son bras. Il n'avait pas eu l'occasion de les voir souvent, depuis que la reine avait viré la plupart de ses conseillers, mais il n'avait pas oublié leur tête et entendait bien les chercher dans la foule.

Les préparatifs ne prirent pas plus de deux semaines, mais ce délai faisait bouillir les deux jeunes gens d'impatience. Voulant sauvegarder la tradition, du moins en partie, les vieilles domestiques du château insistèrent pour que leur reine ne partage plus le lit de son futur époux avant la nuit de noce et la reine s'était pliée à leur exigence. Aussi ne croisait-elle Connor plus que dans les couloirs, et son envie de se jeter dans ses bras devenait plus grandissante au fur et à mesure que s'écoulait le temps.

Faran, Reva et Darek s'occupèrent de Connor, lui dégottant une superbe tenue et lui exposant ce qu'il devrait faire le jour de son mariage. Le jeune homme n'y connaissant pas grand-chose, surtout au mariage royal, écouta les conseils de son frère et de ses amis sans broncher.

Kelly, Il'ika et Aela s'occupèrent de Sanya, s'extasiant comme des enfants

- J'aurai voulu un mariage plus intime, soupira Sanya.
- Tu es la reine, tu n'as pas le choix, fit observer Aela. Et puis cela ne doit rien changer. Tu seras près de Connor, vous échangerez vos vœux, peu importe qu'il y ait du monde ou non.
- La fête sera beaucoup plus intime, la rassura Kelly.   -
Sans parler de ta nuit de noce, ajouta Aela avec un clin d'œil complice.

Sanya rougit jusqu'aux oreilles.

- Ce sera le plus beau jour de ta vie, affirma Il'ika.

Le mariage était dans deux jours et elle brûlait d'impatience.

Quand le moment fut venu, Sanya tremblait comme une feuille et elle s'accrocha au bras de Faran plus fermement qu'elle ne l'aurait voulu.

- Je n'ai jamais eu autant le traque, avoua-t-elle alors qu'ils descendaient pour rejoindre les jardins du château, escortés par plusieurs soldats.
- Détends-toi. Tu seras vite près de Connor.

Sanya n'avait jamais vu l'escalier menant aux jardins aussi long. Plus elle approchait de la sortie et plus son cœur cognait contre sa poitrine.

Quand ils sortirent enfin, les soldats formèrent une haie d'honneur pour l'accueillir. Tamara se tenait près de Breris. Les conseillers étaient également là, ainsi que les domestiques qui jouaient des coudes pour voir leur reine. Les Maîtres des Ombres étaient aussi tous là. Aela et Reva s'étaient dégottés une place d'honneur près d'eux et ils souriaient à la jeune femme.

Mais Sanya ne les vit pas. Elle avait le souffle coupé, perdue dans sa contemplation.

Connor se trouvait devant elle, Il'ika à son bras. À ses yeux, il rayonnait d'une beauté presque inhumaine. Il était vêtu de noir, une tenue semblable à celle des Maîtres des Ombres bien que beaucoup plus élégante. Son haut le moulait quelques peu et Sanya admira en silence ses larges épaules ainsi que ses bras puissants. Il avait le col ouvert, assez pour deviner la musculature qui se cachait sous les vêtements. Nul doute que Kelly, Aela et Il'ika avaient vendu la mèche, apprenant au jeune homme que sa future femme aimerait le voir dans une tenue qui le mettait en valeur.

Rougissante, elle avança vers lui.

Connor quant à lui resta aussi époustouflée que sa compagne. Sanya était d'une beauté divine avec sa robe argentée dont le décolleté donnait un aperçu troublant sur sa poitrine digne de ce nom. Ses cheveux cascadaient dans son dos, parsemés de quelques tresses et piquées de petites fleurs blanches. Elle était gracieuse et sensuelle et sa tête se mit à tourner.

Quand les deux époux se retrouvèrent face à face, ils eurent du mal à contenir quelques larmes. Prenant le bras que lui tendait son futur époux, Sanya se serra doucement contre lui.

Ils rejoignirent le temple de la déesse du vent et des tempêtes. Vu la situation de guerre, on ne pouvait pas se permettre de laisser la reine traverser les plaines et la ville le jour de son mariage, pour rejoindre le temple du dieu des océans, en ville, ça aurait été trop dangereux. Pour le bien de la reine, elle devait rester au château pour se marier, et sur place, il n'y avait que son temple.

En revanche, il avait été convenu que le mariage aurait lieu sous avec la bénédiction du dieu Kalwen. Etant le jumeau de Sanya, il n'était pas rare que des fidèles ne pouvant pas faire autrement, viennent prier le dieu des océans dans le temple de sa sœur. D'ailleurs, il y avait toujours un petit autel du dieu des océans dans le temple de la déesse du vent. L'inverse était également vrai.

Le prête les attendait devant l'autel et les accueillit avec un grand sourire. Tandis qu'il répétait les phrases de bénédiction, leur souhaitant joie et prospérité, Sanya et Connor ne purent se lâcher du regard.

- Connor, acceptez-vous d'unir votre vie à Sa Majesté la reine Sanya, de la chérir et de la protéger, de tout partager avec elle, de l'aimer dans ce monde comme dans l'autre ?

- Oui, affirma Connor. Je l'aimerai comme personne, je la chérirai et la protégerai, car ma vie n'a pas de valeur sans elle, il n'y aurait pas de beauté sans sa présence et pas de joie sans son amour.

Le prêtre de tourna vers Sanya.

- Majesté, acceptez-vous d'unir votre vie à celle de Connor, de le chérir et de le protéger, de tout partager avec lui, de l'aimer dans ce monde comme dans l'autre ?

- Oui, souffla la reine. Il est mon existence même et pour lui, je donnerai tout. Je l'épaulerai quoi qu'il advienne et je l'aimerai toujours d'un amour plus fort que tout ce qui existe sur terre.

- Alors je vous déclare unis, que la bénédiction du dieu Kalwen vous accompagne, que le bonheur soit votre compagnon pour la vie. Quant à vous Connor, par cette alliance scellée, vous voilà roi d'Eredhel. Longue vie au roi et à la reine !

On déposa une couronne sur sa tête et Connor eut le tournis. Il n'en revenait à peine et seule la main de sa femme dans la sienne lui permit de tenir debout. Sanya laissa quelques larmes couler sur ses joues. Elle remarqua alors un homme, assis au premier rang. Kalwen lui souriait, hochant la tête pour donner son assentiment. Personne ne semblait l'avoir remarqué.

Se tournant vers son mari, Sanya se serra contre lui et l'embrassa avec tout l'amour dont elle était capable. Le jeune homme la serra contre lui, la noyant presque dans ses bras, ne se souciant plus des regards sur eux. Les applaudissements de leurs amis, des Maîtres des Ombres, des nobles, des soldats et des domestiques retentirent à la fois dehors et à l'extérieur, mais ne parvinrent pas aux oreilles des deux époux qui continuaient de s'embrasser, enfin unis corps et âme.

Quand ils cessèrent enfin, Sanya prit le visage de son mari dans ses mains, et ils se sourirent tendrement.

- Je t'aime, glissa Connor à l'oreille de sa femme.

- Moi aussi, mon amour. Je bénis le jour de notre rencontre, car ma vie a commencé quand je t'ai vu.

Ils se tournèrent ensuite vers leurs amis qui se levèrent en jetant des fleurs, certains essuyant des larmes sur leurs joues. Main dans la main, les deux époux traversèrent le temple pour gagner les jardins. Là, ils approchèrent des remparts, et découvrirent en contre bas que les habitants s'étaient réunis dans la cour et dans la plaine pour acclamer le couple royal.

- Cela en fait du monde, souffla Connor.

Sanya découvrit alors une femme, appuyée un arbre, qui avait les yeux rivés sur elle. Une femme aux cheveux auburn. Elle resta immobile un moment, n'esquissant aucun geste, soucieuse de ne pas se faire remarquer.

Sanya lui sourit. Fal fit mine de l'ignorer et disparut comme s'évapore de la fumée. Connaissant la déesse, Sanya savait qu'elle était ici de son propre chef, qu'elle était venue pour la voir, apporter sa présence. Trop fière, elle ne l'admettrait jamais, mais Fal était venue pour approuver le choix de son amie.

- Qui a-t-il ? demanda Connor.
- Juste une amie venue nous rendre visite, lança-t-elle avec un clin d'œil complice.

Connor avait raison. Fal ne l'avait pas aidé uniquement pour servir sa cause.

Et Sanya savait à présent que la solution était entre les mains de la déesse du feu.

Éditeur : BoD-Books on Demand, 12/14 rond point des Champs Élysées,
75008 Paris, France
Impression : BoD-Books on Demand, Norderstedt, Allemagne
ISBN : 978-2-322-13413-7
Dépôt légal : 02/20